Mewes Maren

Eine Medienkritik

mit Todesfolge

Roman

TWENTYSIX
Eine Marke der Books on Demand GmbH

© *2019 Maren Mewes*

Herstellung und Verlag:
BoD – Books on Demand, Norderstedt

ISBN: 978-3-740-78380-8

Auch, wenn die Sendungen von ARD und ZDF beinahe als Realsatire erscheinen: Die Auszüge aus Talkshows von Anne Will, Sandra Maischberger, Maybrit Illner, des Heute Journals und der Tagesthemen sind Ende 2018 tatsächlich so über den Bildschirm gegangen.

Den Kriminalfall und das Forum aus Nichtwählern, das sich mit den Öffentlich-Rechtlichen auseinandersetzt, hat es in dieser Form nicht gegeben. Die dort geäußerten Meinungen einiger Bürger dagegen schon!

Die Medien entscheiden,
ob und wie sie über etwas berichten.
Sie beschaffen oder nehmen Informationen also nicht nur
zur eigenen Kenntnis, sondern bestimmen auch,
was ihre Zuschauer wahrnehmen sollen!

Sana

Zuständigkeiten

1. Ich war nicht wenig erstaunt. „Ein Gemüsehändler, der noch studiert hat und in Hannover ermordet wurde? Was hat denn das ZOK damit zu tun?" Karlheinz zuckte mit den Schultern. „Keine Ahnung. Die Kripo ermittelt bereits seit über einem Monat, hat aber bisher kaum Anhaltspunkte gefunden!"

„Er hatte türkische Wurzeln?" „Ja, deshalb dachte man auch an nationalistische und rassistische Hintergründe. Der Verfassungsschutz hat aber abgewinkt!" Mein Mann machte eine entsprechende Handbewegung.

Ich wusste nicht, was ich davon halten sollte. „Und weiter?" „Die Mordkommission der örtlichen Polizei hat sich darum gekümmert!", brummte er.

„Und dann gab es noch einen Toten. Einen Dresdner, den es in Hamburg erwischt hat?" Er nickte. „Auch hier hat die Kripo keinen Hinweis auf einen möglichen Täter gefunden!"

Warum erzählte er mir das überhaupt? „Die Fälle haben also nichts miteinander zu tun?" „Scheint so. Deshalb sieht das BKA keinen Grund, sich damit zu beschäftigen!"

Ich sah ihn verständnislos an. „Und warum wir? Bei uns machen zwar mehrere Länder mit, aber das ZOK ist doch nur für Fälle organisierter Kriminalität zuständig?"

„Erinnerst Du Dich an Dr. Ruth Kappel?" Seine Verlegenheit war nicht zu übersehen und auch nicht grundlos. Schließlich wusste er um mein, gelinde gesagt, gestörtes Verhältnis zu gerade dieser Staatsanwältin. Ich mochte sie nicht besonders. Und das beruhte wohl auf Gegenseitigkeit. Leider arbeitete sie auch noch oft mit Karlheinz zusammen. Vielleicht wollte sie mich ja damit ärgern?

„Klar, die Oberstaatsanwältin aus Hannover, die auch für das ZOK arbeitet! Was hat die damit zu tun?" Ich lächelte, um von der geballten Faust in meinem Kopf abzulenken.

„Sie glaubt, eine Verbindung zwischen den Morden gefunden zu haben!" Er zuckte mit den Schultern. „Die beiden Opfer waren in demselben Diskussionsforum und haben auch bei der gleichen Talkshow mitgemacht!"

Ich verzog den Mund. „Und da sind die beiden übereinander hergefallen?" „Sie waren nicht in derselben Show. Der Gemüsehändler war in der ersten Runde und der Dresdner in der zweiten. Sie sind sich also nie persönlich begegnet!" Er sah mich fragend an.

„Hmh? Reichlich dünn, und wenn überhaupt, wäre das doch eine Sache für die zuständigen Landeskriminalämter!

Mein Mann setzte eine bedenkliche Miene auf. „Du hast sicher Recht. Aber denen ist dieses Indiz zu schwach, um aktiv zu werden und außerdem..." Er räusperte sich. „Na ja, mit den Ermittlungen bei den öffentlich-rechtlichen Medien ist das so eine Sache. Wenn man da einen Fehler macht oder jemandem auf die Füße tritt, kann es schwierig werden!"

„Du meinst wegen der Pressefreiheit und weil die ihre Quellen nicht verraten müssen?" Das war naheliegend.

Er schnitt eine Grimasse. „Das ist ja auch sonst riskant! Wenn Dich da einer auf dem Kieker hat, sitzt Du in der Scheiße!"

Ich warf ihm einen skeptischen Blick zu. „Wegen der öffentlichen Berichterstattung?" „Klar. Ist Dir noch nie aufgefallen, dass alle Medien ins gleiche Horn stoßen, wenn es um einen von Ihnen geht?", murmelte er leise.

„Medienfreiheit ist Gott sei Dank ein hohes Gut!", stellte ich energisch fest. Er nickte, aber seine Miene war wie ein Kopfschütteln.

„Du spinnst doch! Seit wann bist Du gegen die Pressefreiheit?" Die Enttäuschung über meinen sonst so moralischen Ehemann hatte mich laut werden lassen.

Er zog den Kopf zwischen seine Schultern ein. Schuldbewusst? Von wegen! Was er sagte war der reinste Hohn. „Immerhin haben die Behörden der Länder und des Bundes einen Heidenrespekt vor den Medienvertretern!"

Ich war immer noch verärgert. Es konnte auch daran liegen, dass meine Laune sich jedes Mal verschlechterte, wenn ich den Namen dieser Staatsanwältin hörte. „Das ist ja auch gut so! Oder willst Du Verhältnisse wie in Russland, China oder der Türkei?"

Er schüttelte den Kopf. „Natürlich nicht! Ich versuche Dir nur zu erklären, warum diese Mordfälle hier bei uns, beim ZOK gelandet sind!"

„Das ist doch Quatsch! Warum sollte das ZOK mutiger sein, als die übrigen Bundes- und Landesbehörden?" Mein spöttisches Grinsen hielt nur kurz. Dann wurde mir bewusst, dass ich ihm auf den Leim gegangen war.

Er ließ sich nichts anmerken und erklärte mir, was ich schon wusste. „Die 'Zentrale Stelle Organisierte Kriminalität und

Korruption´ in Celle ist zwar dem Justizministerium Niedersachsen zugeordnet, arbeitet aber auch mit Hessen, Baden-Württemberg, der Bundespolizei und bundesweit mit den Generalstaatsanwaltschaften zusammen!"

„Das ist mir durchaus bekannt!", brummte ich gereizt. Er nickte. „Falls man hier in die öffentliche Kritik gerät, lässt sich die Verantwortung nicht so einfach einem Land oder einer Behörde zuordnen!"

„Na und?" Kaum hatte ich es ausgesprochen, ahnte ich auch schon, worauf er hinaus wollte. „Du meinst, es geht gar nicht um Kooperation und Informationsaustausch, sondern darum, die Schuld gegebenenfalls auf möglichst viele Schultern verteilen zu können?"

Er drehte seine Hände um, als wolle er mir zeigen, dass er unbewaffnet war. „Dazu würde passen, dass die eingesetzte Kommission nicht von der Oberstaatsanwältin geleitet wird, sondern von einem LKA-Beamten und der Aufsicht eines Juristen der Generalstaatsanwaltschaft sowie eines Abteilungsleiters des niedersächsischen Justizministeriums untersteht!"

„Und das weißt Du woher?" Ich bemühte mich gar nicht erst meinen Unmut zu verbergen, denn mir schwante nichts Gutes.

Er hob seine Schultern an. „Na, von Ruth Kappel!" Sein Dackelblick sollte mich wohl besänftigen.

„Trotz allem hält sie sehr viel von Dir!", schob er vorsichtig nach. Das ´trotz allem´ lag erst ein Jahr zurück und bestand aus einem ehemaligen Kollegen gegen den sie ermittelten, den ich aber bis zum Schluss für unschuldig gehalten hatte.

Ich selbst war ja nicht nachtragend und kam auch einigermaßen gut damit klar, dass in diesem Fall sie und nicht ich Recht behalten sollte. Allerdings hatte ich ihr damals das Leben ziemlich schwer gemacht. „Und warum erzählst Du mir das alles?" Er wand sich nun wie der sprichwörtliche Aal in seiner Reuse. Sein Blick ging zu unserem Wohnzimmerfenster. Da war natürlich auch keine Antwort zu finden. „Sie will Dich im Team haben!", quetschte er schließlich heraus.

Nun war ich der Fisch, den ein Angler aus dem Wasser gerissen und einfach an Land geworfen hatte. Jedenfalls schnappte ich nach Luft, anstatt ihm eine passende Antwort zu geben.

Aber wahrscheinlich gab es die ohnehin nicht. „Team? Eine Mordkommission?", fragte ich also nur. „So ähnlich!", nickte er.

„Und wer ist sonst noch in diesem Team?" „Ein Kriminaldirektor vom LKA Niedersachsen, Du hast bestimmt schon von ihm gehört. Dr. Dr. Wegener! Außerdem zwei Nachwuchskommissare, ich und hoffentlich Du!"

2. Das war ja allerliebst. Zwei Greenhorns, ein eitler Karrierebeamter, mein Mann, die Kappel und ich. Ja, bevor ich mir auch noch verletzte Eitelkeit vorwerfen lassen musste, war ich dann doch über meinen Schatten gesprungen.

Eine ziemlich kleine ´Mordkommission´ mit recht merkwürdiger Zusammensetzung. Hmh? Die normale Polizeiarbeit hatte noch keine Ergebnisse erbracht. Vor allem hatte man zwischen den beiden Morden keinerlei Verbindung gesehen, die ernsthaft verfolgt wurde.

Die Kappel musste sich schon mächtig ins Zeug gelegt haben, damit das ZOK sich überhaupt damit befasste. Rückgrat und Grips hatte sie ja, wenn es darum ging sich in den Vordergrund zu spielen.

Aber ausgerechnet dieser Wegener? Ich war ihm zwar noch nicht persönlich begegnet, hatte aber wie die meisten Kriminalbeamten schon von ihm gehört. Demnach war er die Art von Witzfigur, bei der einem das Lachen im Halse stecken blieb.

Wegener hatte sowohl in Jura als auch in Psychologie promoviert und sich in der konkreten Polizeiarbeit eher durch besondere Nähe zur Politik als durch ein gutes Verhältnis zu seinen Kollegen einen Namen gemacht. Auch weil sich seine Ermittlungen meistens sehr Medien freundlich gestalteten.

Möglicherweise wollte man mit ihm dafür sorgen, dass die Staatsanwältin Kappel durch ihren Ehrgeiz das ZOK nicht in ein falsches Licht rückte.

Seine erste Amtshandlung war es dann auch gewesen, sie telefonisch davon in Kenntnis zu setzen, dass er die Gespräche mit den Chefredakteuren und Intendanten schon ohne sie und uns einfache Polizisten geführt hatte. Und zwar nur begleitet vom Abteilungsleiter des Justizministeriums.

3. Kein guter Auftakt für unsere heutige Teambesprechung! Die Nachwuchskommissare hatten schon im Neon beleuchteten, fensterlosen Besprechungszimmer Platz genommen, standen aber höflich auf, als wir den Raum betraten. Karlheinz und ich schüttelten ihnen die Hand. Wir stellten uns vor.

Der lange, schlanke Dunkelhaarige hieß Frisch und der kleinere, ein wenig untersetzte mit dem Bürstenschnitt Göbel.

Beide waren, wie erwartet, noch ziemlich jung, vielleicht Mitte zwanzig, auf keinen Fall über dreißig. Aber seit ich die fünfzig überschritten hatte, kamen mir die meisten Kollegen sowieso ziemlich jung vor.

Sie musterten Karlheinz mit einer Mischung aus Neugier und scheuer Unsicherheit. Verständlich, wenn man jemandem gegenüber stand, von dem man bisher nur durch das Unterrichtsmaterial der FH gehört hatte. Von meinem Mann, der in der Vergangenheit einige ungewöhnliche Fälle gelöst hatte!

Ich hätte die steife Atmosphäre gerne etwas aufgelockert und wollte die beiden gerade nach ihren Lehrern an der FH fragen, aber da ging schon die Tür auf.

Dr. Ruth Kappel kam herein, gab uns mit einem flüchtigen Lächeln die Hand und setzte sich schnell hin, wie ein Schüler, der zu spät zum Unterricht erschienen war.

Schlank, dunkle lange Haare um ihr schmales Gesicht, wirkte sie auf mich immer noch genau so hochnäsig, wie bei unserer letzten Begegnung.

Die Art, wie sie und die jungen Kommissare sich zunickten, ließ darauf schließen, dass sie sich schon miteinander bekannt gemacht hatten.

Sie wandte den Kopf in meine Richtung, schien etwas zu mir sagen zu wollen. Aber dazu kam es nicht, denn in diesem Moment ging die Tür erneut auf.

Wegener trat ein! Na ja, eher auf! Mitte fünfzig, hager mit schütterem blonden Haar und randloser Brille sah er aus, wie man sich einen Ministerialbeamten vorstellt. Vielleicht mit seinen knapp einen Meter neunzig ein wenig zu groß geraten. Er stoppte einige Schritte vor dem Tisch, an dem wir fünf saßen, und schaute sich kurz um. Frisch und Göbel standen auf, setzten sich aber wieder hin, als Wegener statt zu uns zu kommen zu einem anderen Tisch ging und dort Platz nahm.

Nun saß er wie ein Lehrer mit dem Rücken zur Tafel und schaute auf die vor ihm sitzenden Beamten. Unser Besprechungsraum hatte sich in ein Klassenzimmer verwandelt!

Die Hände auf den Tisch gestützt, richtete er seinen Oberkörper auf und legte den Kopf leicht in den Nacken.

„Meine Damen und Herren, liebe Kolleginnen und Kollegen, ich freue mich Sie zu unserer ersten Teamsitzung begrüßen zu können. Wie Sie wissen, haben wir es mit einem Fall zu tun, der großes Fingerspitzengefühl erfordert. Aber bevor wir in medias res gehen, sollten wir uns kurz miteinander bekannt machen."

Er wandte sich nun direkt an Dr. Kappel. „Wie Sie wissen, ist mein Name Dr. Dr. Wegener. Ich schlage vor, dass Sie mich einfach mit Dr. Wegener ansprechen und ich sie im Wege der Aufrechnung nur Frau Kappel nenne. Das spart Zeit! Einverstanden?"

Sollte ich über diese Albernheit lachen? Ein schlechter Witz? Keine Ahnung! Jedenfalls ging es gegen die Kappel!

Die Gesichtszüge der Angesprochenen entgleisten so heftig, dass ich nicht hätte sagen können, ob sie wirklich genickt hatte oder ob ihr nur die Kinnlade samt restlichem Kopf herunter gefallen war.

Die beiden Nachwuchskollegen machten große Augen, die hilflos in unserer ′Klasse′ umher irrten, während Karlheinz nur verächtlich mit der Zunge schnalzte.

Wegener tat so, als habe er das nicht gehört und wartete nun auf den Rest der Vorstellungsrunde. Die dauerte nicht lange. Jeder nannte seinen Nachnamen. Frisch und Göbel fügten noch höflich ein „Herr Dr. Dr. Wegener!" hinzu.

Dem Kriminaldirektor schien es recht zu sein, dass er auf diese Weise schnell wieder das Wort ergreifen konnte. Er berichtete nun ausführlich von seinen Gesprächen mit den Oberen von ARD und ZDF.

Vielleicht lag es ja daran, dass ich nur eine normale Hauptkommissarin bin, aber es war mir kaum möglich, seiner Darstellung relevante Informationen zu entnehmen.

Na ja, es war wohl nur Politikern und hohen Beamten in die Wiege gelegt, so viel reden zu können, ohne etwas zu sagen.

Nach meinem Dafürhalten war die sogenannte Befragung der TV-Granden nicht zuletzt durch die Anwesenheit des Ministerialbeamten wohl eher eine wechselseitige Lobhudelei und Selbstbeweihräucherung gewesen.

„Dem öffentlichen Informationsauftrag entsprechend werden ARD und ZDF abwechselnd auch die weiteren Talkshows des Herrn von Haaren übertragen. Auch, wenn die sich durchaus kritisch mit der Rolle der Medien auseinandersetzen!", kam Wegener nicht ohne Stolz zum Ende.

„Sehr schön!" Die Ironie meines Mannes triefte nicht nur. Ich glaubte sie regelrecht auf den Boden platschen zu hören. „Was hat denn die Befragung der Teilnehmer von Talkshow und Diskussionsforum ergeben?"

„Das ist nicht so einfach! Die Teilnehmer der ersten beiden Talkshows sind uns natürlich bekannt. Diejenigen, die beim Diskussionsforum mitmachen, sollen auf Wunsch des Moderators, Herrn von Haaren, möglichst nicht noch einmal behelligt werden!" Der tadelnde Tonfall des Kriminaldirektors wurde von den scharfen Falten auf seiner Stirn unterstrichen.

Dann ließ er die Katze aus dem Sack. Allerdings so scheibchenweise, dass ich einige Zeit brauchte, um sie wieder zusammenzusetzen.

Ich konnte es erst gar nicht glauben, aber das Vieh sah nun wie folgt aus: Die eigentlichen Ermittlungen wurden weiterhin durch die zuständige Mordkommission durchgeführt. Unsere kleine ZOK-Gruppe sollte ohne polizeiliche Befugnisse, quasi 'undercover' Untersuchungen anstellen. Auch das ZOK würde offiziell gar nichts von uns wissen. „Es handelt sich ja mehr oder weniger um eine persönliche Angelegenheit von Frau Kappel!"

Meine Neigung in diesem Team mitzumachen, war nach wie vor gering. Aber das ging mir dann doch zu weit. „Wie sollen wir denn so arbeiten?"

„Bewerben Sie sich doch als Teilnehmer für das Forum. Sie können sich auch als Journalisten ausgeben, die über diesen Fall schreiben wollen. Oder als Schriftsteller!", schlug Wegener belustigt vor. „Die enthüllen ihre Skandale ja auch nur in

Interviews und Talkshows!" Es hätte mich nicht gewundert, wenn er sich dabei auf die Schenkel geklopft hätte.

So widerlich, wie sich der Typ benahm, hatte er vermutlich jede Menge Rückendeckung von ganz oben.

Immerhin gab es laut offizieller Mordkommission schon einen Verdächtigen im Fall des früher studierenden, jetzt toten Gemüsehändlers. Einen Kurden, dem Verbindungen zur Gülen-Bewegung nachgesagt wurden. Ein Augenzeuge hatte ihn in der Nähe des Tatorts gesehen. Aber das reichte natürlich nicht aus, um Anklage zu erheben.

Die nun folgende Diskussion, die ausschließlich zwischen Wegener und Karlheinz stattfand, war wenig befriedigend. Mein Mann stellte seine kurzen Fragen ruhig und sachlich. Obwohl die Antworten des Direktors ein wenig genervt klangen waren sie recht ausführlich, um nicht zu sagen, ausschweifend.

Im Kern ging es darum, wie wir überhaupt arbeiten sollten und der Moderator der Talkshow dazu gebracht werden konnte, uns zu unterstützen.

Dass Frisch und Göbel so taten, als hätten sie mit der Sache nichts zu tun, ja als wären sie gar nicht anwesend, überraschte mich nicht.

Dagegen war ich sehr verwundert, dass auch die Kappel kein Wort sagte. Nur ihr Blick pendelte zwischen Wegener und Karlheinz hin und her.

Nach einer Viertelstunde war es vorbei und der Direktor verschwand mit einem energisch aufmunternden: „Bitte halten sie mich auf dem Laufenden!"

Ich versuchte, mir das Ergebnis der Besprechung vor Augen zu führen. Gar nicht so einfach! Es war auch wenig genug. Eigentlich hatte Wegener unter großen Bedenken am Ende nur eingeräumt, dass wir Einblick in die Ermittlungsakten erhalten durften.

Der Verlauf der Diskussion war deutlich interessanter gewesen. Wegener hatte Karlheinz immer wieder laut und deutlich mit Namen angesprochen. Sein beinahe provozierendes „Herr Hoffmann!" klang mir noch in den Ohren. Umgekehrt hatte mein Mann sein Gegenüber nicht ein einziges Mal beim Namen genannt.

Als auch die jungen Kommissare gegangen waren, bat uns die Kappel noch einmal Platz zu nehmen. Karlheinz schien nur darauf gewartet zu haben. Ich folgte seinem Beispiel nur widerwillig.

Sie kam sofort zur Sache. „So, wie es aussieht, sind wir auf uns alleine gestellt. Wegener können wir vergessen. Ich werde mich auch weiterhin in den Gesprächen mit ihm zurückhalten. So kann ich meine Befugnisse als Staatsanwältin am besten wahren und laufe nicht Gefahr, vom Justizministerium gegängelt zu werden. Die beiden Neulinge sollten wir da raus lassen! Okay?" Sie schaute mich fragend an.

Was macht man, wenn jemand, den man nicht ausstehen kann, etwas sehr Vernünftiges vorschlägt? Sie hatte ja leider recht und mein Mann schien ihr zu vertrauen!

„Das sehe ich genauso!", knirschte ich also. Was blieb mir anderes übrig? Ich konnte ja schlecht auch noch eine Front in unserem Dreierteam aufmachen.

Vor allem, weil Wegener dafür gesorgt hatte, dass uns für die Aufklärung des Falles nicht mehr Mittel zur Verfügung standen als den Journalisten: Interviews und normale Gespräche.

Die Kappel erhob sich, beugte sich zu mir herüber und streckte mir ihre Hand entgegen. „Dann hätten wir das ja geklärt! Ich bin übrigens die Ruth!"

Talkshow

4. „Der ist richtig prominent. Hat sogar mal eine eigene Sendereihe und auch noch weitere Berichte im Fernsehen gehabt!" Frisch und Göbel waren ziemlich beeindruckt und nicht wenig aufgeregt, es in ihrem ersten größeren Fall gleich mit einer Persönlichkeit des öffentlichen Lebens zu tun zu haben.

Van Haaren hatte sich zu meiner Überraschung sofort bereit erklärt, uns das Konzept der Sendung und den Ablauf der ersten beiden Talkshows vorzustellen und einem Termin zu Dritt zugestimmt. Er war, wie er freimütig einräumte, ja daran interessiert, eine möglichst breite Öffentlichkeit zu erreichen.

Vielleicht, weil wir dem Rat von Ruth Kappel gefolgt waren, und uns als freie Journalisten ausgegeben hatten. Karlheinz sogar als einen mit schriftstellerischen Ambitionen.

Ich hatte sie unterschätzt. Vor allem ihren Sinn für Ironie. „Klar, der Doppeldoktor hat sich über uns lustig gemacht. Nehmen wir ihn doch einfach beim Wort. Darüber kann er sich ja kaum beschweren!"

Es gab noch einen anderen Grund, es so zu machen. Ich hatte Otto Breitner angerufen, den Leiter der offiziellen Mordkommission. Wir kannten uns so gut, wie das eben bei Kollegen der Fall war, deren Ermittlungen sich ein paar Mal überschnitten hatten.

Er äußerte sich wie erwartet recht zurückhaltend. „Wir machen unseren Job. Und das Justizministerium hat uns sehr unterstützt! Ein wenig Fingerspitzengefühl ist ja nie verkehrt. Schließlich haben wir es hier nicht mit irgendwelchen Ganoven zu tun!"

Ich hatte ihn auch so verstanden. Breitners Ermittlungen waren vor lauter Rücksichtnahme auf die sogenannten Prominenten wahrscheinlich der reinste Eiertanz gewesen. Möglicherweise sogar mit einer Choreografie, die um Fragen, die für eine Aufklärung relevant sein konnten, schon mal einen großen Bogen machte.

Über unseren Starmoderator lag in den Dateien der Polizei nichts vor. Er war nicht aktenkundig. Das hatten wir auch nicht erwartet.

Aber das Internet ist ja eine schlimme Petze und was dabei herauskam, zeigte sogar bei meinem Mann Wirkung. „Mit dem Rock kann ich Dich wirklich nicht alleine zu ihm gehen lassen!"

Hmh? Ich hatte lange überlegt, wie ich als Journalistin auftreten sollte. Dieses Metier war mir ja alles andere vertraut. Damit das nicht sofort auffiel, hatte ich mich letzten Endes für ein möglichst weibliches Erscheinungsbild entschieden.

5. Nun saßen wir ihm also gegenüber. In einem kleinen Besprechungszimmer des Intercity-Hotels am Hamburger Hauptbahnhof. Daniel van Haaren hatte uns ausgesprochen freundlich hereingebeten und etwas zu trinken angeboten.

Wir nahmen einen Kaffee. Frisch gebrüht, wie er betonte. Irgendwie kam mir van Haaren auch frisch gebrüht vor. Ein großer, attraktiver Mann mit halblanger Frisur, sehr gepflegt. Seine 62 Jahre waren ihm nicht anzusehen. Die blendend weißen Zähne passten eigentlich nicht zu der merkwürdig glatten Haut seines verlebten Gesichtes und gaben ihm das unwirklich gute Aussehen eines Hollywoodstars.

Er bewegte sich auch so. Seine Hand ergriff die silberne Thermoskanne, die vor uns auf dem Tisch stand, mit einer langsamen, beinahe feierlichen Geste. Als sei der Kaffee, den er mir einschenkte, ein besonders seltenes Elixier.

„Milch, Zucker?", sprach er mich von der Seite an, so dass ich mein Gesicht zu ihm wenden musste. Blaue Augen! Darunter ein kaum angedeutetes Lächeln. Ein aufmerksamer Kellner in einem Restaurant, dass ich mir niemals würde leisten können.

„Schwarz!", hauchte ich. Obwohl ich nur gerade mal zehn Jahre jünger als er war, kam ich mir in diesem Moment wieder wie ein Teenager vor.

Er nahm nun auch Platz; am Kopf des Tisches, so dass wir nun über Eck saßen. Ein Blick aus den Augenwinkeln zeigte mir, dass mein Mann sich nun auch einen Kaffee aus der Kanne einschenkte und mir zuzwinkerte.

Wie sollte ich das denn verstehen? Glaubte er, mich zurück auf den Teppich holen zu müssen?

Das erledigte van Haaren schon selbst, als er mit einem zufriedenen Lächeln mindestens eine Sekunde zu lang auf meine übereinandergeschlagenen Beine schaute.

Trotzdem! Er war alles andere als unsympathisch oder überheblich. Seine Stimme und die Art zu reden verstärkte diesen Eindruck. Weich, sonor, aber nicht dröhnend, eher leise und einfühlsam.

„Vielleicht sollte ich Ihnen erst einmal zeigen, um was es eigentlich geht?" Er begann an seinem Laptop herumzuhantieren. Auf der weißen Wand uns gegenüber erschien ein großes helles Rechteck, das durch den Lichtstrahl eines kleinen Projektors erzeugt wurde.

Erst unscharf, dann deutlich ist eine feiernde Menschenmenge zu erkennen. Es geht um den Rodungsstop am Hambacher Forst. Das Urteil des OVG Münster vom 5.10.2018 wird eingeblendet und verlesen.

„(Es sei) nicht gerechtfertigt durch die Rodung des Hambacher Forsts vollendete Tatsachen zu schaffen."

„Das ist die Talkshow der Anne Will vom 7.10. Es geht um den Einsatz der Polizei, die die Demonstranten aus dem Hambacher Forst entfernen soll, damit die Rodung beginnen kann!", erklärte van Haaren als die genannte Moderatorin auch schon im Bild erschien.

Frau Will stellt ihre erste Frage: „Herr Laschet! Haben Sie den Wald voreilig räumen lassen und stehen jetzt reichlich blamiert da?" Die Antwort war etwas länger, ich bekam aber mit, dass die Räumung wohl aus Sicherheitsgründen erfolgen musste. Fehlender Brandschutz für die Baumhäuser oder so. Hmh?

Sie hakt nach: „Und das ist Ihnen Mitte September zufällig eingefallen und da besteht kein Zusammenhang zwischen dem Rodungstermin, der dann Mitte Oktober liegt?"

Etwas störte mich! Vielleicht der Ton und die Formulierung der Frage. Immerhin redete sie mit dem Ministerpräsidenten des einwohnerstärksten Bundeslandes. Dessen Antwort gefiel mir auch nicht! Sie war lang. Ich verstand nur, dass die Schuld bei SPD und Grünen lag, die gut ein Jahr zuvor regiert hatten. Netter Typ dieser Laschet. Aber eigentlich war das keine Antwort auf den aktuellen Polizeieinsatz! Oder doch? Die Will ließ das jedenfalls so stehen.

Nun kommt die Naturschützerin oder interessierte Bürgerin, das habe ich nicht so genau verstanden, zu Wort. Sie wirft Laschet vor, dass er Polizeieinsatz und Rodung nicht gestoppt hätte. Frau Will hört ihr mit ernsthaft, neutraler Miene zu, greift aber nicht ein, als die Frau mehrmals von Laschet unterbrochen wird.

Bei mir blieb nur hängen, dass sie besorgt war, aber über die politischen und rechtlichen Hintergründe wohl nicht so genau Bescheid wusste.

Anne Will wendet sich nun an Christian Lindner: „..warum haben sie sich am Ring .... führen lassen?" Hmh? Okay, die FDP war in der Landesregierung NRW. Aber die Wortwahl?

Lindner redet lange, antwortet aber nicht auf die eigentliche Frage. Er hält einen kleinen Vortrag über Klimaschutz, geltendes Recht, Stuttgart 21, Dieselgate, BER, Bürgerbeteiligung und so weiter. Ich war erstaunt, dass Frau Will ihn gewähren ließ.

Ohne weiter darauf einzugehen, sprach sie nun die Bundesministerin Schulze (SPD) an, holte weit aus. Ich konnte mir nicht alles merken, hängen blieb nur: „Fragen wir doch auch die, die verantwortlich sind. Frau Schulze, Sie sind heute in komischer Rolle", „waren Landesministerin bis 2017 als SPD und Grüne krachend verloren haben", „haben gesagt, das es gut wäre, mit der Rodung zu warten" und „deshalb müssen sie natürlich wahnsinnig heute neu aufpassen, was Sie sagen!"

Ein grinsender Lindner wird eingeblendet. Erst jetzt kommt Will zu ihrer Frage: „Hat die Landesregierung den Wald voreilig räumen lassen und sich zum Erfüllungsgehilfen von RWE gemacht?"

Frau Schulze, die schon mehrfach hilflos, verlegen wirkend im Bild zu sehen war, kommt endlich zu Wort. Oder doch nicht? Sie versucht zu antworten, wird zweimal von Herrn Laschet und dreimal von Frau Will unterbrochen, einmal sogar von ihr belehrt, als es um die genaue Bezeichnung der sogenannten 'Kohlekommission' geht. Danach schaut Anne Will triumphierend, die Mundwinkel verächtlich nach unten gezogen, in die Kamera.

Von dem was Frau Schulze gesagt hat, habe ich kaum etwas mitbekommen. Irgendwie hat sie mir leid getan.

6. „Das sollte genügen!", stellte van Haaren ruhig fest. „Kommen wir jetzt zu meiner Talkshow und unserem Diskussionsforum der Nichtwähler!" Er tastete auf dem Laptop herum bis einige kurze Texte erschienen, die an SMS- oder WhatsApp-Nachrichten erinnerten.

„Echt gut, dass die Will von vorn herein klar gestellt hat, das die SPD und die Grünen für das ganze Theater verantwortlich sind! Und jetzt versuchen sie es dem Laschet in die Schuhe zu schieben!" Bodo12

„Genau. Erst richten sie den Schlamassel an und dann wollen sie nichts mehr davon wissen! Denen kann man echt nichts glauben!"
Karin0 -
„Aber die haben doch mit dem Polizeieinsatz nichts zu tun! Wieso behauptet die Will, die SPD wäre dafür verantwortlich?" Gerda3
„Ach, jetzt wieder diese Leier! Der Lindner hat schon recht, die wollen sich nur raus reden!" Günesch9
„Die Will ist doch die einzige, die klar Position bezieht! Der Lindner hat die Frage doch gar nicht beantwortet?" Gerda3
„Da hast Du recht! Die Politiker schwafeln doch alle nur herum! Die Will nimmt die ja auch gar nicht ernst!" Cem16
„Das geht doch nicht. Immerhin sind das unsere Volksvertreter. Die haben wir doch gewählt!" Annette5
„Volksvertreter? Meine jedenfalls nicht. Ich wähle Erdogan!" Cem16
„Kann ich ja nicht. Vielleicht wähle ich die AfD, die lassen sich wenigsten nicht alles gefallen!" Heinz23
„Die hetzen doch nur. Vor allem gegen Flüchtlinge und gegen Europa!" Eva11
„Und die Moderatoren und anderen Parteien hetzen gegen die AfD. Noch schlimmer als gegen die SPD und die Linken! Das soll Demokratie sein?" Heinz23
„Die AfD ist doch nicht demokratisch! Die sollte man verbieten!" Eva11

„Da sieht man doch mal wieder, was für eine Scheiße das mit der Demokratie ist!" Kurt 25

„Das glaube ich langsam auch!" Luciano19

7. Van Haaren drückte auf eine Taste und wir sahen wieder nur die weiße Wand. „Das sind nur ein paar, von rund hundert Rückmeldungen zu dieser Sendung. Etwa soviel haben wir zu jeder Talkshow von ARD und ZDF, zu den Tagesthemen und zum Heute Journal. In diesem Forum sind ausschließlich Nichtwähler, die sich so etwas normalerweise gar nicht anschauen würden. Aber ich bezahle sie dafür, dass sie es jetzt doch tun."

Warum er bei seinen Worten auf meine Knie starrte, weiß ich nicht. Ich war sowieso noch dabei, das gehörte zu verdauen. Aber da ging es schon weiter.

„Und drei mit sehr gegensätzlichen Ansichten lade ich dann zu der Talkshow ein. Die zeichne ich auf. Später werden sie dann im Fernsehen ausgestrahlt!"

Karlheinz nickte langsam. „Verstehe! Mal etwas anderes. Warum...?" Van Haaren unterbrach ihn mit einem breiten Lächeln in meine Richtung. „Schauen wir uns doch mal die Talkshow an, die zuerst ausgestrahlt wurde!"

Er hantierte einige Sekunden an seinem Laptop herum, dann erschien van Haaren überlebensgroß an der Wand. Dort sah er noch besser aus, als der, der real neben uns saß. Na ja, Fernsehen!

Sein Bild schaut von der Wand freundlich auf uns herunter. Leise, aber gut verständlich beginnt er zu sprechen. Angenehm sonor, aber auch so entspannt als säße er zu Hause im

Wohnzimmer und unterhalte sich mit einem alten Freund.

„In meiner Kindheit gab es anfangs und für viele Jahre nur zwei Fernsehprogramme. ARD und ZDF! Als jemand - wie es heute so schön heißt – aus einer bildungsfernen Schicht bin ich bis heute vor allem zwei Institutionen sehr dankbar, weil sie mir den Zugang zur Bildung ermöglicht haben. Einmal der damaligen Regierung, die es möglich gemacht hatte, über einen zweiten Bildungsweg das sogenannte SPD-Abitur zu machen. Und zum anderen den öffentlich-rechtlichen Fernsehanstalten, die mir Wissenschaft, Kultur und Politik auf verständliche Weise näher gebracht haben."

Er räuspert sich.

Hmh? Das war nicht der an der Wand, sondern der echte, der neben mir saß!

„Ich bin daher uneingeschränkt dafür, dass ARD, ZDF, Phönix et al durch Gebühren finanziert werden, um ihren Informationsauftrag unabhängig, vollständig und neutral erfüllen zu können. Nur so ist es möglich, der Meinungs-, Informations- und Pressefreiheit im Interesse aller Bürger hinreichend Geltung zu verschaffen. Meines Erachtens eine wichtige Voraussetzung, um die soziale Teilhabe aller Menschen sicherzustellen und eine Spaltung der Gesellschaft zu verhindern."

Sein Gesicht wird größer. Offenbar hat er sich vorgebeugt. Auch der reale van Haaren neigte seinen Oberkörper nach vorn. Er kam jetzt wohl zum Kern der Sache. Sein Blick und seine Stimme werden eindringlicher: „Aber die Spaltung der Gesellschaft scheint voranzuschreiten, bis hin zu einer egoistischen oder unsolidarischen Vereinzelung von Menschen, die sich möglicherweise auch in den Wahlergebnissen und in der Politik widerspiegelt. Und ich stelle mir die Frage: Informieren die Öffentlich-rechtlichen nur darüber, oder tragen sie mit ihrer Berichterstattung auch dazu bei?"

Sein Kopf wird kleiner, er lehnt sich im Sessel zurück und faltet seine Hände. „Wissen Sie, ich bin ein überzeugter Europäer. Sie fragen sich vielleicht, warum ich mich ausgerechnet mit dem deutschen öffentlich-rechtlichen Fernsehen beschäftige. Das ist einfach erklärt. Diejenigen, die die Medien finanzieren, bestimmen auch was berichtet wird. Also meistens Verlage und Geldanleger. Und dann gibt es noch die Konzerne, die für ihre Werbung zahlen!"

Er beugt sich wieder ein Stück vor. „Aber es gibt auch das Grundgesetz und den gebührenfinanzierten Informationsauftrag. Wenn es auf der Welt ein Medium gibt, dass die Bürger neutral und vollständig frei von wirtschaftlichen und politischen Zwängen informieren kann, dann sind das ARD und ZDF. Wenn die es nicht tun, dann macht es niemand!"

8. Die Kamera entfernt sich von ihm und zeigt nun einen Besprechungstisch an dem noch drei weitere Männer sitzen.

„Ich freue mich, Sie heute zur ersten Talkrunde unseres Forums ´ARD, ZDF und die Nichtwähler´ begrüßen zu dürfen!" Er stellt nun die Gesprächsteilnehmer mit ihren Nicknamen vor. Alle drei hätten einen guten Otto Normalverbraucher abgegeben.

Mittelgroß, nicht dünn, nicht dick, unauffällige Frisuren und Gesichter, die man wahrscheinlich im nächsten Moment schon vergessen hatte. Vielleicht liegt es ja daran, dass sie im Vergleich zum strahlenden Daniel van Haaren so unscheinbar wirken. Man kann sie eigentlich nur auseinanderhalten, weil Alfred28 im Gegensatz zu den anderen blond und nicht dunkelhaarig ist und, dass Hans4 als einziger einen kurzgeschorenen Vollbart trägt.

Van Haaren bittet sie um ihr Eingangsstatement. Dem wird dann Folge geleistet, wenn auch ohne große Begeisterung.

Hans4 macht den Anfang. „Von mir aus braucht es die Öffentlichen nicht zu geben. Die sehe ich mir sowieso nicht an. Fußball und Filme sehe ich mir bei den Privaten und im Sportkanal an. Für das Forum habe ich mir dann die vorgeschriebenen Sendungen angeschaut und..."

Hier wird er von Daniel van Haaren unterbrochen: "Die Teilnehmer sollten sich an zufällig ausgewählten Tagen die Tagesthemen, das Heute Journal und die Talkshows von Anne Will, Sandra Maischberger und Maybrit Illner ansehen!"

Hans4 nickt. „Genau! Und das war wie erwartet. Immer die gleiche Kiste. Die Großkopferten haben herum schwadroniert, niedrigere Steuern, der Markt regelt alles am Besten und wenn einer sagt, dass die reichen Säcke ruhig etwas mehr für die Schulen und die Ärmeren abgeben sollen..."

Der Moderator hakt ein. „Reiche Säcke? Sie meinen die Besserverdienenden?"

Hans4 schüttelt verärgert den Kopf: „Nein, ich meine das, was Sie jetzt auch gemacht haben. Wenn einer sagen will, dass die Superreichen, deren Leistung vor allem darin besteht, dass sie reiche Eltern hatten und mit ihrem Geld noch mehr Geld verdienen, ruhig etwas mehr für die anderen abgeben sollen, wird er abgewürgt. Und die Moderatoren und Liberalen lenken schnell mit abstrusen Rechenbeispielen oder Einzelfällen und Beispielen aus kleinen Familienbetrieben vom Thema ab. Das geht dann endlos so weiter, bis keiner mehr weiß, wie die Frage war!"

Er atmet angestrengt durch. „Deshalb schaue ich mir den Scheiß nicht mehr an!"

Friederich18 ist anderer Meinung. **Klar! Sonst wäre er wohl nicht eingeladen worden.** Er meint zwar auch, dass er sich den Mist gar nicht mehr anschauen würde und auf ARD und ZDF gut verzichten könnte. Verlangt auch die Abschaffung der Rundfunkgebühren, weil die beim Fernsehen ja doch nur ihre Backen aufblasen würden. Und Steuersenkungen, denn der Staat tue mit dem Geld ja doch nichts für die Bürger. Im Gegenteil würde alles für völlig unsinnige, noch dazu schlecht geplante Projekte verheizt oder den ganzen Sozialschmarotzern in den Rachen geworfen!

Van Haaren fragt nach. „Und Sie meinen, dass das in den ausgewählten Sendungen nicht richtig dargestellt wird?"

Friedrich18: „Ja ja, anders! Die Mehrheit in den Talkshows denkt wohl wie ich, aber es wird alles so kompliziert dargestellt, dass man das kaum noch erkennen kann. Und die Politiker sagen doch alle das gleiche. Aber jeder meint etwas anderes."

„Und welche Rolle spielen die Moderatoren oder die Journalisten?" Van Haarens sachlich interessierter Ton passt nicht ganz zu seiner angespannten Miene.

Friedrich18: „Die sind wohl alle meiner Meinung, glaube ich wenigstens. Aber sie sorgen immer dafür, dass man am Ende noch weniger weiß als vorher!"

„Und Sie! Wie sehen Sie ARD und ZDF als öffentlich-rechtliche Fernsehanstalten?", wendet sich van Haaren nun dem dritten Mann am Tisch zu.

„Eigentlich ja gar nicht!" Alfred28 grinst. „Die erfüllen ihren Informationsauftrag doch nur noch für den DFB. Was zeigen die denn? Fußball, Sport, Kochen, Quizsendungen mit ihren dümmlichen B-Promis. Nachrichtensendungen sind kurz und eher selten. Die kann man doch nur noch sehen, wenn man seinen ganzen Tagesablauf daran orientiert. Wenn ich mal Zeit habe, läuft Fußball oder eine Sendung über Kochen oder Kleingärten. Erst spät in der Nacht hat man die Chance auf Informationen. Und das sind nur wenige, die dann laufend wiederholt werden."

Er deutet ein herzhaftes Gähnen an: „Objektiv und neutral? Dass ich nicht lache! Ich weiß gar nicht, warum es so viele Journalisten gibt, wenn sie alle nur zum gleichen Thema das gleiche sagen. Über das meiste wird ja gar nicht berichtet. Der reinste Verkaufssender!"

Alfred28 hebt den Kopf und schaut ernst in die Kamera. „Nein, nicht abschaffen, aber die sollen endlich mal ihren Informationsauftrag erfüllen und sich nicht nur selbst beweihräuchern!"

9. Dann war er verschwunden. Nur noch das helle Rechteck und einen Moment später war nicht mal mehr das, sondern nur noch die Wand selbst zu sehen.

Ich wandte mich wieder dem realen Daniel van Haaren zu, der mir nun für einen Augenblick irgendwie geschrumpft und blass erschien. Das brachte mich allerdings dazu, ihn genauer zu betrachten.

Wie soll ich es beschreiben? Wenn man jemanden im Fernsehen erlebt hat, der einem danach in Fleisch und Blut gegenübersitzt, veränderte es den Blick. Jedenfalls bemerkte ich an ihm nun einiges, was mir vorher gar nicht aufgefallen war. Seine ungewöhnlich langen Wimpern, die Augenlider, die sich wie in Zeitlupe bewegten, seine präzise definierten Fingernägel an den erstaunlich kleinen Händen.

Es mag albern klingen, aber ich sah ihn nun so ähnlich, wie eine Mutter ihr Neugeborenes, das sie zum ersten Mal im Arm hält. Dankbar und ungläubig, dass an diesem kleinen Wesen bereits alles dran ist, was jeder gesunde Mensch hat. Etwas beinahe normales, das man in diesem Moment als kleines Wunder erlebt.

Ich strich eine Strähne, die mir ins Gesicht gefallen war, nach hinten. So, als wollte ich meine Gedanken zur Seite schieben.

Van Haaren warf Karlheinz einen ernsten Blick zu, der dann weiter zu mir wanderte und durch ein kleines Lächeln aufgelockert wurde. „Nun, es wäre tatsächlich zu wünschen, dass der Informationsauftrag besser wahrgenommen wird. Leider wird Alfred28 das nicht mehr erleben. Er ist ja wenige Wochen nach dieser Talkshow ums Leben gekommen!"

10. Van Haaren runzelte die Stirn. „Kommen wir zur zweiten Show! Beginnen wir mit dem Heute Journal vom 9.10.18." Er drückte einige Tasten und an der Wand erschien in Übergröße die wie immer bedenklich ernste Miene von Klaus Kleber: „Für die Bundesumweltministerin war heute kein sonniger Tag. Gestern noch musste sie nach den neuen Meldungen über die Erderwärmung Treue zum Klimaschutz schwören und heute ihren europäischen Kollegen dann erklären, dass sie selbst .... deutsche Regierung drastische CO_2-Senkungen nicht durchsetzen kann, weil ihre Koalition das nicht erlaubt, was die Klimaforscher für zwingend notwendig halten. Und dann hagelt es heute auch noch das Berliner Urteil. Es war und ist für die deutsche Ministerin gerade nicht lustig im Kreis der EU-Kollegen als Umweltminister. Bobachtungen von ...!"

Nun folgt ein Bericht mit Stellungnahmen von Fachleuten, Politikern und Verbandsvertretern. Es wird deutlich, dass die Schulze etwas tun muss, das falsch ist und das sie selbst nicht will. Die Fragwürdigkeit der politischen Entscheidungen und der SPD vor dem Hintergrund der Regierungskoalition wird an den Pranger gestellt.

In der Tat! Die Schulze kann einem leid tun, aber auch die Bürger unseres Landes. Van Haaren hat schon weiter geschaltet. Ingo Zamparoni griff das Thema an diesem Abend in den Tagesthemen ebenfalls auf. In dem folgenden Bericht lässt die Umweltministerin sogar einen flammenden Appell los. Für strengere Vorgaben, muss aber selbst gegen ihre Kollegen stimmen, die genau das fordern. Absurd! Und dann folgt noch ein Bericht über die grauen Wölfe. Türkische, teils kriminelle Faschisten, die unbehelligt immer wieder als Schutztruppe ohne Probleme selbst in den Sicherheitsbereichen um Erdogan in Erscheinung treten.

Die Statements der ´Nichtwähler´ habe ich kaum lesen können, so schnell scrollte van Haaren sie durch. Nur, das man nicht besonders nett miteinander umging, habe ich noch mitbekommen. „In der Talkshow wird das ganze ein wenig deutlicher!", erklärte van Haaren uns und startete auch schon die Aufzeichnung.

Wieder führt er als Moderator souverän, beinahe schillernd durch seine Talkshow. Diesmal hat er aber zumindest optisch eine durchaus ernstzunehmende Konkurrenz bekommen. Und zwar Kemal7, einen türkisch aussehenden Mann, der an den jungen Erol Sander erinnert. Zwischen Gerhardt15, der mit Scheitel und Bierbauch recht bieder wirkt und dem glatzköpfigen, untersetzten Rolf1 sticht er regelrecht ins Auge.

Inhaltlich erwartete ich eigentlich nichts Neues und hörte nur mit halbem Ohr hin.

Jetzt wird van Haaren etwas lauter und setzt sich freundlich, aber bestimmt dafür ein, sein Gegenüber ausreden zu lassen und nicht persönlich zu attackieren.

„Sie meinen, nicht so wie bei den Journalisten und Moderatoren im Fernsehen? Da unterbrechen sich die Teilnehmer ja ständig. Vor allem einige Männer lassen die anderen kaum mal ausreden. Und die Moderatoren zitieren immer wieder verkürzte Formulierungen einzelner und hetzen die Politiker gegeneinander. Die wollen keinen sachlichen Austausch von Argumenten, sondern Blut sehen!" Kemal7 schüttelt verächtlich den Kopf.

Van Haaren und die anderen am Tisch sehen ihn erstaunt an.

Auch ich war irritiert und wurde hellhörig.

Kemal7 ist immer noch empört. „Da wird diese komische, kleine Frau Ministerin von der SPD vorgeführt. Aber die CDU, deren Kanzlerin die Richtlinienkompetenz hat, wird mit keinem Wort erwähnt! Aber Weglassen von Informationen vereinfacht ja bekanntlich die Meinungsbildung!"

Er schüttelt den Kopf. „Ihr habt keinen Respekt! Und Eure Journalisten verzerren alles! Nicht nur bei Erdogan!"

„Eure in der Türkei ja nicht, die sitzen im Knast!" Rolf1 streicht sich über seinen Glatzkopf. Aus dem Hintergrund meine ich das Wort „Fleischkappe" zu hören.

Kemal7: „Ne, schau doch mal. Klimaschutz! Was ihr jedes Jahr an Silvester verknallt, ist schlimmer als 2 Monate Verpestung durch den gesamten deutschen Autoverkehr! Und? Die blonde Chefin dieses komischen Ministeriums, Landwirtschaft und Tierquälerei oder so, meint, das Böllern könne man doch nicht verbieten. Aber eure Dieselfahrer dürfen bald nicht mehr in die Innenstädte. Und euer Verkehrsminister? Früher sind die ja erst nach ihrer Amtszeit in die Wirtschaft gegangen. Dieser Scheuer scheint ja jetzt schon ein Lobbyist zu sein, dem die Konzerne eine Nebentätigkeit im Verkehrsministerium genehmigt haben, damit er dort Reklame für sie macht. Und die sogenannten Journalisten senden seine Werbespots auch noch!"

„Was sollen die vom Fernsehen schon dagegen machen? So sind die Politiker eben!" Rolf1 zuckt mit den Schultern.

Kemal7: „Wie wäre es mit kritischem Journalismus. Einfach darüber informieren, dass zwar von Klimaschutz geredet wird, aber nichts dafür getan wird, weil es dem Absatz von sinnlosen Produkten, die die Umwelt zerstören, schaden könnte."

„Die Arbeitsplätze sind auch wichtig! Du willst die Leute doch nur aufhetzen!" Gerhard15

„Ne, das machen Eure Journalisten schon. Oder sind Eure Ostdeutschen wirklich alle Nazis? Oder wollen die Linken und die Sozis wirklich eine Planwirtschaft? Wenn das kein Populismus ist, weiß ich auch nicht!" Kemal7

„Sag mal, bist Du wirklich Türke?" Rolf1 sieht ihn misstrauisch an.

„Klar, wenn Du als Deutscher so etwas sagen würdest, wärst Du ja ein Nazi oder ein Kommunist!", grinst Kemal7

Gerhardt15: „Aber so völlig unkritisch, wie ihr gegenüber Erdogan seid? Das ist doch krank!"

Kemal7: „Krank ist, dass die Leute, die ihr wählt, wie Betrüger behandelt werden und ihr das noch toll findet. Warum geht ihr überhaupt wählen? Ach nein, ihr ja nicht! So respektlos, wie eure Journalisten manchen Politikern behandeln, gehen wir in der Türkei nur mit Ganoven um. Doch wehe, wenn jemand Eure Medien kritisiert. Da halten die dann zusammen und machen den fertig!"Kemal7

Gerhardt15: „Aber ohne Pressefreiheit gäbe es doch eine Diktatur!"

„Eure Regierungen machen das, was die Konzerne wollen. Aber ausgerechnet diejenigen Politiker, die das ansprechen, werden von selbstgefälligen Journalisten als Hampelmänner dargestellt. Paradox. Ich finde, eure Medien gehen ziemlich achtlos mit der Demokratie um!" Kemal7

Rolf1: „Die Politiker haben es nicht anders verdient. Die springen doch über jedes Stöckchen, dass die Journalisten ihnen hinhalten!"

Gerhardt15: „Hmh? Früher habe ich dem Fernsehen geglaubt. Und habe auch viel gelernt. Heute stehen die Moderatoren im Wettbewerb und achten weniger auf ihren Informationsauftrag als auf ihre Einschaltquote!"

„Bevor die Regierung überhaupt mit einem Problem fertig werden kann, treiben die Medien doch schon wieder eine neue Sau durchs Dorf. Statt sachlich zu berichten, sind die doch ständig dabei etwas zu einem Skandal aufzubauschen! Mutig?" Kemal7 lachte. „Als eine deutsche Journalistin Erdogan interviewt hat, war sie ganz brav, um nicht zu sagen ehrerbietig. Aber euren eigenen Politiker wird keinerlei Respekt entgegen gebracht, im Gegenteil!"

Rolf1: „Ist doch richtig so. Die reden den Journalisten doch nur nach dem Mund, damit sie nicht selbst zur Zielscheibe werden. Nur die AfD hat keine Angst vor denen!"

„Na ja, die gebetsmühlenartige Kritik von ARD und ZDF gegen die Linken und die Verteufelung der AfD lässt doch eine sachliche Diskussion gar nicht zu! Stattdessen ballern die dermaßen mit Schrot auf jeden, der etwas anderes sagt als sie selbst, dass ich mich manchmal auch persönlich angegriffen fühle!" Gerhardt15

Kemal7 grinst: „Das hat sich vielleicht bald sowieso erledigt. Inzwischen reden die ja sogar schon von künstlicher Intelligenz. Und wie toll das alles ist, dass die uns so vieles abnehmen können. Vielleicht lässt man die Roboter bald auch für uns wählen, um uns den Weg zum Wahllokal zu ersparen!"

„So ein Quatsch. Die würden dann ja einfach auf eine Partei programmiert!" Rolf1

Gerhardt15 lacht. „Na ja. Irgendwie werden wir durch die Medien doch heute auch schon programmiert!"

Im nächsten Moment war er verschwunden und ein paar Sekunden später auch das das helle Rechteck.

Van Haaren schaute erst Karlheinz und dann mich ein wenig vorwurfsvoll an. „Am nächsten Tag wurde Kemal7 von einem Auto überfahren. Fahrerflucht!"

11. Mir schwirrte noch immer der Kopf. Van Haaren hatte sowohl die Sendungen über die in seiner Show gesprochen wurde, die Aufzeichnungen seiner ersten beiden Shows sowie die in seinem Forum abgegebenen Kommentare auf einem Stick zusammengestellt und uns mitgegeben.

Karlheinz gähnte laut. „Da scheint mir vieles an den Haaren herbeigezogen zu sein! Oder besser von dem Haaren!"

Besonders witzig fand ich das nicht! „Van Haaren!", stellte ich richtig. Dass er den Moderator nicht besonders mochte, war nicht zu übersehen gewesen.

Mein Mann grinste schief. „Daniel!" Ja, ich war tatsächlich ein wenig überrascht gewesen, als van Haaren mir das Du anbot, und hatte spontan mit einem erfreuten „Sana!" zugestimmt. Als mir die Gegenwart meines Mannes wieder bewusst wurde, spürte ich den Anflug eines schlechten Gewissens. Keine Ahnung warum. Ich warf ihm einen verärgerten Blick zu.

Natürlich hätte van Haaren das gleiche bei meinem Mann machen müssen. Doch der hatte dem sofort einen Riegel vorgeschoben. „Nichts für ungut. Aber diese Duzerei mache ich, wenn ich über etwas schreibe, grundsätzlich nicht. Was meine junge Kollegin macht, ist ihre Sache!"

Eine ziemlich schwachsinnige Begründung, die sich noch dazu wie ein Vorwurf in meine Richtung angehört hatte. Ich hoffte, dass das nicht wirklich so gemeint war. Wir traten ja nicht zum ersten Mal so auf, als wären wir Konkurrenten, die sich nicht besonders mochten.

Und van Haaren sollte schließlich glauben, dass es leicht wäre, einen Keil zwischen uns zu treiben. Der graue Anzug von Karlheinz und mein bunter Rock machten auch optisch deutlich, wie unterschiedlich wir waren.

Trotzdem! Mich mit meinen Anfang 50 als junge Kollegin zu bezeichnen, war schon grenzwertig gewesen. Auch, wenn mein Mann in der Tat deutlich älter als ich ist, war das kein Grund mich dermaßen vor Daniel bloßzustellen.

Keine Ahnung, ob van Haaren wusste, dass er mit einem Ehepaar gesprochen hatte. Nach der ´jungen Kollegin´ wahrscheinlich nicht mehr. Wir hatten uns zwar beide mit dem Namen „Hoffmann" vorgestellt, aber das war schließlich ein Allerweltsname.

„Diese eitlen Typen vom Fernsehen nehmen doch ohnehin nur sich selbst wahr oder diejenigen, in deren Schwärmerei sie sich spiegeln können!", meinte Karlheinz mir erklären zu müssen. Hmh? Er hatte wohl wirklich ein Problem mit Daniel!

Eine Terminüberschneidung

12. In den letzten Tagen waren wir kaum aus dem Gebäude des ZOK herausgekommen. Die Akten zu den gut dreißig Mitgliedern des Forums und die mehr als hundert Protokolle zu Befragungen von Personen aus dem persönlichen Umfeld der Opfer durften wir ja nicht mit nach Hause nehmen. Nur die paar Notizen, die wir uns gemacht hatten, lagen vor uns auf dem Tisch. Wir saßen nun wieder auf der Couch in unserem Wohnzimmer und kamen endlich dazu, in Ruhe über alles zu reden.

„Hast Du in den Protokollen und Akten etwas gefunden?", machte ich den Anfang.

Er schüttelte den Kopf. „Nichts! Wir müssen mehr oder weniger von vorne anfangen! Keine Anhaltspunkte. Außer, dass es die beiden in Norddeutschland erwischt hat. In Hamburg wird diese Talkshow der Nichtwähler ja auch aufgezeichnet."

„Ich habe mir den Inhalt des Sticks, den Daniel uns gegeben hat, angesehen. Klar, die dreschen im Forum so richtig aufeinander ein, einiges geht auch unter die Gürtellinie! Vor allem, wenn es gegen ARD und ZDF geht. Aber als Mordmotiv reicht das wohl nicht." Erst im letzten Moment konnte ich die Hand vor meinen gähnend aufgerissenen Mund halten.

Er nickte und hob den Arm. Ich setzte mich auf das Sofa neben ihn und kuschelte den Kopf an seine Schulter. „Mir ist etwas ganz anderes aufgefallen!", murmelte ich. Karlheinz bewegte sich nicht. Das machte er nie, wenn ich so lag. Er sprach dann auch immer ganz leise. „Und?" Seine Stimme schien direkt aus seiner Brust zu kommen.

„Die Diskussion der Nichtwähler läuft irgendwie komisch. Nein, anders! Die Beiträge im Forum oder die Antworten der Leute auf der Straße sind immer kurz und meistens recht schlicht. Vor allem bei den Ossies oder bei den Erdogan-Anhängern. Beim Nichtwähler-Talk ist die politische oder eben unpolitische Richtung noch gut zu erkennen, aber die Leute argumentieren einigermaßen. Wenn auch oft nicht richtig!"

„Ja klar, da haben sie ja auch mehr Zeit dazu!", spürte ich seine Stimme auf meinen Haaren. „Nicht nur das!", nickte ich, „ich glaube es ist auch das Gefühl, dass man ihnen ernsthaft zuhört. Daniel bittet sie ja immer wieder, den anderen ausreden zu lassen!"

Ich hob meinen Kopf und schaute Karlheinz an. „Da hatte der Kemal7 schon recht. In den Talkshows und Interviews werden die Leute oft unterbrochen. Manche sogar sehr oft. Und dabei sind das alles gebildete Leute!" „Stimmt!", lächelte er.

„Ich denke noch über etwas anderes nach, was Daniel zu mir gesagt hat!", brummte ich. Karlheinz sah mich nun weniger freundlich an.

Egal! Ich fand das wichtig! „Er meinte, dass Journalisten wie Polizisten fragen oder wie Staatsanwälte vor Gericht. Allerdings gibt es keinen Verteidiger. Manche Politiker erhalten nicht einmal die Gelegenheit, sich selbst zu verteidigen. Sie werden oft vorher abgewürgt und man lässt nur ihre politischen Gegner zu Wort kommen. Haben die Moderatoren oder Journalisten einen erst mal

auf dem Kieker, wiederholen sie auch ohne die geringsten Beweise ihre als Frage kaschierten Unterstellungen solange bis ihnen die Antwort passt. Das nehmen sie dann als ein Geständnis, das im Gegensatz zu einem Verfahren vor Gericht nicht mehr zurückgenommen werden kann!"
Die Miene meines Mannes verriet wenig Begeisterung. „So? Meint Daniel! Ich weiß nicht. Sicher ist es unhöflich und respektlos, den anderen nicht ausreden zu lassen!" Er schüttelte unwillig den Kopf. „Das hat aber wohl nichts mit unserem Fall zu tun!"

Na ja, es war wohl besser das Thema nicht zu vertiefen. Ich versuchte, meine Müdigkeit zu verscheuchen. „Wie gehen wir denn nun am besten vor?" Er sah mich fragend an.

„Frisch und Göbel sollten sich die Protokolle noch einmal vornehmen. Du kümmerst Dich um die Überlebenden aus den ersten beiden Talkshows und ich versuche über Daniel noch einiges herauszubekommen!", schlug ich vor.

Mir war schon klar, dass Karlheinz davon wenig begeistert sein würde. Daniel hatte sich für mich deutlich mehr interessiert, als für meinen vermeintlichen Kollegen. Aber ich kannte meinen Mann. Auch und gerade, wenn ihm etwas zu schaffen machte, würde er sich besonders rational verhalten.

„Es wäre vielleicht hilfreich, wenn wir wüssten, wer als Teilnehmer für die dritte Runde vorgesehen ist. Vielleicht kommst Du über ihn ja auch an Jemanden von ARD oder ZDF heran!", bestätigte er mich dann tatsächlich.

13. Daniel schien sich über meinen Anruf, in dem ich um weiteres Gespräch bat, zu freuen Es war wohl gar nicht so schlecht als Journalistin aufzutreten. In meiner Eigenschaft als Polizistin hatte ich so etwas jedenfalls noch nicht erlebt.

Er schlug mir sogar von sich aus vor, als Beobachterin zu der Aufzeichnung seiner dritten Talkshow zu kommen. Eigentlich hätte ich mir das besser gar nicht wünschen können. Eigentlich!

Leider hatte die Sache auch einen Haken. Der Termin war schon Morgen. Ausgerechnet an unserem Jahrestag!

Das gemeinsame Essen in ansprechender Atmosphäre hatte von Anfang an eine nahezu rituelle Bedeutung für Karlheinz und mich gehabt.

Für Außenstehende mochte das vielleicht albern erscheinen. Doch, wenn man so unterschiedlich gestrickt war, wie wir beide, machte eine jährliche Inventur durchaus Sinn. So konnten wir Missverständnisse, vor allem die unsichere Interpretation einzelner Vorkommnisse erörtern und zu einem realistischen Gesamtbild zusammenfügen. Einem, das am Ende nicht nur ganz in Ordnung, sondern meistens sogar recht positiv war.

Wie wichtig das für uns war, hatte sich gerade im letzten Jahr noch mal bestätigt. Das war, als Karlheinz gemeinsam mit der Kappel gegen meinen damaligen Kollegen Norbert ermittelt hatte. Schwierig für uns, denn ich kannte Norbert aus Jugendtagen und fühlte mich ihm irgendwie verpflichtet. Aber die besondere Stimmung unseres Jahrestages hatte auch hier geholfen am Ende alles wieder ins Lot zu bringen.

Was sollte ich tun? Klar, war es nicht schön, die Verabredung mit Karlheinz abzusagen. Es war sicher nicht leicht gewesen, in diesem Sterne-Restaurant einen Tisch zu bekommen. Trotzdem fand ich seine Reaktion ziemlich empfindlich. „Na ja, wenn unser Jahrestagsessen sowieso ausfällt, können wir ja auch normal weiterarbeiten!" Und dann hatte er für den selben Abend gleich noch einen Termin mit einem Teilnehmer aus Daniels erster Talkshow gemacht. Hmh? Was er konnte, konnte ich auch!

Ich würde unseren Jahrestag also zum ersten Mal nicht gemeinsam mit Karlheinz bei einem besonderen Essen begehen, sondern mit Daniel in einem Besprechungsraum sitzen.

Karlheinz hatte dann doch noch eingelenkt. Glücklicherweise lagen unsere weiteren Termine am späten Nachmittag beide in Hannover.

Mein Mann erklärte sich bereit, mit mir nach Hamburg fahren und vor dem Kongresszentrum auf mich warten. So konnten wir nach der Aufzeichnung wenigstens noch eine Stunde gemeinsam in einem netten Bistro verbringen. Und den kurzen Weg zum Bahnhof und die Fahrt zurück nach Hannover hätten wir auch für uns alleine. Immerhin etwas!

Nachrichten

14. Noch saß ich allerdings im Hamburger Kongresszentrum am Bahnhof Dammtor. Und zwar in der Ecke eines für die vier Teilnehmer völlig überdimensionierten Seminarraumes. Mein Blick auf Daniel wurde durch das kleine Kamerateam, das vor dem Besprechungstisch stand, ein wenig behindert.

Er hatte mich mit einer Umarmung begrüßt, als wären wir gute alte Bekannte. Oder als wollte er mir zeigen, dass ich aus seiner Sicht nun zu der Glamour-Welt des Fernsehens gehörte. Den 'Schriftsteller', der ja heute nicht an meiner Seite war, erwähnte er mit keinem Wort. Meine gar nicht mal so neue Frisur registrierte er dagegen mit einem anerkennenden „steht Dir gut!" Erstaunlich, denn ich hatte mir lediglich die Spitzen abschneiden lassen.

Daniel stellte mir den alten Kameramann vor. So selbstverständlich, wie die beiden miteinander umgingen, schienen sie sich schon lange zu kennen. Dessen Assistent war noch relativ jung und wurde ebenso ignoriert, wie die Kamera auf ihrem Stativ und der Kabelsalat. Vielleicht hatte Daniel auch bloß keine Zeit, weil er sich den drei Talkshow-Gästen widmen musste.

„Halt Dich am besten im Hintergrund!", raunte er mir überflüssigerweise zu.

Diesmal waren zwei Frauen dabei. Sylvia8, eine hübsche Blondine mittleren Alters, die ich mir mit ihrer randlosen Brille durchaus im universitären Bereich vorstellen konnte. Claudia20, eine kräftig gebaute Dunkelhaarige mit Bürstenschnitt, die ziemlich resolut wirkte und neben ihr ein zierlich wirkender junger Mann mit hoher Stirn. Gregor24.

Daniel gab jedem von Ihnen die Hand, stellte sich als ihr Moderator vor und bedankte sich bei den dreien für ihre Bereitschaft mitzuwirken. Dann erklärte er ihnen noch einmal kurz das Thema seiner Talkshow-Reihe und schwor sie darauf ein, zwar offen zu sein, aber den anderen ausreden zu lassen.

„Zur Einstimmung spiele ich Ihnen Auszüge aus dem Heute Journal vom 11.10.2018 und von den Tagesthemen desselben Abends!" Er schaltete den Beamer ein und tastete auf seinem Laptop herum.

An der Wand erscheint das Gesicht von Klaus Kleber, der mit eindringlich, ernster Stimme auf uns herab redet: „...CSU gerichtet sein, ob sie tatsächlich 10 % Punkte oder mehr einbüßt, dabei droht der SPD in Prozentpunkten ein ähnliches Schicksal und während dreizehn % Punkte bei der CSU etwas mehr als ein viertel der Stimmen bisher sind wäre es bei der SPD nahezu die Hälfte, die sie verliert. Ein Desaster, nicht nur für die bayerische SPD. Britta ... über die Angst der Roten heute in Berlin vor der weiß-blauen Wahl! Es droht ein Absturz in die Unwichtigkeit!"

Daniel räusperte sich. Ganz Moderator. „Erst mal soweit! Sehen wir im Forum nach." Er schaltete um. Allzu viel war dort nicht zu lesen. Ein wenig verlegen scrollte er schnell durch. Mit Mühe konnte ich nur einige kurze Beiträge lesen.

„Was soll dieser Bericht? In Bayern spielt die SPD doch sowieso keine Rolle!" Meves17

„Ich finde das nur fair! Die Leute, die SPD wählen würden, können doch gleich zu Hause bleiben!" Kurt25

„Ach, das geht doch gegen die Bundes-SPD! Die große Koalition ist doch sowieso am Ende!" Wilfred13

„Wer wählt schon eine Partei, die Schiss vor Neuwahlen hat? Da hat der Kleber schon recht!" Achim26

„Das ist mir egal! Über die wichtigen Dinge wird wieder mal nicht berichtet!" Kurt25

„Es geht darum über die Stimmung zu informieren!" Bodo12

„Oder Stimmung zu machen!" Meves17

15. Daniel drückte eine Taste und die Projektion verschwand. Er wandte sich an die Runde. „Und?"

Sylvia8 meldete sich zuerst. „Es gibt so viele andere wichtige Themen. Und die SPD. Was die auch versucht, sie wird in der Luft zerrissen. Aber die ist sowieso weg vom Fenster. Das zeigen ja die Umfragen, dass man die gar nicht zu wählen braucht. Mich interessiert eher, ob die den Koalitionsvertrag vernünftig abarbeiten. Aber die berichten nur über Seehofer oder Söder. Und dass die Merkel an allem schuld ist! Alles Show! Am Ende liegt der schwarze Peter doch sowieso bei der Nahles!"

„Die SPD kann man gar nicht mehr wählen. Das sind doch Würstchen, die lassen sich doch alles gefallen. Da sind die anderen schon glaubwürdiger. Na gut, die Linke natürlich nicht." Claudia20.

„Die halten uns doch für blöd und wollen uns noch blöder machen. Verdienen alle viel Kohle und wollen, dass die gewinnen, die die Steuern senken!" Gregor24

„Kann ich mir nicht vorstellen, dass wäre doch dreist! Nein, die sind seriös!" Claudia20

„Kuck doch mal wie die da stehen, als wären sie der liebe Gott persönlich! Aber dann kommen ausführlich noch einmal dieselben Beiträge und O-Töne, die wir schon x-mal gesehen haben, von immer wieder anderen Reportern angekündigt und kommentiert. Das sind wohl so viele, dass sie nichts zu tun haben! Wenn ich schon höre, 'kein Durchbruch oder so', dann wiederholen die nur die alten Kamellen!" Sylvia8

„Ich finde das total unfair, wie ihr über die vom Fernsehen redet!" Claudia20.

Sylvia8 lachte. „Wir gehen mit den Moderatoren und Journalisten nur so um, wie die das mit den Politikern machen!"

Lautes Prusten von Gregor24. „Ja, da kann einem sogar die AfD sympathisch werden, die haben wenigstens...." Hier wurde er vom Moderator unterbrochen. „Bevor wir weiter diskutieren, sollten wir uns vielleicht erst einmal den folgenden Beitrag aus den Tagesthemen ansehen. Der ist vom selben Tag!"

Daniel drückte einige Tasten und an der Wand erschien die imposante Gestalt von Ingo Zamparoni. „Muss der eigentlich so breitbeinig dastehen!", zischte Sylvia8, „so dick können seine Eier doch gar nicht sein!"

„Psst!" Daniel schüttelte den Kopf und deutete mit dem Kinn Richtung Projektion.

Seiner Miene nach verkündet Herr Zamparoni etwas, das sehr dramatisch ist: „Vor zwei Wochen haben wir darüber berichtet, dass die AfD in Hamburg eine Online-Plattform geschaffen hat auf der Schüler und Eltern es melden können, wenn sie glauben, das Lehrkräfte sich politisch nicht neutral genug äußern und somit gegen das sogenannte Neutralitätsgebot verstoßen. Weil mittlerweile auch andere AfD-Landesverbände solche Portale planen, hat sich heute auch die Kultusministerkonferenz mit diesem digitalen Pädagogen-Pranger, wie es Kritiker bezeichnen, beschäftigt. Meldeportale sind aber nicht die einzigen Methoden mit denen die AfD gegen Lehrkräfte vorgeht, von denen sie sich kritisiert fühlen. Dienstaufsichtsbeschwerden sind andere, wie Moritz …. berichtet!"

Dann folgt ein ausführlicher Bericht über einen Lehrer für Mathe und Physik gegen den ein AfD-Abgeordneter Dienstaufsichtsbeschwerde einlegt hatte. Wegen einer Bemerkung über rechtsextreme Abgeordnete seit der letzten Bundestagswahl. Die wurde natürlich abgewiesen.

Ich war empört. Auch die Talkrunde reagierte heftig. Und so schnell, dass Daniel gar nicht dazu kam, die schriftlichen Kommentare im Forum aufzurufen.

Er versuchte es auch gar nicht erst, sondern legte seine schlanken, gebräunten Finger übereinander und lächelte souverän. In diesem Moment hatte ich das Gefühl ihn schon ewig zu kennen. Na ja, ich hatte ihn ja auch viele Stunden lang in den Aufzeichnungen seiner Talkshows gesehen.

„Das mit der Plattform bringen die ja nicht zu ersten Mal. Eigentlich erstaunlich! Das hätte man ja eher von den anderen erwarten können. Da wäre ich, natürlich nur, wenn es nicht missbraucht werden kann, sogar dafür. Schließlich möchte ich nicht, dass meine Kinder mit kommunistischem oder rechtsextremem Gedankengut aufgehetzt werden. Aber das mit der Dienstaufsichtsbeschwerde ist ein Witz. Jeden Tag werden solche Beschwerden über Lehrer eingereicht, von Leuten aus allen möglichen Parteien. Aus allen möglichen Gründen. Natürlich ist die Beschwerde des AfD-Abgeordneten Schwachsinn! Aber warum ist das einen so ausführlichen Bericht wert?", schnaubte Sylvia8.

„Dieses Breittreten ist Wahlkampfgetöse gegen die AfD! Es zeigt wieder einmal, wie die öffentlich-rechtlichen agieren. Wenn die glauben, mit solcher Propaganda durchzukommen, dann wähle diesmal erst recht die AfD!" Gregor24

„Dann gehörst Du also auch zu diesen Arschlöchern!" Claudia20

„Na und? Als Ossie bist Du doch öffentlich-rechtlich sowieso stigmatisiert. Was die im Fernsehen wortwörtlich sagen, ist das eine. Aber wer hört schon so genau hin. Und wenn wir uns über etwas in diesem Bereich wehren, werden wir sofort abgestempelt. Als Stimmung bleibt, dass wir ohnehin alle fremdenfeindliche Nazis sind oder so dumm, dass wir denen hinterher laufen! Wen kannst Du denn sonst wählen? Für die anderen bist Du doch nur braunes Pack, wenn Du mal Deine Meinung sagst!" Gregor24

„Wissen Sie, was ich mich frage?" Claudia20 erwartete keine Antwort, denn sie redete gleich weiter. „Wie kann es eigentlich sein, dass milliardenschwere Konzerne, wie die nationalen und internationalen Fußballverbände nichts für Polizeieinsätze bezahlen müssen? Ich mit den Steuern von meinem kleinen Gehalt schon. Dabei hasse ich Fußball!"

„Und wir bezahlen mit unseren Gebühren auch noch für Übertragungsrechte. Da bleibt dann natürlich kein Geld für einen politischen Journalismus, der sich vielleicht auch mal traut über Nordsyrien und die Kriegsverbrechen der Türkei zu berichten. Was interessieren mich diese arroganten Fußball spielenden Millionäre!", pflichtete Sylvia8 ihr bei.

„Angeblich wollen die Leute das ja so. Denen soll Fußball eben viel wichtiger sein als Schulen oder Tagesstätten für Kinder!" Claudia20.

Gerechtigkeit

16. Daniel van Haaren räusperte sich laut. „Aber es gibt doch auch viele Beiträge in ARD und ZDF, die sich ausdrücklich mit Fragen der Gerechtigkeit beschäftigen!"

Er beugte sich über seinen Laptop und kurz darauf erschien das freundlich-charmante Gesicht von Sandra Maischberger an der Wand.

Im Hintergrund war ein Transparent zu sehen, auf dem stand: ′Euer Luxus ist unsere Armut′. „Sehen wir uns doch mal die Talkshow vom 24. Oktober an!", forderte Daniel die Runde auf, „und wenn Sie eine Frage stellen oder Anmerkung machen wollen, heben Sie einfach die Hand. Dann werde ich die Aufzeichnung stoppen!"

„Der Boom in Deutschland erreicht manche sehr, andere überhaupt nicht. Kann oder muss der Staat sogar dagegen etwas tun?" Sandra Maischberger schaut mit ernstem Gesicht in die Kamera.

Zunächst werden Teilnehmer werden vorgestellt: Ralf Dümmel, der Selfmade-Millionär, die Fraktionsvorsitzende der Linken, Sara Wagenknecht, Rainer Hank, der Wirtschaftsjournalist, die Börsenjournalistin der ARD, Anja Kohl, Jeremias Thiel, ein Schüler, der mal Flaschen sammeln musste.

Daniel stoppte die Aufzeichnung als Sylvia8 die Hand hob: „Die übliche Zusammensetzungen. Ein reicher Unternehmer, ein Wirtschaftsjournalist, eine Börsen-Tussie. Die werden sich menschlich kritisch geben, aber eigentlich nur Front gegen die Linke machen werden."

„Aber da ist doch auch der arme Junge, der sogar Flaschen sammeln musste! Da wird man schnell erkennen, dass etwas geschehen muss!" Claudia20.

„Warte es ab! Das habe ich schon öfter gesehen. Die werden den in irgendeine Ecke stellen, aus der er nicht mehr rauskommt!" Gregor24.

„Kann ich weitermachen?" Daniel drückte auf eine Taste und in die unbewegte Miene der Maischberger kam wieder Leben.

Ihre erste Frage nach immer mehr Millionären und andererseits Menschen, die arbeiten, aber trotzdem nicht über die Runden kommen, geht an Anja Kohl.

Die referiert über die bekannten Fakten, stellt fest, dass das mit der Armut in Deutschland nicht ganz so schlimm ist (nur 8%), krass sei es nur in den USA, aber es gäbe immer noch die Unterschiede zwischen Ost- und Westdeutschland.

Hmh? Eher eine zweite Anmoderation als eine Antwort auf die Frage. Aber niemand hob seine Hand.

Die Moderatorin kommt nun zu ihrem nächsten Gast. Sie schildert, untermalt durch Einspieler, seine Karriere. Er greift das auf und ergänzt es um einige persönliche Aspekte und Erlebnisse; wirkt ruhig und besonnen, lässt sich Zeit.

Frau Maischberger bestätigt ihn mehrfach durch Zwischenfragen und Bemerkungen. Bis auf die Wagenknecht, die keine Miene verzieht, hören alle andächtig zu.

Das Gesicht der Moderatorin erstarrte. „Diese Lobhudelei ist ja kaum auszuhalten. Das ist ja die reinste Werbeveranstaltung für den!", brummte Gregor und ließ seinen

Zeigefinger wieder herabsinken. Sylvia8 nickte. Claudia20 sah die anderen erstaunt an, sagt aber nichts.

Es kommt wieder Leben in Frau Maischberger. Belustigt schaut sie zur Wagenknecht. Stellt fest, dass die Linke mal Reichtum für alle gefordert hätte. „Jetzt gibt es 250.000 neue Millionäre. Freuen Sie sich?"

Sara Wagenknecht antwortet mit unbewegter Miene. Meint „Wohlstand für alle", wäre wohl zutreffender. Sie bleibt sachlich, komprimiert stark, als hätte sie nicht viel Zeit ihre Gedanken darzulegen. Kommt auch schnell auf den Punkt, dass die Herkunft mehr über den beruflichen Erfolg entscheidet als die persönliche Leistung.

Weiter kommt sie nicht, denn Sandra Maischberger greift ein.

„Darüber werden wir sicher noch reden, aber die Frage war ja ob Sie sich freuen darüber freuen, dass es 250.000 neue Millionäre gibt, in einem Jahr nur?" Amüsierte Gesichter rings um.

Sylvia8 meldete sich zu Wort. Maischbergers Grinsen ist jetzt als Standbild zu sehen. „Was ist das denn für eine Frage? Der reiche Unternehmer wird hofiert und kann herum schwafeln soviel er will. Aber die Wagenknecht wird abgewürgt!" Sylvia8 machte eine wegwerfende Handbewegung. „Machen Sie weiter!"

Die Kamera schwenkt zur Wagenknecht herüber, die dann meint, dass man das mit Blick auf die andere Seite der Einkommensschere betrachten müsste.

Wieder wird sie von der Maischberger unterbrochen. „Aber ist das die Schuld der 250.000 Millionäre?"

Ihr Mund blieb halb geöffnet stehen, denn Gregor24s Arm war in der Luft und Daniel hatte die Wiedergabe gestoppt.

Claudia20s Mund stand ganz offen. „Ist die Maischberger auf Drogen oder nur zynisch?", entfuhr ihr schließlich.

„Die macht sich über uns Malocher lustig!", regte Gregor24 sich auf, „und ausgerechnet die beschwert sich über den Populismus der AfD!" Er ließ den Arm wieder sinken und die Aufzeichnung lief weiter.

Sara Wagenknecht lässt sich nicht provozieren. Sie weist darauf hin, dass das Geld oft vom Geld verdient wird und nicht durch Arbeit, deren Kosten gedrückt werden, um die Gewinne zu ermöglichen. Bringt ein Beispiel für eine Familie, die jeden Monat 3 Millionen an Dividende verdiente.

Anja Kohl unterbricht, so als würde sie widersprechen: „Aber die Gewinne sind ja auch entsprechend!"

„Ja klar, weil die Löhne klein gehalten werden!", knurrte Sylvia8

Wagenknecht antwortet, ist aber kaum zu verstehen, denn Anja Kohl kommt ins Bild und brummelt etwas, das nach Widerspruch aussieht.

Sandra Maischberger greift ein. „Bevor wir darüber streiten...!" Sie fragt Rainer Hank, ob jemand mit Hartz4 arm wäre. Nein, antwortet er, der sei nicht arm, da müsste man nicht hungern. Dann redet er über absolute und relative Armut, die Moderatorin fragt nach, irgendwie bestätigend. Hank ist inzwischen bei der Armut in Afrika angelangt. Kommt wieder zurück nach

Deutschland, wo die absolute Armut ja selbst gewählt sei. Nennt Beispiele. In München gäbe es Hartz4 in Höhe von 2.700 für eine vierköpfige Familie. Wiederholt, dass relative Armut bei einem Einkommen von 60% des Durchschnittseinkommens läge. Egal wie hoch es absolut sei, es würde niemandem helfen. Und dann irgendetwas von Glücksfee und einschläfern. Nur das Markteinkommen wäre entscheidend.

„Wieso würgt den keiner ab? Ausgewählte Fakten zu einer solchen Ideologie zusammen zubinden ist doch Quark. Und den dann auch noch so breit treten, wie eine Zeltplane. Der will doch nur das eigentliche Thema zudecken. Hat der Hank gemeint, dass die Hartz4 Beträge zu hoch wären? Wieso macht die Maischberger dem kein Ende?" Sylvia8 war außer sich.

17. Nein, die Moderatorin lässt ihn gewähren, bis er von sich aus aufhört.

Nun stellt sie eine Frage an den jungen Thiel, der sich das ganze ziemlich entgeistert angehört hat. Sie will wissen, woran man merke, das man arm sei. Hmh? Macht die sich über ihn lustig?

Der Junge bemüht sich tapfer. Ein wenig unstrukturiert erzählt er davon, dass er nicht Fußball schauen, sondern während des public viewings Flaschensammeln musste, es schwierig wäre mit sozialen Kontakten. Er wirkt unbeholfen, kann nicht gut auf den Punkt bringen, was er sagen will.

Maischberger fragt ihn nach seiner Familie, zum Kleidungsproblem. Markenklamotten?

Claudia20 schüttelte den Kopf. „Unglaublich! Was hat die Marie Antoinette oder wie die hieß, noch gesagt. ´Wenn das Volk kein Brot hat, dann soll es eben Kuchen essen!"

Die Moderatorin kommt wieder auf sein Elternhaus zurück. „Die Eltern haben, wenn ich es richtig verstanden habe, niemals gearbeitet!"

Thiel erzählt vom psychisch kranken Vater, rührend verständnisvoll. Ab und zu wirft Maischberger etwas ein. Ich verstehe nur „spielsüchtige Mutter" und „Zwillingsbruder auch nicht ganz fit."

Dann geht es wieder darum, dass Thiel von sich aus mit 11 Jahren seine Familie verlassen hat. Sie hakt immer wieder bei den familiären Verhältnissen und einzelnen Ereignissen nach, fragt nach seinen Gefühlen. Erwähnt, dass der Auszug des Jungen für die Eltern weniger Wohngeld bedeutet.

Gregor24 klatschte in die Hände. „Ja, klar solche Sozialschmarotzer denken doch nur ans Geld!" Ich konnte mir nicht vorstellen, dass die Maischberger das so gemeint hat.

Die Moderatorin grinst. Dass er Vollstipendiat auf einer internationalen Schule sei, erkläre wohl „dass Sie" so „extrem elaboriert reden, so würden Sie es wahrscheinlich ausdrücken!" Das Gelächter eines Mannes ist zu hören.

Thiel wird verlegen. Sie lobt ausführlich die persönliche Lebensleistung des Jungen. „Würden Sie denn sagen, Sie haben es geschafft und wenn Sie es schaffen kann es jeder schaffen?"

„Was will sie jetzt hören? Dass die übrigen es nicht anders gewollt haben? Die meint uns alle!" Gregor24 Thiel ist durcheinander. Erzählt von denen, die es nicht schaffen. Das hänge zum Teil auch von der Einstellung des Menschen ab. Frau Maischberger erwähnt, das sein Bruder es nicht geschafft habe. Er wirkt unglücklich, stammelt etwas von „keine Ambitionen", „nur Computerspiele", sein Bruder hätte „weniger Kapazität", seine Eltern seien so sehr „mit sich selbst beschäftigt", dass sie sich nicht um Bruder kümmern könnten. Die menschelnde Maischberger ist jetzt wieder ganz politische Moderatorin. „Sie sind in der SPD!" und „Hätte bei Ihnen ein höherer Hartz4-Satz geholfen?"

„Jetzt hat sie ihn da, wo sie ihn haben wollte!", zischte Sylvia8.

Der Junge redet durcheinander, weiß eigentlich nicht, was er dazu sagen soll, will aber wohl niemanden verärgern, wirft hilflos mit Begriffen um sich, wie „Relation zur Arbeit", „Leistungsbereitschaft", „fördern und fordern", „kein Hunger", aber „man fördert Übergewicht", wegen schlechten Essens und sich „sozial zu kapseln."

Mehrere Hände waren schon seit einigen Sekunden in der Luft. Endlich stoppte Daniel die Aufzeichnung und gab das Feuer frei.

Claudia20 platzte heraus. „Was für eine Sauerei! Anteilnahme zu heucheln und einen 17jährigen so vorzuführen!"

„Genau, das Weib ist völlig skrupellos. Zieht erst sein innerstes auf links, spricht seine Gefühle an, lässt ihn sich völlig outen und dann schlägt sie zu. Stellt fest, dass er SPD-Mitglied ist. Also irgendwie selbst schuld. Und dann zwar sachlich, aber nach allem was vorher gesagt wurde, ist es der blanke Hohn, ihn zu fragen, ob in seinem Fall, sprich bei seiner Familie, mehr Hartz4 geholfen hätte. Fazit: Die Schwachen brauchen nicht noch mehr Geld!"

Sylvia8 verzog das Gesicht.

„Genau! Es hat mehr als eine halbe Stunde gedauert bis sie zum Thema gekommen ist. Die Schere zwischen arm und reich. Absicht? Muss der Staat mehr für die ärmeren tun? Nein! Die Maischberger hat gezeigt, wie toll die Reichen sind und dass bei den armen Leuten sowieso Hopfen und Malz verloren ist!"

Gregor24. Ironie?

„Ich verstehe jetzt auch, warum die Wagenknecht sich durch dumme Fragen und unverschämte Unterstellungen nicht aus der Ruhe bringen lässt! Sie weiß genau, welche Klientel da vor ihr sitzt!" Sylvia8.

18. Daniel räusperte sich. Die Kamera richtete sich nun auf ihn. „Sehen wir uns auch noch den Rest an!" Seine Miene war freundlich neutral.

In die Maischberger kommt wieder Bewegung. Sie wendet sich Sara Wagenknecht zu und hält ihr vor, dass die Linke 1000 Euro monatliches Grundeinkommen ohne Sanktionen fordert. Ich hatte noch die verkorkste Familie des Jungen vor Augen.

Die Wagenknecht verweist auf den Status quo, der mit Hartz4 und Zuschüssen nicht mehr so viel anders ist. Sie geht auf den Jungen ein, meint, dass kranken Menschen geholfen werden müsse, aber Hartz4 habe viele Gesichter. Es gehe auch um die Menschen, die viele Jahre gearbeitet hätten und nach einem Jahr in Hartz 4 fielen.

„Das ist ja ein Kernthema der Sendung. Das wird die Maischberger gleich abwürgen!", knurrte Sylvia8. „Quatsch!", widersprach ich kopfschüttelnd.

Da wird Frau Wagenknecht auch schon von der Moderatorin unterbrochen, die auf den Jungen zeigt: „...aber das ist ja tatsächlich ein Teil derjenigen die in Hartz4 sind!" Sie meint, dass die zu denen gehören „wo man sich fragt: Sind die integrierbar?"

Sylvia8 schaute mich mitleidig an. „Du hast doch nicht geglaubt, dass eine Hyäne ihr Opfer los lässt?"

Sandra Maischberger sieht jetzt Rainer Hank, seines Zeichens Wirtschaftsjournalist, an.

Der legt auch sofort los. „Es gibt Menschen, die nicht integrierbar sind. Geld ist ja nicht das Problem. Das Problem …. ist die Klassenlage. Da kommt das psychische und soziale. Da kann man nichts machen!" Er verweist auf die Worte des Jungen. Lässt sich breit über die Familie des Jungen aus. Lobt die Leistung des 17jährigen. Verweist auf die unterschiedlichen Lebenswelten. Zwischen seinem Elternhaus und ihm?

Anja Kohl spricht vom Versagen des Staates, der Zugang zur Bildung verbessern müsste. Meint, Armut nur definiert über

Einkommen, sage alleine nichts aus. Man müsse auch für „Harz4-Familien und deren Nachkommen" Möglichkeiten schaffen. Da gäbe es doch Stellschrauben. Die Gesellschaft müsse etwas was tun.

„Sie hat Recht. Also, die Steuern können nicht erhöht werden. Am besten kastriert man die Nachkommen der Arbeitslosen und Zuwanderer, dann ist auch wieder Platz in den Schulen!" Gregor24 grinste. Ich wusste nicht, ob er das ernst meinte.

19. Sara Wagenknecht greift das Thema Bildung auf. Wird durch die Kohl unterbrochen, nicht klar warum. Wagenknecht vermutet, dass auch die Handhabung von Hartz4 zu psychischen Erkrankungen führen kann. Hank fällt ihr ins Wort und meint, dass die meisten Harz 4-Eltern nicht krank wären? Moderatorin wendet sich dem Jungen zu. Der redet durcheinander, ich verstehe nur das Wort ´soziokulturell´.

„Die Maischberger und der Hank haben ihn geschafft, der ist fertig!", zischte Sylvia8. Ich wusste, was sie meinte. Den Spielchen der Talkprofis war er nicht gewachsen. Da hatte sie recht. Aber er war jung, ich glaubte, er begriff langsam, was hier ablief. Doch die Schlussphase der Sendung war schon eingeläutet.

Jetzt kommt Maischberger zu einer weiteren Kernfrage. Aufstocker! Sie zeigt einen Einspieler. Tenor: Wirtschaft boomt, Deutschland ist wohlhabend, aber es gibt 3,2 Millionen Multijobber.

Es wird eine ehemalige Altenpflegerin gezeigt, die 30 Stunden in der Kita arbeitet und noch zwei Minijobs hat, um über die Runden zu kommen. Frage am Ende: „Warum kann man....nicht von einem einzigen Job leben?"

Nun muss man sich wohl endlich dem groß angekündigten Thema der Sendung stellen, dachte ich. Murmelte auch so etwas vor mich hin.

„Mein Gott, bist Du naiv!", bekam ich von Sylvia8 zu hören.

Das Gesicht von Rainer Hank erscheint. Das wäre nicht schön, ein Einzelfall, meint er. Dann widerspricht er den genannten Zahlen, so viele wie heute seien noch nie in sozialversicherungspflichtiger Arbeit gewesen, die Armutskonferenz wäre ideologisch und sage die Unwahrheit. Eine Zwischenfrage der Moderatorin zu dem Fall im Einspieler ignoriert er. Sie nimmt es hin.

Er lässt sich darüber aus, dass jeder, der wolle, einen Vollzeitjob bekäme und davon leben könne.

Sandra Maischberger erteilt Sara Wagenknecht das Wort. Die widerspricht Hank. Seine Einschätzung sei „jenseits der Realität", viele Vollzeitjobs bestünden in der Leiharbeit. Während sie redet, ist neben ihr ein skeptischer Hank im Bild zu sehen, der etwas brummelt, das nach Widerspruch klingt.

Die Wagenknecht fordert einen angemessenen Mindestlohn, wird durch Hank unterbrochen, den ich aber nicht verstanden habe. Sie fährt fort, dass man den Leuten nicht automatisch

Faulheit unterstellen dürfte. Hank groß im Bild „Habe ich nicht gesagt!"

Wagenknecht weist auf den großen Niedriglohnsektor in Deutschland hin, fordert höheren Mindestlohn. Sie ist schwer zu verstehen, weil eine weibliche Stimme im Hintergrund dazwischen redet.

Maischberger weist auf höhere Beschäftigung hin. Hank wertet das als Erfolg von Gerhardt Schröder. Warenknecht bezieht sich auf Bofinger, demnach die Arbeitslosigkeit nicht so gesunken sei, wie es dargestellt würde. Es gebe weniger Vollzeitstellen als in den 90er Jahren. Es ist nicht alles zu verstehen, da Hank dazwischen redet.

Die Moderatorin entzieht ihr das Wort und gibt an den Unternehmer Dümmel weiter. Der lobt erst mal den Jungen. Redet dann über seine Firma, Leiharbeiter ungern, aber zur Not okay, zahlt deutlich über Mindestlohn, ist aber gegen eine Erhöhung des Mindestlohns.

Warenknecht spricht das Thema auskömmlicher Mindestlohn an. Überraschung! Anja Kohl scheint ihrer Auffassung zu sein.

Maischberger wechselt schnell das Thema. Managergehälter! Einspieler! Die Ausführungen von Wagenknecht erscheinen nachvollziehbar. Mehr als das 100 oder sogar 200fache des Gehalts der Mitarbeiter für den Vorstand können ja nicht gerechtfertigt sein.

Doch sie steht alleine da, jeder widerspricht ihr. Niemand gibt sich besondere Mühe, die Gründe dafür zu erklären. Das scheint hier nicht notwendig zu sein.

Der Junge greift ein. Meint, er hätte in dieser Debatte noch nichts über den Wert der Arbeit gehört! Eine deutliche Kritik am Verlauf der Diskussion.

Ganz schön mutig, dachte ich. Die anerkennenden Blicke von Sylvia8, Claudia20 und sogar von Gregor24 bestätigten, dass sie das genauso sahen.

Aber die Maischberger ist ein Profi. Sie ignoriert, was der Junge gesagt hat, ruft das nächste Reizthema auf. Höhere Steuern für Millionäre.

Von nun an kommen alle zu Wort. Na ja, bis auf die Wagenknecht, bei der ständig jemand dazwischen redet, so dass man kaum versteht, was sie sagt.

Von den Lippen ablesen geht auch nicht, denn sobald sie etwas sagt, werden die feixenden Gesichter von Hank, Dümmel, Kohl oder Maischberger eingeblendet.

Die anderen können ungestört reden. Dümmel will keine höheren Steuern, sonst gäbe es sonst kein Wirtschaftswachstum.

Hank wirft Wagenknecht vor, dass sie das Erbe seines Vater konfiszieren wolle.

„Hat dieser Typ nicht behauptet, die Armutskonferenz sei ideologisch und sage die Unwahrheit?" Sylvia8 schnaubte. „Eine andere Perspektive zu haben, ist weder Ideologie noch Lüge?

Aber was dieser sogenannte Wirtschaftsjournalist hier von sich gegeben hat, war auf jeden Fall Ideologie und ganz übler Populismus!"

20. „So, dass sollte reichen!" Daniel hantierte auf seinem Laptop herum und an der Wand war nur noch das helle Rechteck zu sehen. Mir reichte es auch. Ich wusste jetzt wieder, warum ich mir solche Sendungen nicht mehr ansehe.

Auf Daniels Stirn war schon vor einiger Zeit eine steile Falte erschienen, die seinen vorwurfsvollen Blick unterstrich. War er sauer, weil ich mir doch die eine oder andere Bemerkung nicht verkniffen hatte? Was wollte er denn jetzt von mir hören?

Na ja, als der Kameramann zur Seite gerückt war, hatte ich beinahe mit in der Runde gesessen und mich angesprochen gefühlt.

Und ich hatte mich von diesem extrem kritischen, geradezu feindseligen Zirkel, der sich hier von links und rechts zusammen rottete, provozieren lassen. Nein, die gingen mir eindeutig zu weit.

„Klar, das ist nicht immer so ganz richtig gewesen, aber in einer Live-Show kann so etwas schon mal passieren!", versuchte ich die Wogen zu glätten.

Die verkniffenen, verständnislosen Mienen der anderen zeigten mir, dass meine Worte nicht gerade auf fruchtbaren Boden fielen.

„Kann schon mal passieren? Sieh Dir irgendeine politische Sendung an. Da läuft das mehr oder weniger immer so! Das ist nur in seltenen Ausnahmefällen und manchmal gegen Mitternacht anders!" Sylvia8 sah mich verständnislos an.

„Und beim Markus Lanz! Den kann ich zwar nicht leiden. Der sitzt immer so verkrampft da als würde er tierisch schwitzen. Der stellt zwar komische Fragen, lässt die meisten aber ausreden! Sonst muss ich Sylvia recht geben!" Claudia20 schaute sich verlegen um.

Ich war nun im Bilde. Zumindest die beiden Frauen waren sicher keine Nichtwähler, die sich kaum für Politik interessierten. Im Gegenteil schienen sie bestens über die Berichterstattung der öffentlichen Sender informiert zu sein. Ob Daniel darüber Bescheid wusste?

Aber was konnte ich als normaler Bürger schon gegen solche Individuen ausrichten? Besser mit ihnen heulen oder noch besser die Klappe halten.

Hmh? Fast hätte ich es vergessen. Ich war ja auch in einer ganz anderen Mission unterwegs.

Sylvia8 war noch nicht fertig. „Und den Scheiß machen die von unseren Gebühren. Informationsauftrag? Das ich nicht lache. Das ist knallharte Lobbyarbeit. Durch Auswahl der Gäste und die Gesprächsführung wird die Meinungsfreiheit ad absurdum geführt. Botschaft: Die Linken und sonstige Andersdenkende darf man nicht ernst nehmen und lässt sie am besten gar nicht zu Wort kommen!"

„Du übertreibst. Mich stört etwas anderes. Ich weiß jetzt weniger als vorher. Die extrem hohen Managergehälter fand ich nicht in Ordnung, jetzt weiß ich nicht mehr, was ich davon halten soll. Ich mag die Wagenknecht ja auch nicht. Aber wie kann man so mit ihr umgehen. So verächtlich und unfair. Und die Moderatorin hat sich dran beteiligt. Und was haben die mit dem Jungen gemacht? Der war so tapfer. Aber gegen diese journalistische Gruppenvergewaltigung durch zuckersüße Lobhudelei und erzwungenen Seelenstriptease hatte er keine Chance!" Claudia20. Der mütterliche Beschützerinstinkt, der aus ihr sprach, machte sie mir beinahe sympathisch.

21. Sylvia8 hob die linke Hand als wolle sie an ihren Fingern abzählen. „Vor allem werden immer wieder die Geringverdiener gegen die Sozialleistungsempfänger und die Angestellten und Arbeiter gegen die Beamten aufgehetzt. Nur, wenn es um die reichen Erben und Vorstandsgehälter geht, winken die ab. Man wolle schließlich keine Neid-Debatte führen!" Enttäuscht bemerkte sie, dass sie nach zwei Fingern aufgehört hatte, zu zählen.

„Na ja!", meldete sich Gregor24 zu Wort. „Die Beamten mit ihren Privilegien und fetten Pensionen müssen ja wohl nicht sein!"

„Seht ihr, wie erfolgreich die Medien mit ihrer Strategie sind!" Sylvia8 hob ihren Zeigefinger als sei sie froh endlich eine Verwendung für ihn gefunden zu haben. „Ich war kürzlich mit meinem Ex Timo, der Lehrer geworden ist, in seiner Clique. Ein knappes dutzend Leute, mit denen er zusammen studiert hat. Da gab es genau die gleiche Diskussion. Nicht über die Milliardengewinne der Spekulanten. Da könne man ja doch nichts machen. Aber alle waren der gleichen Meinung wie Gregor. Daran konnten auch die besten Argumente nichts ändern!"

„Ja, klar!", grinste Gregor, „weil es auch so ist!" Claudia nickte beifällig.

„Genau!" Sylvia lächelte. „Dann hat Timo die anderen gefragt. Wenn es den Beamten doch so ungerechtfertigt gut gehen würde, warum sie dann nicht selbst Beamte geworden wären. Und wisst ihr, was die meisten geantwortet haben? Die haben nur den Kopf geschüttelt und gemeint, für die paar Euro würden sie doch nicht arbeiten!"

Wir sahen sie erstaunt an. Auf Anhieb fiel mir auch keine passende Entgegnung ein. „Das kann schon sein, wenn die alle studiert haben!", brummte Claudia20 schließlich verlegen.

„Deutschland ist nicht annähernd so korrupt, wie viele andere Länder, deshalb haben wir einigermaßen stabile Verhältnisse. Wenn wir, wie manche Journalisten es sich offenbar wünschen, die Beamten schlechter versorgen, könnte sich das schnell ändern!" Sylvia8.

„Von mir aus! Ich bleibe trotzdem bei meiner Meinung!" Gregor24. Ich schüttelte innerlich den Kopf.

„Seht ihr! Es geht längst nicht mehr um Fakten. Nein, nicht die Politiker sind unglaubwürdig, sondern die Journalisten und Moderatoren. Wir haben gesehen, dass manche in den Talkshows herum schwadronieren konnten, wie sie wollten. Andere wurden ständig unterbrochen. Aber jemanden nicht ausreden lassen ist eine Missachtung oder sogar Verachtung des Betroffenen und seiner Meinung. Und das geschieht im öffentlich-rechtlichen Fernsehen!" Sylvia8 sah die anderen vorwurfsvoll an.

„Ach ja, die will eben keiner hören!", maulte Gregor24. Claudia20 nickte bestätigend.

Der Zeigefinger von Sylvia8 war schon wieder in der Luft. „John Stuart Mill! Ein britischer Gelehrter, der ist schon 1873 gestorben. Sinngemäß hat er gesagt, dass es nicht ausreichen würde vor der Tyrannei des Staates beschützt zu werden. Es bedürfe auch des Schutzes vor der Tyrannei den vorherrschenden Meinung und Gefühlen!"

„Du meinst, die Journalisten und Moderatoren wären nicht nur unglaubwürdig, sondern würden auch noch die Meinungen diktieren?" Claudia20 schüttelte den Kopf.

„Warum sollen die denn keine eigenen Positionen haben und vertreten!", murrte Gregor24.

„Schön wäre es. Aber die machen und vertreten Meinungen vor allem im Sinne der Mächtigen. Und nur so lange, die auch mächtig sind. Denkt doch mal an Angela Merkel. Man kann ja über sie denken, was man will, aber sie hat unser Land mehr als zehn Jahre ganz gut über die Runden gebracht. Ich glaube, die war 18 Jahre CDU-Vorsitzende!" Sylvia8 verlor für einen Moment den Faden.

„Ja und? Was willst Du uns damit sagen?", brummte Gregor24 verständnislos. Auch Claudia20 sah sie fragend an.

„Na ja. Solange die Macht der Merkel als Kanzlerin ungebrochen war, haben sie Journalisten sie hofiert und ihr das Wort geredet. Seit sie ihren Rücktritt vom Parteivorsitz erklärt hat,

sprechen die gleichen Medienvertreter nur noch von Erneuerung. So, als würde die Merkel einen Trümmerhaufen hinterlassen !"
Claudia20 wirkte auf einmal sehr nachdenklich. „Hmh? Da ist schon was dran! In manchen anderen Ländern hätte man ihr wahrscheinlich ein Denkmal gesetzt!"
Die Teilnehmer der Runde waren ebenso verblüfft, wie ich. Aber niemand sagte etwas. So, als habe sie gerade den Schlusspunkt gesetzt. Daniel wartete noch einen Moment, aber es gab keine weitere Wortmeldung.

Lächelnd, als sei nichts geschehen, fasste er die Beiträge zusammen. „Ich halte also fest, dass Sie alle der Meinung sind, dass durch so eine Sendung der öffentlich-rechtliche Informationsauftrag nicht erfüllt wird. Und dass der dortige Umgang miteinander die Gesellschaft spaltet und eine Gefahr für unsere Demokratie darstellt!"

Nähe und Distanz

22. Als die drei Diskussionsteilnehmer verschwunden waren, wandte er sich mir zu. „Siehst Du, was ich meine? Die Information durch die öffentlich-rechtlichen Journalisten sollte vollständig und objektiv sein, nicht nur die Mehrheitsmeinung oder die einseitige Sicht der einen oder anderen Gruppierung wiedergeben. Leider ist es nicht so!"

Was sollte ich dazu sagen? Das ich ihn dafür bewunderte, dass er den Mut hatte sich mit Leuten wie Sylvia8 einzulassen? Oder dass ich nicht seiner Meinung war?

Nein, ich musste Distanz wahren. „Sicher, die bringen skandalöse Ereignisse, Attentate und angreifbare Aussagen einzelner Personen ein bisschen zu oft. Die trockenen Fakten zu den politischen Entscheidungen kommen vielleicht etwas zu kurz. Aber dann würden die meisten ja sowieso abschalten!", gab ich also zu bedenken.

Er schaute auf seine Hände, konnte aber seine Empörung nicht verbergen. „Dazu werden die Zuschauer ja auch erzogen!"

Natürlich hatte ich das auch schon mal gedacht, wenn das Programm ausfiel, weil stundenlang Fußball übertragen wurde. Hmh? So, als wäre es die erste Bürgerpflicht sich das anzusehen! Aber so grundsätzlich wie Daniel das meinte? So krass hätten die Chefredakteure oder Intendanten das sicher nicht zugelassen. Da gab es ja auch noch so eine Art Aufsichtsrat, in der die Parteien und gesellschaftlich relevanten Gruppen vertreten waren. Ich schüttelte nur den Kopf.

23. Ich hatte Karlheinz einige Handy-Fotos zu gesimst, damit er wusste, wie die Talkshow-Teilnehmer aussahen. Auch Fotos vom Kameramann und seinem Assistenten. Ich weiß nicht, warum die immer so nachlässig gekleidet sein müssen. Künstler? Mehrere Fotos auch von Daniel van Haaren, der in seinem teuren Maßanzug aus einer anderen Welt zu stammen schien. Einmal zwinkerte er in die Handy-Kamera, also mir zu. Warum hatte ich meinem Mann das Bild eigentlich geschickt? Wie van Haaren aussah, wusste er doch! Hmh? Wollte ich ihn ärgern?

Das Kamerateam hatte inzwischen seine schwere Ausrüstung zusammengepackt und hinausgeschleppt. Die Kamera mit dem massigen Stativ war ziemlich groß gewesen. Sie schien mir einige Jährchen auf dem Buckel zu haben.

„Wie hat Dir die Diskussion gefallen?", fragte Daniel nachdem ich mich zu ihm an den Besprechungstisch gesetzt hatte.

„Na ja, die waren schon ziemlich extrem!", antwortete ich aufrichtig. Er sah mich an, wartete offenbar darauf, dass ich fortfuhr.

„Also ich könnte das ja nicht. Aber ich finde das toll, wie Du die Teilnehmer zum Reden gebracht und dafür gesorgt hast, dass das ganz zivilisiert abgelaufen ist. Trotz der extrem unterschiedlichen Auffassungen!" Das war tatsächlich meine ehrliche Meinung, auch wenn es sich vielleicht ein wenig schmeichlerisch klang. Daniel nickte nur.

Ich schaute auf meine Uhr und stand auf. Karlheinz wartete bestimmt schon ungeduldig auf mich. Vor zehn Minuten war dieser Termin hier ja offiziell vorbei gewesen. Die anderen hatten die Kongresshalle sicher schon verlassen. In Gedanken war ich auch schon nach draußen unterwegs.

Daniels nächste Frage traf mich völlig unvermittelt. „Erinnerst Du Dich eigentlich diesen Prozess gegen Norbert Schulz?" Wie vom Donner gerührt ließ ich mich wieder auf den Stuhl fallen. „Wieso fragst Du das?", hörte ich mich entgeistert fragen. "Na, Du bist doch Journalistin!" Er warf mir einen verwunderten Blick zu.

Die Gedanken rasten so schnell durch meinen Kopf, dass ich keinen von ihnen festhalten konnte.

„Ja und? Was gab es denn da besonderes?", war alles was mir einfiel. Er schüttelte den Kopf. „Ich habe nur darüber gelesen!"

„Und warum erwähnst Du das jetzt?", fragte ich mit einem unguten Gefühl!

Er druckste ein wenig herum. „Keine Ahnung. Vielleicht, weil Du gerade von unterschiedlichen Positionen gesprochen hast. Da musste ich an Norbert denken!" „Warum an den?"

Ich erfuhr nun, dass er ihn schon aus Jugendzeiten kannte, aber vor einem Vierteljahrhundert aus den Augen verloren hatte. Er ließ sich viel Zeit.

Vielleicht bildete ich mir das ja nur ein, weil die Erinnerungen in meinem Kopf immer noch Karussell fuhren. Norbert mein Jugendfreund, der vor fünf Jahren plötzlich im Polizeipräsidium Hannover aufgetaucht war. Als neuer Kollege, dem ich aufgrund unserer gemeinsamen Vergangenheit nahezu blind vertraut hatte. Ich konnte es immer noch nicht fassen, wie schamlos er das für seine kriminellen Machenschaften ausgenutzt hatte.

Es war gar nicht so einfach, das alles für mich zu behalten, weil Daniel mir ausgesprochen munter von den alten Zeiten mit seinem Kumpel Norbert vorschwärmte.

„Na ja, er ist schon immer ein wenig chaotisch gewesen!", kam er irgendwann endlich zum Ende.

Mein Lächeln war inzwischen so festgefroren, dass ich es gar nicht mehr spürte.

Daniel schaute mich aus seinen blauen Augen an, als wisse er genau, dass ich dringend eine Aufmunterung brauchte.

„In den nächsten Tagen veranstaltet das ZDF ein Kolloquium zum Thema ´Spaltung der Gesellschaft´ mit einem anschließenden kleinen Stehempfang, damit die Teilnehmer sich auch über Fragen austauschen können, die im Plenum nicht zum Zuge gekommen sind. Das sind auch der Intendant und ein Chefredakteur dabei."

Ein zufriedenes Lächeln breitete sich in seinem Gesicht aus.

„Natürlich wurde das durch meine neue Talkshow ausgelöst. Deshalb wurde ich nicht nur dazu eingeladen, sondern darf auch noch jemanden mitbringen. Hättest Du nicht Lust, mich zu begleiten?"

Die Überraschung war mir wohl anzusehen. Ich nickte, wich aber seinem fragenden Blick aus und schaute auf meine Armbanduhr.

„Ja ja, ich weiß, es wird Zeit. Ich bringe Dich!", erlöste er mich schließlich.

Wir machten uns auf dem Weg zum Ausgang. Ich war immer noch völlig von der Rolle. Natürlich freute ich mich über seine Einladung. Das war mehr als ich erwarten konnte. Aber seine Verbindung zu Norbert hatte mich in ein Wechselbad der Gefühle gestürzt, aus dem ich nicht so einfach wieder heraus kam.

Und jetzt schwamm auch noch Daniel darin herum; merkwürdig vertraut, aber auch ein wenig unheimlich!

Er bemerkte natürlich, dass mit mir nicht alles in Ordnung war. Glücklicherweise vermutete er aber andere Ursachen dafür. Er fasste meine Hände und redete ruhig auf mich ein. „Ja, die meisten, die solche Fernsehsendungen sehen, merken gar nicht, was da vor sich geht!"

Auch als wir aus dem Kongresscenter hinaustraten, lag sein Arm noch um meine Schulter. Dass wir inzwischen Hand in Hand gingen wurde mir erst in dem Augenblick bewusst, als ich Karlheinz draußen stehen sah.

Ach je, den hatte ich völlig vergessen. Er stand auf, wollte auf uns zukommen, stockte aber dann und stellte sich hinter eine der Säulen.

Daniel hatte ihn wohl nicht gesehen. Jedenfalls umarmte er mich nun ganz eng, küsste mich auf die Wange. Ich ließ das für einen Moment zu, schob ihn dann weg. Nicht energisch, eher zögernd, als sei ich unsicher, ob ich wirklich wieder auf Abstand gehen wollte.

Karlheinz

Diskutanten

24. Wenn man in die Jahre kommt und schon lange mit seiner Partnerin zusammen ist, wird vieles entspannter. Insbesondere, wenn die Beziehung schon so einige Krisen überstanden hat. So gesehen, wartete ich einigermaßen gelassen vor der Kongresshalle auf meine Frau.

Auch Daniel van Haaren, prominent durch Funk und Fernsehen, ohne Frage ein gutaussehender Frauenschwarm, konnte daran nichts ändern.

Die zwei Stunden, die er ohne mich mit meiner Frau und einigen anderen Leuten gemeinsam verbringen würde, gaben mir keinen Anlass zur Beunruhigung.

Dann kamen sie heraus. Die Forumsteilnehmer und das Kamerateam. In meinen Gedanken waren auch van Haaren und Sana schon vor dem Ausgang zu sehen. Doch es zog sich hin.

Die dritte Stunde dauerte deutlich länger als die ersten beiden. Aber das ist wohl immer so, wenn man auf etwas wartet, das jede Sekunde eintreten kann. Zumal die Zeit, für die ich uns in einem netten Bistro einen Tisch reserviert hatte, langsam aber sicher herunter tickerte.

Als sie dann endlich am Ausgang erschienen, war meine Reservierung ebenso hinfällig wie meine gute Laune; an der schlechten hätte ich Sana gerne teilhaben lassen. Aber auch das war mir nicht vergönnt. Denn van Haaren brachte sie bis zu ihrem Zug und wartete dort bis sie eingestiegen war.

Lebhaft auf sie einredend, bemerkte er mich gar nicht, obwohl ich etwa zur gleichen Zeit mit ihr einstieg, wenn auch durch die Tür am anderen Ende des Waggons.

Hätten Sana und ich nicht Plätze nebeneinander reserviert gehabt, wären wir wohl erst zu Hause aufeinander getroffen. Während der Rückfahrt in dem restlos ausgebuchten ICE redeten wir kaum mit einander. Ja, wir gingen recht distanziert miteinander um. Ich hätte nicht sagen können, ob das mehr von ihr oder von mir ausging. Eigentlich war es mir im Moment auch egal. Das war mir wohl anzusehen.

„Zu viele unerwünschte Ohrenzeugen!", meinte Sana irgendwann. Nun, Ehemänner sind blind, wenn es um Äußerlichkeiten geht. Selbst, wenn ihre Frau ihnen mit schrillster Frisur und im Clowns-Kostüm gegenüber stünde, würden sie es nicht bemerken.

Dagegen haben sie ein feines Gespür dafür, wenn in ihrer Frau etwas anderes vorgeht als sonst. Leider reicht dieses Gespür nicht dafür aus, sich wenigstens die ganz dummen Fragen zu verkneifen. „Wie war es denn mit ihm?", rutschte mir also heraus.

Sie sah mich für einen Moment an, als hätte ich gerade ein Kind geschlagen. Dann zuckte sie mit den Schultern. „Ich glaube, der ist ein Linker und Charmeur der alten Schule. Netter Typ, aber auch ziemlich anstrengend. Wie soll ich sagen, anhänglich, aber nicht übergriffig. Immerhin will er mich mitnehmen zu einem Kolloquium beim ZDF mit anschließender Stehparty!"

Nun, übergriffig sind soziale Handlungen ja nur, wenn sie ohne Zustimmung des anderen erfolgen, musste ich an Willys Worte denken. Aussprechen sollte ich das wohl besser nicht. „Und die Talkshow?", fragte ich stattdessen.

Sie überlegte nicht lange. „Nichts besonderes! Aber für Nichtwähler schienen die mir erstaunlich gut informiert zu sein. Und sehr engagiert!"

Hmh? Für zwei bzw. drei Stunden war das eine recht knappe Zusammenfassung. Na ja! Sie war mit ihren Gedanken wohl wirklich ganz woanders.

25. Am Hauptbahnhof Hannover hatten sich unsere Wege auch schon wieder getrennt, denn wir waren für den späten Nachmittag zu unterschiedlichen Terminen verabredet. Jeder von uns mit einem anderen überlebenden Teilnehmer der ersten Talkshow.

Jetzt war Sana wahrscheinlich bei Friedrich18. Ich jedenfalls saß im Wohnzimmer von Hans4. Na ja, Wohnzimmer? Eher der Wohnbereich seines Einzimmerappartements. Hans hieß mit Nachnamen natürlich nicht 4 sondern Maier und war ein Sozialarbeiter, der für einige Monate in Elternzeit war, also nicht arbeitete.

Allerdings war seine Frau samt Baby vor sechs Wochen abgehauen, hatte ihm aber das Elterngeld überlassen, weil ihr Neuer wohl recht gut betucht war. Die ihm noch zustehenden Monate blieb er nun zu Hause, „um zu sich selbst zu finden", wie er es formulierte.

Eine schöne Umschreibung. Der Typ war völlig fertig! Er tat mir leid. „Glauben Sie ihre Trennung hat etwas mit der Talkshow zu tun, in der Sie aufgetreten sind?"

„Hmh? Sie hat mich ein paar Tage danach sitzen lassen, das ist richtig. Aber nein, Sie hatte schon vorher etwas mit diesem reichen Schnösel! Das hat sie mir selbst gesagt!", er grinste schief, „es kann höchstens sein, dass sie meine Kritik an diesen reichen Parasiten auf ihren Neuen bezogen und persönlich genommen hat. Sie wollte mir tatsächlich einreden, dass ich ihm dankbar sein müsste, weil ich ja quasi von seinen Steuern bezahlt würde. Der würde viel härter als ich arbeiten, um sein Erbe zu erhalten, weil ihm sonst die Steuer alles wegnehmen würde."

„Ja, der kann einem richtig leid tun!", versuchte ich ihn mit Ironie ein wenig aufzumuntern. Mich selbst wohl auch!

„Mir hat er ja nur die Frau weggenommen!" Er lachte ein wenig zu laut. „Wenn man es genau nimmt, eigentlich kein großer Verlust. Nein, schlimm ist, dass sie mich monatelang belogen hat. Und das nicht zum ersten Mal! Das Kind wäre ja auch nicht von mir, hat sie mir noch an den Kopf geworfen, als sie ging. Verstehen Sie! Jemand, dem man jahrelang blind vertraut hat. Ich kann das immer noch nicht fassen!"

„Glauben Sie, dass der Tod von Alfred28 etwas mit der Talkshow zu tun hat?", lenkte ich ihn aus seinem emotionalen Loch wieder in rationalere Gefilde zurück.

Immerhin dachte er ernsthaft darüber nach. „Hmh? Der hat ja ganz schön vom Leder gezogen. Das dürfte nicht jedem gefallen haben. Aber die Talkshow wurde doch erst nach seinem Tod ausgestrahlt!"

Das war sicher richtig. „Also, wenn die Talkshow etwas damit zu tun haben sollte, wären nur die verdächtig, die dabei waren und die, die Aufzeichnung schon vor ihrer Ausstrahlung gesehen haben. Und van Haaren hat das angeblich nur ARD und ZDF angeboten?"

Er nickte. „Soweit ich weiß, ja. Sofort nach der Aufzeichnung. Da war der Moderator ganz stolz drauf, dass er nichts herausgeschnitten hätte!"

Hmh! Das war immerhin ein Anhaltspunkt. Andererseits? „Na gut, dann kämen natürlich auch die bei ARD und ZDF in Frage, die es schon vor der Ausstrahlung gesehen haben. Aber wer könnte ein Motiv haben?" Hans4 zuckte nur mit den Achseln.

„Haben Sie sich denn vor und nach dem Gespräch noch persönlich mit Alfred unterhalten, etwas über ihn erfahren können?", versuchte ich es von einer anderen Seite.

„Nur ein paar Minuten! Es ging ihm wohl nicht so sehr um das Geld. Die 500 Euro pro Runde. Das mit dem Forum sollte ja einige Zeit laufen. Ich glaube ein halbes Jahr!"

„Sie kannten ihn vorher also nicht persönlich! Hat er sonst noch etwas gesagt? Mit wem hat er denn gesprochen? Ich meine außerhalb der Talkrunde!"

„Er hat ein paar Worte mit dem Moderator gewechselt. Das hat der ´van Haaren´ mit jedem von uns gemacht. Und er stand kurz mit Friedrich18 zusammen, der ziemlich aufgebracht war und Alfred28 ist dann wütend abgerauscht. Na ja, die hatten ja auch sehr unterschiedliche Meinungen. Der Friedrich hat Alfreds Wortbeiträge irgendwie persönlich genommen. Keine Ahnung, um was es dabei ging!"

„Hmh? Auch wenn es nicht nur um Geld geht, die Meinungsäußerungen waren ja offenbar so gesteuert, dass vor allem die extremen Positionen aufeinanderprallen. Das muss doch allen bewusst sein!", wunderte ich mich.

Diesmal klang sein Lachen überzeugend. „Nein, wenn Sie sich die vorgegebenen Sendungen regelmäßig ansehen, werden sie feststellen, dass es da genau so ist. Jeder Partei werden nur ganz bestimmte Fragen gestellt, auf die nur die üblichen kurzen sloganartigen Antworten zugelassen werden. Schema F. Und wenn jemand anders oder vollständig antworten will, wird er abgewürgt. Ausreden dürfen nur die, deren Antworten man hören will. Die dürfen sogar schwafeln! Denken Sie mal darüber nach!"

26. Natürlich dachte ich nach. Aber mehr darüber, wie ich etwas erfahren konnte, was für die Aufklärung der Todesfälle von Bedeutung war. Ich musste unbedingt mehr über die Motivation der Mitglieder des Forums zu erfahren. Außer, dass die meisten nur ihre Standardsprüche losließen, gab es offenbar auch einige, die ein beinahe fanatisches politisches Engagement gezeigt hatten. Eine Folge der Teilnahme an Forum oder Talkshow? „Kann es sein, dass es einigen gar nicht nur ums Geld ging?"

„Möglich. In der Anzeige von van Haaren spielte das Geld sowieso keine besonders große Rolle. Da war nur von einer Aufwandspauschale die Rede. Im Vordergrund stand etwas anderes." Hans4 griff nach zwei vor ihm liegenden Blättern.

„Hier! Lesen Sie!" Er hielt mir eines der Papiere vor die Nase und zeigte auf eine fett hervorgehobene Textpassage.

Ich las. „Das ständig verfügbare Internet und die sozialen Medien verbreiten alle möglichen Meinungen, aber auch falsche Fakten und Unwahrheiten. Sorgen Sie mit mir dafür, dass es wieder eine Quelle gibt, der jeder Mann und jede Frau in Ost und West vertrauen kann. Und das nicht nur so selten, dass die potentiellen Zuschauer ihren Tagesablauf nach den wenigen kurzen Sendezeiten ausrichten und bis zum späten Abend oder in die Nacht wach bleiben müssen, um überhaupt etwas mitzubekommen! Tragen Sie dazu bei, dass wenigstens die öffentlich-rechtlichen Nachrichten wieder das werden, was sie einmal waren: Institutionen, die die Bürger(innen) über alle relevanten Fakten und Zusammenhänge informieren. Informieren und nicht selbst Stimmungen und Fakten schaffen. Durch Sensationsberichterstattung nur zu wenigen, immer gleichen Themen und Meinungsjournalismus. Dieses neue offene Forum soll dazu beitragen, dass die Gesellschaft nicht weiter gespalten wird und die Demokratie, vor allem die Akzeptanz von Andersdenkenden, wieder gestärkt wird. Helfen Sie mit, dass in Deutschland wieder mehr argumentiert und weniger stigmatisiert wird, dass Parteien und Bevölkerungsgruppen wirklich angehört und nicht weiter in die üblichen Schubladen gesteckt werden!"

Was war das denn für eine Nummer? Ich wusste nicht, ob ich lachen oder mir Sorgen machen sollte? Aber wie man es auch drehte und wendete. Das war eine offene Kampfansage an die öffentlich-rechtlichen Medienvertreter!

27. „Einunddreißig Personen, die im Forum chatten, sich aber persönlich nie begegnet sind. Und bisher insgesamt neun Personen, die an einer Talkshow des Daniel van Haaren teilgenommen und sich dort zum ersten und einzigen Mal gesehen hatten. Jeweils einer von denen, die bei den ersten beiden Shows dabei waren, ist inzwischen tot! Die Untersuchung der Tatorte und die Vernehmung der Zeugen erbrachte zwar einige Hinweise auf mögliche Täter, aber keinen, der auf einen Zusammenhang zwischen den beiden Fällen hindeutet. Na, bis eben auf dieses Forum!", fasste ich das Geschehen noch einmal zusammen.

Sanas Gespräch mit Friedrich18 hatte kaum etwas ergeben, was ich nicht auch schon von Hans4 erfahren hatte. Genau genommen nur seinen Nachnamen, Schmidt, und dass er ein freiberuflicher IT-Fachmann mit einer konservativ-liberalen Grundeinstellung war. Meine Frau war sichtlich unzufrieden.

Mir ging es nicht anders. „Und der Streit mit Alfred28? Hat er dazu etwas gesagt?" „Er meinte, dass es nur um unterschiedliche politische Auffassungen gegangen sei und hat auch versucht, es mir zu erklären. Es ist für mich jedoch kaum vorstellbar, dass man darüber so in Rage gerät. Ich habe ihm kein Wort geglaubt!", erklärte sie, „angeblich ging es darum, dass ZDF und ARD ja durch die Gebühren nicht auf Werbeeinnahmen angewiesen sind, aber trotzdem vor allem auf hohe Einschaltquoten abzielen. Das ging heftig hin und her. Ich habe am Ende nicht mehr gewusst, ob es Alfred oder Friedrich war, der sich am meisten darüber aufgeregt hatte!"

Auf meinen fragenden Blick hin fuhr sie fort. „Aber er hat ein Alibi. Er ist Alfred nicht gefolgt!" „Hast Du das überprüfen können?", fragte ich automatisch.

Sie schaute aus dem Fenster, als suche sie dort draußen nach einer Antwort. „Es stimmt. Er hat, nachdem Alfred gegangen war, noch mit Daniel geredet. Eine Viertelstunde lang!", bestätigte sie. Ihr Blick war nicht ganz so ruhig wie ihre Stimme.

„Du warst doch erst nach Deiner Teilnahme an der Aufzeichnung der dritten Show bei Friedrich18!" Ich zögerte. „Also hat van Haaren es Dir bei dieser Gelegenheit von sich aus erzählt?"

Ihrer Miene nach zu urteilen, musste draußen vor dem Fenster etwas höchst Unerfreuliches zu sehen sein. „Nein, Daniel hat sich noch mal gemeldet. Da habe ich ihn danach gefragt!", knurrte sie vorwurfsvoll und dann ein wenig freundlicher, „Er hat wegen dem Empfang beim ZDF angerufen!"

Seit ich die sechzig überschritten habe, passiert es mir öfter, dass ich mich an meiner Spucke verschluckte. Das war aber meistens nach einem kurzen Durchhusten ausgestanden. Es machte mir manchmal auch den Kopf freier. Diesmal nicht!

Wieder hatte ich den Eindruck, das seit der Begegnung mit van Haaren etwas in ihr vorging. Etwas, das für eine Distanz zwischen uns sorgte, die mich an das letzte Jahr erinnerte. Aber ich war wohl der Letzte, der sie darauf ansprechen sollte.

Als wolle sie meine Bedenken zerstreuen, schlug sie vor, den nächsten Termin gemeinsam wahrzunehmen.

Eigentlich wären ja nun die beiden Überlebenden aus der zweiten Talkrunde an der Reihe. Sana dachte jedoch in eine andere Richtung. „Was ist, wenn auch jemand aus der 3. Show dran glauben soll?"

Hmh? Ganz ausschließen konnte man das nicht. Unsere Nachfrage, ob die Polizei irgendwelche Schutzmaßnahmen für die Teilnehmer(innen) an den Talkrunden ergreifen würde, hatte bei Dr. Dr. Wegener nur ein verständnisloses Kopfschütteln ausgelöst. Auch wurden uns jegliche Aktivitäten in diese Richtung als unnötige ′Panikmache′ mit dem Verweis auf mögliche mediale Nebenwirkungen ausdrücklich untersagt.

Wir kamen zu dem Schluss, dass es vielleicht besser wäre, die Teilnehmer der dritten Runde zuerst zu befragen. Blieb nur noch die Frage der Reihenfolge.

Zum Glück hatte Sana die dritte Runde live mitbekommen. Sie musste auch nicht lange nachdenken und stellte nüchtern fest. „Kritisch waren die Teilnehmer ja alle. Die Person, die die meisten und extremsten Wortbeiträge geliefert hat, war Sylvia8. Sie hat die Diskussion regelrecht an sich gerissen! Genau, wie damals Kemal7 und Alfred28!" Mit einem schiefen Lächeln schob sie hinterher: „Daniel hofft ja, das deren Tod nichts mit dem Forum zu tun hat!"

Ich fand das nicht besonders lustig. „Du meinst, weil sonst nun auch Sylvia8 in Gefahr sein könnte?"

Ein Anschlag

28. Nun waren wir in Berlin und standen vor dem mehrgeschossigen Gebäude in dem diese Sylvia Gonzales wohnte. Dem Namensschild am Hauseingang nach zu urteilen, lag ihre Wohnung im vierten Stock.

Wir klingelten. Einmal. Zweimal. Dreimal. Nichts! Ich trat ein paar Schritte zurück und schaute nach oben. Sana folgte meinem Beispiel. Wir sahen, dass jede Wohnung einen Balkon hatte.

„Da ist sie!" Sie zeigte aufgeregt nach oben. Tatsächlich! Auf einem der oberen Balkone war eine weibliche Gestalt zu sehen, die wild mit den Armen ruderte. Hinter ihr ein dunkler Schatten, der sie zu bedrängen schien.

„Frau Gonzales! Hier ist die Polizei!" Sana´s Stimme hallte noch laut durch die schmale Wohnstraße, da hatte ich bereits alle Klingelknöpfe am Hauseingang gedrückt.

Glück! Gleich zwei Bewohner fragten durch die Sprechanlage, wer denn da sei. Einer drückte ohne eine Antwort abzuwarten den Türöffner. Ich rannte hinein. Unten hörte ich noch Sana brüllen. „Frau Gonzales! Bleiben Sie ruhig. Wir sind sofort bei Ihnen!"

Wieder mal musste ich feststellen, dass alle Erfahrung, die das Alter so mit sich bringt, das Treppensteigen nicht unbedingt erleichtert. Bereits im zweiten Stock war ich völlig aus der Puste und bekam kaum noch die Füße hoch. Mit einer Hand am Geländer schleppte ich mich weiter.

Schließlich hatte ich es geschafft. War es ein gutes oder schlechtes Zeichen, dass die Tür offen stand? Na ja, immerhin musste ich sie nicht eintreten und konnte meine alten Knochen schonen!

Im Treppenhaus hörte ich sowohl von oben als auch von unten Schritte. Die von unten kamen näher und stammten vermutlich von Sana. Die von oben entfernten sich. Ein flüchtender Täter? Egal, ich musste zuerst nach der Gonzales sehen. Gemeinsam mit den schlimmsten Befürchtungen betrat ich die Wohnung.

Vier Schritte durch den breiten Flur und ich stand im Wohnzimmer. Der Anblick, der sich mir bot, war nicht besonders schön. Ein zitterndes Häufchen Elend lag mehr als es saß auf dem Sofa, die Hände vors Gesicht geschlagen.

„Frau Gonzales?" Meine heiser gestellte Frage wurde durch lautes Schluchzen und ein Kopfnicken beantwortet, dass hinter ihren Händen gerade noch zu erkennen war.

Sie ließ die Hände herabsinken, so dass ich ihre verheulten Augen und ihr bemühtes Lächeln sehen konnte. Ich war erleichtert und skeptisch zugleich. Sie schien körperlich und erstaunlicher Weise auch seelisch noch einigermaßen unversehrt zu sein.

Da kam auch schon Sana herein, die mir nach einem kurzen Blick auf die zusammengesunkene Gestalt auf dem Sofa zuraunte. „Hast Du noch jemanden gesehen?" Ich schüttelte den Kopf. „Ist Dir jemand im Treppenhaus begegnet?"

Die Frage schien nicht so einfach zu beantworten zu sein, denn sie musste länger darüber nachdenken. „Ja und nein!", brummte sie schließlich unzufrieden, „auf der zweiten Etage eine Frau und ein Mann, auf der dritten eine Frau, die vor der Tür zu ihrer Wohnung standen und wissen wollten, wer denn bei ihnen geklingelt hatte! Hmh? Genau genommen, haben nur die beiden Frauen gefragt!"

„Hast Du Dir denn das Gesicht des Mannes gemerkt?" Meine Frau zuckte mit den Achseln. „Nicht so richtig. Er hat nur die Frau angesehen, die neben ihm stand und mit mir geredet hat. Ich habe ihn nur von der Seite gesehen. Und nur kurz. Ich hatte es ja eilig!", rechtfertigte sie sich.

„Wahrscheinlich ihr Ehemann. Ist ja typisch, dass die Männer ihre Frauen anschauen, wenn die reden!", wiegelte ich ab. Aber ich ahnte genau wie Sana selbst, dass das genau so gut der Täter gewesen sein konnte.

„Wir gehen nachher zu den Nachbarn und fragen nach!", versprach ich. Dann wandten wir uns der Frau auf dem Sofa zu.

„Wir sind nicht von der Polizei! Das hat Frau Hoffmann nur gesagt, um den Täter zu verjagen!", entschuldigte ich uns, „also nicht, dass Sie denken, wir wollten uns ein solches Amt anmaßen!"

Sie nickte nur, als sei ihr das ziemlich egal. Nein, war es nicht! Unsere unaufrichtige Ehrlichkeit hatte ihr so gut gefallen, dass sie unsere Fragen bereitwillig beantwortete.

29. Sylvia Gonzales hatte Prellungen und blaue Flecke davon getragen, wusste zu berichten, dass jemand vor ihrer Tür gestanden hatte, sie zur Seite gestoßen, in die Wohnung eingedrungen war und sie sofort auf den Balkon gedrängt hatte. Als dann die 'Polizistin' zu hören gewesen war, hatte er von ihr abgelassen und war verschwunden. Nein, gesagt hätte er nichts.

Von unserem, zugegeben halbherzig vorgetragenen Vorschlag, die Polizei zu rufen und Anzeige zu erstatten, hielt sie herzlich wenig. „Wieso? Da kommt ohnehin nichts raus. Die bringen mir nur meine Wohnung durcheinander!"

Sylvia hatte sich schnell wieder gefangen und unsere Fragen ebenso offen wie engagiert beantwortet. So, als wäre sie selbst sehr daran interessiert, dass wir zu Ergebnissen kommen würden. Vielleicht wollte sie auch nur in der öffentlichen Berichterstattung möglichst gut weg kommen. Sie hielt uns ja für Journalisten bzw. Schriftsteller, die darüber entschieden, in welchem Licht sie dargestellt würde.

Das war nicht mal abwegig, denn die Überlebenden der ersten beiden Talkshows waren vor dem Hintergrund der Morde immer noch gefragte Interviewpartner und kassierten dafür manchen Euro. Als beinahe drittes Mordopfer wäre Frau Gonzales nun natürlich ebenfalls sehr gefragt.

Sylvia Gonzales studierte Germanistik, Geschichte und Politik. Schon seit längerer Zeit. Beinahe amüsiert wollte sie sich selbst nicht festlegen, ob sie nun eine Kellnerin war, die nebenher studierte oder eine Studentin, die nebenher kellnerte.

„Was hat Sie denn dazu bewogen, an diesem Forum teilzunehmen und wie ist es überhaupt dazu gekommen, dass sie zu der Talkshow eingeladen wurden?" Ich sah sie aufmerksam an.

„Das ist schnell erklärt!" Sie legte ihre Arme auf den Tisch, mit den Handflächen nach oben. „Die Pauschale. Ein paar Hundert Euro sind für mich viel Geld!" „Und wie haben sie von diesem Forum erfahren?" Sana.

„Das stand doch im Internet!" Sie drehte ihre Hände um, als wolle sie sich abstützen. „Also durch Zufall?" Die Skepsis meiner Frau war kaum zu überhören. Zumindest für mich.

„Na ja, genau genommen hat mich Alfred darauf aufmerksam gemacht!", murmelte sie bedrückt. Der Gedanke an ihren toten Forumskollegen war ihr sichtlich unangenehm. „Sie kannten ihn also?" Sana!

„Kennen ist zu viel gesagt! Er war ab und zu in der Kneipe, in der ich arbeite. Vor einiger Zeit hat er mir mal davon erzählt. Ein wenig aufdringlich war er schon. Aber er hat ja Recht! Nach der Bayernwahl hat eine Journalistin dem Trittin von Grünen plötzlich vorgeworfen, dass sie die Partei der Reichen wären. Ich glaube, dass war im Morgenmagazin. Und in den Tagesthemen und Heute Journal wird ständig über diesen saudi-arabischen Journalisten berichtet, der wohl in der Botschaft umgebracht wurde. Dabei wird immer wieder ein empörter Erdogan gezeigt, so als würde der jetzt für die Pressefreiheit kämpfen!" Hmh? Dafür, dass sie sich eher belästigt gefühlt haben wollte, hatte sie sich erstaunlich viel gemerkt.

„Aber dann hat er mich doch noch überzeugt!" Sie zuckte mit den Schultern und ließ sich dann darüber aus, wie schlampig öffentlich-rechtlichen mit dem Thema Flüchtlinge und Migration umgingen. Ausführliche Berichte, wenn ein solcher Ausländer ein Kapitalverbrechen beginge, die ständig wiederholt würden.

Na ja, das konnte man so sehen, wenn ich Sylvias Schlussfolgerungen auch nicht so einfach teilen wollte. Bevor ich etwas dazu sagen konnte, redete sie schon weiter.

„Aber das ist nicht der Knackpunkt!" Sie richtete sich noch gerader auf und ballte ihre Hände zu Fäusten. „Warum informieren die Medien nicht wirklich? Warum berichten sie nicht einfach darüber, wie es wirklich ist. Darüber, dass junge Männer, egal wo sie geboren sind, besonders häufig straffällig werden, vor allem, wenn sie nicht arbeiten können und kaserniert sind. Oder darüber, dass es mindestens so viele deutschstämmige Intensivtäter gibt, weil unser Rechtssystem es schwer macht, ihnen etwas nachzuweisen!"

Sana schüttelte den Kopf. „Ganz so ist ja auch nicht!" Ein Fehler, wie sich zeigte, denn Sylvia kam jetzt erst so richtig in Fahrt. „Wenn Sie jemand vergewaltigt? Zeigen Sie den an?" Sie wartete die Antwort gar nicht erst ab. „Natürlich nicht! Denn wenn es zu einem Gerichtsverfahren kommt, werden sie noch einmal vergewaltigt. Die Verteidigung wird Ihren Ruf mit allen Mitteln in den Dreck ziehen, wird Sie als Lügnerin und Schlampe beschimpfen. Und wenn Sie Pech haben werden sie noch wegen Verleumdung verklagt und bestraft. Oder ihr Peiniger wird so milde bestraft, oft genug auf Bewährung, was er dann feixend als Freispruch wertet und sie noch im Gerichtssaal erneut bedroht."

Sie atmete durch, war aber noch nicht fertig. Beklagte, dass die Justiz der Verrohung und dem zynischen Weltbild vieler junger Menschen nicht mehr gewachsen sei. Sogar Angriffe auf Polizisten kämen immer häufiger vor, weil manche Menschen glauben dabei im Recht zu sein. Denn die Medien zeigen oft, wie die Beamten irgendeinen jungen Mann auf den Boden drücken und ihm den Arm nach hinten drehen, um ihm Handschellen anzulegen. Dass der vorher einem Polizisten einen Pflasterstein an den Kopf geworfen hat, ist nicht zu sehen. Auch wird kaum mal darüber berichtet, dass der verletzte Beamte tagelang im Krankenhaus liegt, während der Täter nicht mal in Untersuchungshaft kommt.

Es hätte ja sogar mal eine tolle Richterin gegeben, die daran etwas ändern wollte. Aber die wäre wohl umgebracht worden.

Das Schlimmste sei allerdings, dass die Opfer der schweren Straftaten fast immer die Flüchtlinge und Migranten selbst wären. Wehrlos den Kriminellen und einzelnen Terroristen, manchmal auch denen, die eigentlich für Ordnung sorgen sollen, ausgeliefert. Niemand helfe ihnen! Denn nur die Rechte der Täter könnten in Deutschland noch geschützt werden!

„Wenn man den Medien glaubt, ist das so!" Sie senkte den Blick zum Tisch herunter. Ihre Hände waren jetzt wieder geöffnet.

„Diese Art der Berichterstattung gießt doch Öl ins Feuer und spaltet noch mehr! Und dabei präsentieren sie sich diese Journalisten auch noch wie der Messias persönlich!"

Es war nicht zu übersehen. Diese Sylvia8 hatte sich da in etwas hinein gesteigert. Schwer zu sagen, wohin sie ihr missionarischer Eifer noch führen würde.

Ich schaute Sana aus den Augenwinkeln an. Sie hatte ihre skeptische Miene aufgesetzt. Ein sicheres Zeichen, dass sie betroffener war, als sie sich eingestehen wollte.

Sylvia hatte sich offenbar wieder ein wenig beruhigt. „Ich habe das Forum dann im Internet auch gefunden! Aber Sie haben sicher ganz andere Fragen!"

Die hatten wir! Aber sie wusste angeblich nur, dass Alfred des öfteren beruflich in Berlin zu tun hatte. Knapp zwei Stunden von Dresden mit der Bahn. Nein, was er da genau machte, wüsste sie nicht.

Aus den Akten war mir bekannt, dass Alfred als freiberuflicher Trainer, Moderator oder Konfliktberater für kleine und mittlere Unternehmen tätig war. Man hatte auch seine letzten Klienten befragt. Viele waren es nicht. Kaum Auffälliges. Außer, dass seine Geschäfte nicht besonders gut liefen.

30. „Alfred28 war in der ersten, Sylvia Gonzales in der dritten Talkshow. Aber sie kannten sich schon vorher persönlich. Sie ist ja erst durch Alfred zu diesem Forum gekommen!" Sana setzte sich auf unsere Wohnzimmercouch. Wir waren gerade erst nach Hause gekommen.

Hmh? Darüber hatte ich schon auf dem Heimweg nachgedacht. „Du meinst, das ist nicht nur bei den beiden so?"

„Zumindest bezweifele ich, dass alle Mitglieder zufällig für dieses Forum ausgewählt worden sind!", grübelte sie.

Mir kam ein anderer Gedanke. „Glaubst Du, dass diese Sylvia8 tatsächlich getötet werden sollte?" „Wie meinst Du das?" Sie sah mich irritiert an.

„Wie wahrscheinlich ist es, dass wir genau in dem Moment bei ihr vor dem Haus stehen, als sie vom Balkon gestürzt werden soll?", formulierte ich meine Vermutung als Frage.

Sie wusste immer noch nicht, worauf ich hinaus wollte. „Was willst Du damit sagen? Es wusste doch niemand, dass wir zu ihr gehen wollten!"

Es ist gar nicht so selten, dass man sich davor fürchtet seine eigenen Gedanken auszusprechen. Und meistens lässt man es dann auch sein. Da Sana und ich in dieser Sache gemeinsam ermittelten, sollte es aber diesmal möglich sein. Das hoffte ich zumindest. „Hast Du mit van Haaren über die Gonzales gesprochen?", fragte ich also.

„Daniel? Du spinnst doch!" Ich war nicht sicher, ob sie meinen Verdacht nur für abstrus hielt oder ob sie sich persönlich angegriffen fühlte. Immerhin blieb sie einigermaßen ruhig.

Damit es dabei blieb, verzichtete ich darauf nachzusetzen und ihr darzulegen, was ich meinte. Es war besser, ihr die Zeit zu lassen, selbst darüber nachzudenken.

Also wechselte ich das Thema. „Wir haben eine Verbindung zwischen der ersten und der dritten Talkrunde. Sylvia8! Wir sollten uns jetzt mal mit der zweiten Show befassen!"

„Darüber habe ich auch schon nachgedacht. Die beiden, die aus dieser Runde übrig geblieben sind, treten zur Zeit noch bei einigen privaten Fernsehsendern auf. Sicher nicht ganz umsonst! Ich habe schon bei Wegener nachgefragt, doch der meint, dafür könne er keinen Cent locker machen!" Ihre Miene blieb ausdruckslos. Sie wartete offenbar auf eine Reaktion.

Meine Verärgerung war mir hoffentlich nicht anzusehen. Natürlich hatte meine Frau schon immer sehr eigenständig gearbeitet. Trotzdem! Ich hätte es besser gefunden, wenn wir uns bei diesem sensiblen Fall abgestimmt hätten.

Egal! „Dann machen wir so weiter wie bisher!", setzte ich an. Ihre Miene war nicht mehr ganz so abweisend. „Wie meinst Du das?"

„Bisher waren diejenigen aus dem Forum, die an der Talkshow teilgenommen haben, doch recht offen!", gab ich mich optimistisch.

Sie nickte. „Stimmt! Vielleicht wegen ihrer getöteten Kollegen! Oder weil sie im Fernsehen waren und sich nun als Personen des öffentlichen Lebens fühlen!"

„Wie kommst Du darauf?" „Ist Dir das noch nicht aufgefallen? Wenn jemand in den Medien einmal eine bestimmte Ansicht vertreten hat, dann bleibt er dabei. Selbst, wenn er es ursprünglich gar nicht so gemeint hat!", grinste sie.

Ich war skeptisch. „Weil er sich selbst treu bleiben will?" Sie lachte ein wenig zu laut. „Nein, ich glaube, er versucht nur dem Bild zu entsprechen, das sich die Öffentlichkeit von ihm gemacht hat!"

Halbhuber

31. Es war nicht ganz so einfach, wie ich es erhofft hatte. Rolfl war wütend und abweisend gewesen. Ich konnte ihn sogar ein wenig verstehen. Für seine Interviews und die Teilnahme an einigen Talkshows hatte er einiges an Geld bekommen. Das reichte seines Erachtens allerdings nicht mal als „Schmerzensgeld" aus.

So ganz von der Hand zu weisen war das nicht. Hatte er bei van Haaren noch die Gelegenheit gehabt, seine zugegeben schlichten Gedanken in die Diskussion einzubringen, war er in den anderen Shows regelrecht vorgeführt worden. Immer wieder hatte man Szenen eines brauen Mobs eingespielt und den Eindruck erweckt, dass er dazu gehöre.

Klar! Manche seiner Ansichten gingen nicht allzu weit über den Rand eines Desserttellers hinaus. Aber es war auch erkennbar, dass er einiges, was die Medien berichteten einfach nur in eine falsche Schublade getan hatte. Hmh? Es passierte Sana und mir ja auch schon mal, dass wir Nachrichten unterschiedlich einordneten. Um darüber nicht noch zu zanken, sahen wir uns bestimmte Sendungen kaum noch an.

Ich erfuhr auch, dass Rolfl sich bis vor ein, zwei Jahren regelmäßig über die Nachrichtensendungen im Fernsehen informiert hatte. Nach der Berichterstattung zum Thema Flüchtlinge und Ostdeutsche im Jahr 2016 hatte er damit aufgehört.

Natürlich beteuerte er, alles andere als ein Nazi zu sein. Aber das hätte man ihm vor laufender Kamera nicht geglaubt. Sondern ihm nur Fragen gestellt, die ihn in die fremdenfeindliche Ecke schoben. Und zwar so formuliert, dass er keine Chance gehabt hätte, dagegen anzukommen.

„Und was machen Sie, wenn in ihrem Viertel einige Flüchtlingsfamilien angesiedelt werden?", provozierte ich.

Seine Antwort überraschte mich. „Schwierig! Normalerweise würde man sich kennenlernen und sich mit einigen von ihnen auch anfreunden. Aber dann kommen wieder diese Berichte in den sozialen Medien und im Fernsehen, die beide Seiten unter Generalverdacht stellen. Das kennt man doch. Daran gehen sogar ganz alte Freundschaften kaputt!"

Hmh? Vielleicht war er ja nur eine ehrliche Haut, deren verbale Unreinheiten sich nicht hinter der gut geschminkten öffentlich-rechtlichen Ausdrucksweise verbergen konnten.

Allerdings er war nicht einfältig und bekam durchaus mit, dass er lächerlich gemacht wurde. Es hatte nur etwas länger gedauert, weil er zu oft den Versprechen der Journalisten und Moderatoren geglaubt hatte, dass man in ihrer Sendung nicht so mit ihm umgehen würde.

Keine Ahnung, ob es wirklich so krass gewesen war, wie er mir das beschrieb. Möglich war auch, dass nur seine Sicht auf die Dinge bei ihm diesen Eindruck erzeugt hatte.

Wie dem auch war. Weder Geld, das wir sowieso nicht hatten, noch gute Worte konnten ihn dazu bringen, mit uns zu reden.

32. Gerhardt15, hieß eigentlich Gerd Halbhuber, lebte in Hannover und arbeitete in der Verwaltung einer größeren

Versicherung. War dort zuständig für die Abwicklung auslaufender Verträge, bei denen der Versicherungsfall nicht eingetreten war, die Kunden sie aber nicht verlängern wollten. Also nichts besonderes, wie er betonte.

Mit Blick auf eine mögliche Veröffentlichung seiner Geschichte bestand er darauf, weiterhin mit seinem Nicknamen angesprochen zu werden.

Er war sofort bereit, mit mir zu reden. Mit mir, nicht mit uns! Sana war zwar enttäuscht, aber nicht wirklich überrascht. „Na ja, zwei gegen einen? Würde ich auch nicht so gerne machen!"

Auch Gerhardt15 war in den Medien herumgereicht worden und hatte sich das ganz gut bezahlen lassen. Ich hatte mir auch einige der Sendungen mit ihm angesehen. Es ging dabei sogar einigermaßen fair zu. Vielleicht, weil er seine Worte stets so sorgfältig wählte als ging es um Formulierungen in einem Versicherungsvertrag.

Seine Antworten und Kommentare in den ausgestrahlten Gesprächen hatten mich gleichwohl überrascht. War er mir bei van Haaren als gemäßigter Bürgerlicher mit gemütlichem Wohlstandsbauch erschienen, also eigentlich gar nicht aufgefallen, gerierte er sich in den Sendungen als knallharter Marktliberaler.

33. Ich saß ihm nun in der Eck-Kneipe gegenüber, die er vorgeschlagen hatte, genauso wie den Tisch hier ganz hinten am Ende des Raumes. Jedenfalls waren wir ungestört.

Als er mir gegenüberstand – er hatte sich zur Begrüßung von seinem Platz erhoben – war er schlanker als in meiner

Erinnerung. Na ja, vielleicht war es auch nur das übliche. Im Fernsehen sahen alle ja irgendwie dicker aus.

„Ist es richtig, dass sie bei van Haaren anders argumentiert haben, als in den späteren Interviews und Talkshows?", sprach ich ihn auch gleich darauf an.

Er verzog sein Gesicht zu einem schiefen Grinsen. „Sehen Sie sich solche politischen Sendungen öfter an?" Eine Frage mit einer Gegenfrage zu beantworten war nicht nett, zeigte mir aber, dass ich es nicht mit einem Dummkopf zu tun hatte. Ich nickte nur.

„Dann wissen Sie auch, bei welchen Positionen sie weniger oder mehr ungestörte Redezeit bekommen!" Er sah mich provozierend an.

„Ist das ihr ernst?" Ich wusste nicht, was ich davon halten sollte. Er sah mich mitleidig an. „Schauen Sie sich doch die Berichterstattung nach der Wahl in Bayern an. Die Moderatoren und Journalisten haben nur ein Thema. Sobald ein Politiker darüber reden will, was die Koalition in Berlin inhaltlich macht, wird er abgewürgt. Gefragt wird immer nur danach, wann es mit Seehofer vorbei ist, wann die Kanzlerin oder die Nahles abtreten muss und die große Koalition auseinander fällt!"

Er schüttelte den Kopf: „Das ist keine Berichterstattung mehr! Man will, dass die Regierung zerbricht. Sie reden das Chaos herbei, damit sie ihre Sensationen haben. Dabei sie wissen selbst, dass es nach Neuwahlen nicht einfacher wird. Aber das ist denen egal. Hauptsache die Einschaltquote stimmt! Kein Wunder, wenn die Menschen der Demokratie nicht mehr vertrauen!"

Ich sah ihn erstaunt an. „Das klingt so, als wären sie jetzt der gleichen Meinung, wie Alfred28 und Kemal7?"

„Fanden Sie denn alles falsch, was die beiden so von sich gegeben haben?", antwortete er wieder mit einer Frage.

Meine Irritation war mir wohl anzusehen. Er fuhr fort.

„Glauben Sie, dass die beiden jemals in den Nachrichten oder einer Talkshow die Gelegenheit bekommen hätten, ihre Meinung zu äußern?" „Na, ja, ...", setzte ich an, wurde aber unterbrochen.

„Ich meine vollständig und nicht in aus dem Zusammenhang gerissenen Fetzen?"

Es dauerte ein Moment, bis ich verstanden hatte, worauf er hinaus wollte. „Sie meinen, Sie haben das nur gesagt, um keinen Ärger zu bekommen?"

Er lachte. „Nein, so einfach ist das nicht. Eigentlich ist ja beides richtig. Das was die Rechten sagen, von wegen das der Markt alles am besten regelt. Aber auch das, was die Linken sagen. Von wegen Menschenrechte und dass es nicht in Ordnung ist, dass wenige so viel haben und manche gar nichts!"

„Und Sie meinen, wenn sie nur die eine Sicht vertreten...?", setzte ich an, wurde aber wieder unterbrochen. „Habe ich das wirklich? Denken Sie noch mal nach. Ich habe den Positionen von Alfred28 und Kemal7 immer nachdrücklich widersprochen!"

„Na, das meine ich ja!", nickte ich. „Aber so habe ich die Gelegenheit gehabt, die Meinung der beiden ausführlich darzustellen. Sonst hätte ich sie ja nicht so präzise widerlegen können!", grinste er.

Es war nur eine schwache Ahnung, die mir sagte, worauf er hinaus wollte. „Sie haben das für die beiden Verstorbenen getan?" Er schüttelte den Kopf. „Nicht nur. Es hat mir Spaß gemacht, so zu agieren wie die Profis. Nimmt man wortwörtlich, was sie sagen, kommt man wohl zu einem vernünftigen Ergebnis. Nimmt man aber hinzu, wie sie es sagen und wie sie mit den Vertretern der unterschiedlichen Positionen umgehen, kommt etwas ganz anderes heraus. Eine Stimmung, die kaum noch etwas mit den Argumenten zu hat!"

Er zuckte mit den Schultern. „Außerdem wollte ich weiter eingeladen werden!"

Was sollte ich dazu sagen? So unsympathisch mir dieser pomadige Daniel van Haaren auch war, konnte ich es nicht leugnen. Er hatte aus uninteressierten, normalen Leuten politisch engagierte, vielleicht sogar fanatische Mitstreiter für seine Sache gemacht.

Hmh? Solche Leute blieben ja gerne im Ungefähren. Mal sehen. „Können Sie etwas konkreter werden. Nur damit ich es auch richtig verstehe!"

Er sah mich erstaunt an, wiegte seinen Kopf langsam hin und her. Dann lehnte er sich zurück. Mit der Miene und Stimme eines Paukers, der einen begriffsstutzigen Schüler vor sich hat, legte er los. „Also fangen wir bei einer einfachen Geschichte an. Wir wollen doch alle nicht, dass unsere Innenstädte veröden und ein Geschäft nach dem anderen zumacht. Aber wir kaufen im Internet und das Geschäft in unserer Nähe macht dicht. Weil wir zu faul und geizig sind!" Ich nickte. Das hatte ich schon öfter gehört.

Er räusperte sich. „Wir sind natürlich gegen Kinderarbeit, unmenschliche Arbeitsbedingungen und grausamen Umgang mit Tieren. Sagen alle. Aber wir kaufen da, wo es am billigsten ist und scheißen auf die Moral. Wenn Sie das im öffentlich-rechtlichen Fernsehen sagen, werfen die Journalisten und Moderatoren Sie den Wirtschafts- und Verbandsvertretern zum Fraß vor! Da haben sie keine Chance!"

„Ist das nicht ein wenig übertrieben?", wusste ich nicht, was ich dazu sagen sollte. „Nein, eher untertrieben. Aber machen wir weiter! Ist Deutschland denn überhaupt noch ein souveräner Staat? Machen wir nicht nur das, was die weltweit operierenden Konzerne wollen? Die halten uns doch ständig einen möglichen Arbeitsplatzverlust wie eine geladene Pistole an den Kopf. Also liefern wir Waffen an Saudi-Arabien, mit denen im Jemen jede Lebensgrundlage für die Menschen zerstört wird."

Sein ernster Blick war jetzt wie ein Kopfschütteln auf mich gerichtet. Dann redete er über Erderwärmung, schlechte Luft in den Städten, die überschwemmt würden mit fahrenden und parkenden Autos, Plastikmüll in den Ozeanen, die Abholzung des Regenwaldes am Amazonas! Alles nur für das Wachstum der Wirtschaft, um mehr Autos zu verkaufen und billig zu fliegen. Dass durch Umweltkatastrophen schon Millionen Menschen gestorben oder am verhungern sind, wäre uns egal. Wir würden weiter konsumieren auf Teufel komm raus.

Klar wüssten wir, dass den Menschen auch in Europa irgendwann das Wasser bis zu Hals stehen würde, weil der Meeresspiegel und das Klima ein Leben unmöglich macht? Auch das wäre uns egal! Dann würden es uns selbst ja sowieso nicht mehr geben.

Hmh? Das war ja alles richtig. Aber diese Schwarzmalerei störte mich. „Das habe ich alles schon mal gehört, auch und gerade in den öffentlich-rechtlichen Medien!", hielt ich ihm entgegen.

Er lachte böse. „Richtig. Aber wann und wie? Doch eher als Thema für Spinner und Nachteulen. Nicht so wichtig wie tausend andere Dinge. Wie zum Beispiel der Trainerwechsel von Bayern München, die Absetzung des Verfassungsschutzchefs oder der dauernde Streit um Worte zum Thema Migration! Oder habe ich die öffentlich-rechtliche Berichterstattung falsch verstanden!"

Sein erhobener Zeigefinger stocherte wie ein Dolch durch die Luft. „Leuten wie Ihnen machen die schönen Werbespots mit ihren Beauty-Chemikalien an schönen Frauen und die dicken SUVs, die durch eine unberührte Naturlandschaft donnern da schon eine bessere Stimmung!"

Natürlich hätte ich ihm gerne widersprochen. Zu den Werbespots sogar aus ehrlicher Überzeugung. Aber darum ging es ja hier gar nicht. Und was das andere betraf, hielt ich wohl sowieso besser den Mund.

Außerdem hatte ich zwei Todesfälle aufzuklären. „Sie meinen Kemal7 und Alfred28 wären damit den Konzernen, der Politik und sogar den Medien auf die Füße getreten?", kam ich zu meinem eigentlich Anliegen zurück. Das andere war ja doch nicht mehr zu ändern!

34.
Gerhardt15 schaffte es noch einmal mich zu überraschen. „Kemal7 war eigentlich ein arrogantes Arschloch. Der hat uns andere in der Talkrunde doch gar nicht ernst genommen! Der hat wahrscheinlich auch sonst jede Menge Leute vor den Kopf gestoßen!"

Aus den Akten wusste ich, dass Kemal Öztürk in Ankara studiert hatte. Mit einem Abschluss in Betriebswirtschaft und Politik. In Deutschland hatte er sich in den Fächern Geschichte und Informatik eingeschrieben. Betrieb sein Studium aber eher halbherzig, da er auch noch im Gemüseladen seines Vaters arbeitete. Gemüseladen? Eher eine Ladenkette!

Jedenfalls hatte der bisher einzig Verdächtige, ein türkischer Kurde, hier gelegentlich eingekauft. Der Vater des Opfer hatte anfangs nicht daran glauben wollen, dass dieser Kurde etwas mit dem Mord an seinem Sohn zu haben könnte. Nach dem aber aus der Türkei vermeldet wurde, das er an einer Schule der Gülen-Bewegung gewesen war und somit unter Terrorverdacht stand, war der Vater unsicher geworden. Das konnte auch damit zu tun haben, dass er seit dem Tod seines Sohnes regelmäßigen Besuch des Imams einer Ditib-Moschee erhielt.

Wie ich das hasste! Eine Aktenlage, in der ein Klischee das nächste jagte. Ein gefundenes Fressen für die Medien!

Gerhardt15 sah das genau so. „Wenn überhaupt, dann steckt wohl eher ein reicher Geschäftsmann dahinter. Da gibt es hier und in der Türkei auch einige, die sich den Markt noch liberaler wünschen!" „Und was hat das mit Kemal7 zu tun?" Ich hatte von den ständig wechselnden Bereichen, in denen ein Motiv liegen konnte, allmählich die Nase voll.

Gerhardt15 schob sein Kinn vor. „Na ja, in seiner Familie gibt es ein paar sehr reiche Geschäftsleute. Die leben allerdings nicht in Deutschland und machen sich Sorgen wegen der türkischen Wirtschaftslage!"

Schon wieder eine neue Richtung? „Und woher wissen Sie das?" „Das hat Kemal uns doch erzählt. Also bevor die Aufzeichnung los ging!", brummte er. „Das sagt er Ihnen einfach so? Obwohl er Sie vorher niemals gesehen hat?", fragte ich ungläubig zurück.

Er beugte sich zu mir herüber. „Das dürfen sie niemals erwähnen. Ich würde es abstreiten. Wir haben uns zur Aufzeichnung nicht zum ersten Mal gesehen. Es hat eine Woche vorher ein Vorbereitungsgespräch mit dem Moderator gegeben. Mit Kemal, aber ohne Rolf1. Keine Ahnung, warum der nicht dabei war!"

Das war ja mal eine interessante Neuigkeit. „Und um was ging es dabei?" Er hob die Schultern. „Van Haaren hat Kemal misstraut, weil er aus einem wohlhabenden Clan stammte, mit einem richtig reichen Onkel, der bald an die Börse geht. Unser Moderator wollte von ihm wissen, ob er in der Talkshow tatsächlich so linke Positionen vertreten will. Und auch warum!"

„Wieso wusste van Haaren davon?" Gerhardt15 lehnte sich wieder zurück. „Da kann ich nur spekulieren. Der war ja mal Wirtschaftsredakteur und hatte vielleicht noch Kontakt zu seinen ehemaligen Kollegen!"

Ich versuchte mir einen Reim darauf zu machen. Gar nicht so einfach. „Und warum wollte er Sie dabei haben?"

„Mir hat er erklärt, dass er Sorge habe, dass ihm jemand vorwerfen könnte, seine zufällige Auswahl von Nichtwählern wäre nur ein ´Fake´. Er wollte wohl sicher gehen, dass dieser Kemal kein trojanisches Pferd war. Und ich sollte als Zeuge dabei sein!" Gerhardt15 schien darüber alles andere als glücklich zu sein.

Das wurde ja immer schöner. Der nächste Gedanke war auch schon da. „Und Alfred28? Kannten Sie den auch persönlich?" Er schüttelte den Kopf. „Nein, nur aus dem Fernsehen!"

Na gut, das wäre auch zu einfach gewesen. So ganz unzufrieden war ich trotzdem nicht. Immerhin hatte ich einige Hinweise erhalten, die der offiziell ermittelnden Polizei vorenthalten worden waren.

Er sah mich nun an, als hätte er meine Gedanken gelesen. „Sie sind kein Schriftsteller! Was sind Sie? Polizist?"

Was sollte ich sagen? „So ähnlich!", räumte ich ein. Er nickte nur. Ich war erleichtert, dass er es so gelassen aufnahm. „Gibt es sonst noch etwas, das Ihnen komisch vorkam?"

Gerhardt15 räusperte sich. „Schon witzig. Ich habe ja alte Freunde in Berlin, die ich ab und zu besuche!" Keine Ahnung was daran witzig sein sollte.

Während ich schon überlegte das Thema zu wechseln, fuhr er fort. „Da bin ich auch der Sylvia8 ein paar Mal begegnet!"

Sana

Kolloquium

35. Lisa hatte sich mal wieder gemeldet. Nur um mir zu sagen, dass es ihr gut ging und mit ihrem Willy alles bestens lief? Für meinen Anteil daran, dass es so gekommen war, wollte sie sich noch einmal bedanken und mich zum Essen einladen.

Und natürlich hatte ich das gerne angenommen, so dass wir jetzt hier bei meinem Stammitaliener saßen und uns zuprosteten. Unser Gespräch war leicht und angenehm. Über alte Zeiten! Alt? Ja, das kam uns so vor, obwohl wir uns erst seit achtzehn Monaten kannten. Aber die hatten es in sich gehabt.

Wir waren beide mit ähnlich heftigen Altlasten in das letzte Jahr hineingegangen, die wahrscheinlich kaum jemand anderer nachvollziehen konnte. Die Päckchen, die wir mitschleppten, hatten so viele Gemeinsamkeiten gehabt, dass Lisa einmal gemeint hatte: „Die Gespräche mit Dir? Da kann ich ja gleich mit meinem Spiegelbild reden!"

So ganz stimmte das sicher nicht. Willy hatte es schon eher getroffen. „Jede von Euch ist das Alter Ego der anderen!"

Inzwischen waren wir beide in der Gegenwart angelangt. „Wie geht es Willy denn. Der ist doch jetzt Rentner. Oder?" Das interessierte mich wirklich, denn ich hatte ihm einiges zu verdanken.

„Er bewegt sich viel zu wenig. Nimmt das mit seinem Ruhestand offenbar wörtlich!", klagte Lisa nun, schien aber eher amüsiert als verärgert zu sein. „Willy schreibt jetzt!" „Und?" Sie verdrehte die Augen. „Also mein Fall ist das nicht. Meistens so ein Psychozeug!"

„Überrascht Dich das wirklich?" „Natürlich nicht!" Sie schüttelte den Kopf. „Und bei Dir?"

Gute Frage! Daniel van Haaren hatte Norbert gekannt! Und er wollte, dass ich ihn zu einer offiziellen Veranstaltung des ZDF begleite. Mein Jahrestag mit Karlheinz war geplatzt. Nach 15 Jahren zum ersten Mal. Das Gewusel meiner Gedanken war deutlich komplizierter als das Muster der gehäkelten Decke, die vor mir auf dem Tisch lag. „Alles gut!", sagte ich aber nur.

„Sieh mich an!" Ihr Ton gefiel mir nicht, aber mein Blick ging automatisch hoch zu ihrem Gesicht, das sich in vorwurfsvolle Falten gelegt hatte. „Mach mir nichts vor! Ich kenne Dich!"

Und wahrscheinlich hat Karlheinz Dich gebeten mit mir zu reden, weil er sich wieder mal Sorgen um mich macht, dachte ich bei mir.

Aber sie hatte recht. Es war sinnlos, so zu tun als wäre nichts. Vielleicht war es ja sogar nützlich mit ihr darüber zu reden. Unter dem Siegel der Verschwiegenheit schilderte ich ihr also den Fall, an dem wir zur Zeit arbeiteten.

„Und weil es so heikel ist, dürfen wir nicht offiziell ermitteln. Wir arbeiten also undercover!", beendete ich meinen kurzen Bericht.

„Interessant!", stellte sie nüchtern fest und schob hinterher: „Aber das hat Dir doch sonst nichts ausgemacht!"

Ich zögerte. Weniger, weil ich es eigentlich lieber vor ihr geheim halten wollte, als dass ich nicht wusste, wie ich meine Ahnung in die richtigen Worte fassen konnte!

Aber sie würde ja doch nicht locker lassen. Also schilderte ich ihr meine Begegnungen mit Daniel. Auch einige Details. Ihr fragender Blick blieb unbewegt auf mich gerichtet.

Und so redete ich weiter. Alles was mir so durch den Kopf ging. „Er ist ein sehr bekannter Moderator. Trotzdem gibt er sich sehr persönlich!", kam ich schließlich zu Ende.

Nun erst gab sich Lisa zufrieden. „Er baggert Dich an?", grinste sie. „Nein!" widersprach ich ihr. Ein wenig zu heftig. Das bemerkte ich selbst. Ich führte mir meine Gespräche mit ihm noch einmal vor Augen. Bemühte mich, die Eindrücke zu beschreiben. „Manchmal habe ich so ein Gefühl, als gäbe es zwischen uns eine Verbindung!"

Sie blieb skeptisch. „Woran machst Du das fest?" Tja, was sollte ich dazu sagen? „Ich weiß nicht. Vielleicht, weil er manchmal Bemerkungen macht, die mich irritieren. Nein! Ich glaube nicht, dass er mich anbaggert."

Lisa schaute mich besorgt an. „Vielleicht hat er den Prozess gegen Deinen Kollegen Norbert Schulz nicht selbst gesehen. Aber das ging doch durch die Presse. Und die hatten auch Fotos von Dir gezeigt. Dieser schwarze Balken über den Augen war ja kaum mehr als ein Feigenblatt. Und Du hast ihn jetzt an diese Polizistin aus der Zeitung erinnert!"

„Du meinst, ich habe ihn an mich selbst erinnert?" Mein Lachen war eine schlechte Fälschung.

„Hmh? Oder er hat Dich sogar erkannt. Dann weiß er, dass Du Polizistin bist oder zumindest damals eine warst!", führte sie ihren Gedanken zu Ende und setzte noch einen drauf. „Vielleicht hatte er ja sogar Kontakt zu Norbert und weiß mehr über Dich als Du denkst!"

„Du spinnst!" Eigentlich wollte ich jetzt lachen. Das blieb mir allerdings im Halse stecken. Völlig abwegig war das ja nicht. Nein, wenn er Norbert schon so lange kannte, war das sogar naheliegend.

Andererseits? „Wie wahrscheinlich ist es, dass jemand den ich nur aus dem Fernsehen kannte, sich mit einem Jugendfreund trifft und ausgerechnet über mich redet?", versuchte ich sie, nein mich, zu beruhigen.

Lisa fasste meine Hände. „Und das Kolloquium? Er versucht offensichtlich Dein Vertrauen zu gewinnen. Du weißt ja selbst am besten, wie gefährlich so etwas werden kann. Pass bloß auf Dich auf!"

36. Ich und ein Kolloquium mit Stehempfang? Kaum zu glauben! Zu so etwas hätten mich normaler Weise keine zehn Pferde gebracht. Dass ich jetzt aus dienstlich Gründen hier sein musste, war schon schlimm genug. Schlimmer war allerdings, dass ich gegenüber Daniel so tun musste, als sei ich vor Begeisterung völlig aus dem Häuschen. Wie einer dieser Teenager, die beim Anblick von irgendwelchen Promis vor lauter Aufregung in Ohnmacht fielen.

Aber dass es so anstrengend sein würde, hatte ich nicht erwartet. Klar, die meisten Teilnehmer kannte ich aus dem Fernsehen. Es dauerte immer eine kleine Weile bis mir das bewusst wurde. Denn in der Realität wirkten sie blasser, kleiner, normaler, ja beinahe unscheinbar. Wenn sie nicht in der Programm-Broschüre angekündigt gewesen wären, hätte ich sie vielleicht gar nicht erkannt.

Es war schon ungewohnt mit ihnen hier in einem Raum zu sitzen. Von den Journalisten über die in Daniels Forum diskutiert wurde, war allerdings niemand dabei. Das eigentliche Kolloquium war ziemlich langweilig. Das Thema Spaltung wurde nur kurz gestreift. Ausführlicher wurden die Todesfälle der zwei Mitglieder von Daniels Forum behandelt. Die Anteilnahme aller Anwesenden nahm breiten Raum ein.

Vor allem wurde aber der Mut der öffentlich-rechtlichen Fernsehschaffenden zu einer kritischen Berichterstattung besonders hervorgehoben. Aber da ging es schon längst nicht mehr um die Leute im Forum, sondern um die heldenhaften Journalisten. Die würden ja nicht selten bei ihren Recherchen sogar ihr Leben riskieren.

Daniel war erstaunlich zurückhaltend. Wenn er sich überhaupt zu Wort meldete, stieß er ins gleiche Horn. „Ich werde doch hier nicht mein ganzes Pulver verschießen!", flüsterte er mir als Erklärung zu.

Ich war froh, als das der offizielle Teil vorbei und wir endlich im Foyer standen. Meine Erleichterung währte nur kurz.

Denn plötzlich war er verschwunden. Ebenso wie zwei weitere Leute, die an meinem Tisch gestanden hatten.

Daniel, der mich mit seinen lockeren Sprüchen noch einigermaßen bei Laune gehalten hatte, stand jetzt an einem anderen Stehtisch. Und er unterhielt sich lebhaft mit dem Intendanten, einem Chefredakteur und einer großen rothaarigen Frau, die ich schon des öfteren in irgendwelchen Berichten gesehen hatte.

Im Foyer befanden sich ungefähr sechzig Leute. Alle standen um die Stehtische herum. Mindesten vier pro Tisch, meist deutlich mehr. Außer an meinem Tisch. Da stand nur eine Person, die ein schönes, glitzerndes knielanges Kleid trug. Sie war in einem der Spiegel an der Wand zu sehen. Ja, ich sah eigentlich ganz gut aus.

Das dachte sich wohl auch einer der jüngeren Journalisten, der mir während des Kolloquiums gar nicht aufgefallen war. Jedenfalls stand er plötzlich neben mir. Er lächelte mich freundlich an und war so klug, das Thema der ´unerträglichen Einsamkeit am Stehtisch´ gar nicht erst zu erwähnen.

Es war auch schon so unangenehm genug. Vor allem hatte man, wenn man erst einmal alleine hier herum stand, keine Chance, jemanden als Gesprächspartner abzulehnen.

Ich hatte Glück. Er, Jean-Paul stellte er sich vor, hatte zwar schon die sich wichtig gebende Attitüde der TV-Leute, war aber eigentlich ganz nett. Ein hübscher Kerl. Groß, schlank mit dunklen Locken, die sein schmales jungenhaftes Gesicht umrahmten. Er war sogar einigermaßen witzig.

„Ja ja, wir Journalisten leben in ständiger Gefahr. Also ich bin echt froh, dass mir noch kein Laptop auf den Fuß gefallen ist. Oder, dass ich noch nicht von einem Headset erwürgt worden bin!", versuchte er flachsend mit mir ins Gespräch zu kommen.

Natürlich nutzte ich die Gelegenheit und erfuhr von ihm, dass er erst seit einem Jahr dabei war. Nein, vor der Kamera war er noch nicht gewesen, sondern arbeitete im Hintergrund, recherchierte und bereitete die „Frontleute", wie er sie nannte vor. „Diese Täfelchen mit Fragen und Fakten sind von Leuten wie mir!"

Er äußerte sich auch durchaus ironisch und nicht gerade positiv über das hinter uns liegende Kolloquium. Das fand ich eine ganze Weile sogar einigermaßen unterhaltsam.

Damit war es allerdings vorbei, als mir selbst einige kritische Bemerkungen zur medialen Berichterstattung in Form von Interviews und Talkshows herausrutschten.

„Das verstehst Du falsch! Natürlich sind die Inhalte wichtig, aber Du kannst sie nur überbringen, wenn sich die Zuschauer für die Leute interessieren, die sie vermitteln. Wenn die nicht spannend sind, dann schalten die gar nicht erst ein. Nur dadurch, dass die politischen Akteure zur Konfrontation gezwungen werden, hören sich die Zuschauer überhaupt die Inhalte an!", ranzte er mich beinahe an.

„Gehen die Inhalte dann nicht unter!", hielt ich ihm vorsichtig entgegen. Inzwischen hatten sich noch zwei Männer an meinen Tisch gestellt. Dunkle Anzüge, gebräunte Gesichter und auffallend präzise gestylte Frisuren. Sie schienen uns zu ignorieren und unterhielten sich angeregt. Was sie miteinander redeten konnte ich zwar hören, aber kaum verstehen. Die Namen und organisatorischen Fragen, um die es sich drehte, hatte ich noch nie gehört. Aber sie schienen mit der heutigen Veranstaltung durchaus zufrieden zu sein. Zumindest hätte sie „ihren Zweck erfüllt!"

Obwohl doch zum Kolloquium passend und auch sonst naheliegend regte sich Jean-Paul über meine nächste Frage schon wieder auf. „Diese Talkshows von Daniel? Wer hat sich die eigentlich angesehen? Ich meine, bevor ihr sie gesendet habt!"

„Meinst Du, dass sich irgendjemand so etwas freiwillig anschaut? Die lagen wochenlang herum. Bis dann einer von diesen Clowns umgelegt wurde!" Er warf mir einen vorwurfsvollen Blick zu.

Doch so schnell ließ ich mich nicht ins Bockshorn jagen. „Und dann habt ihr das sofort gesendet? Das musstet ihr doch nicht tun!"

„Ach nein? Sollten wir warten bis es bei ´Aktenzeichen XY-ungelöst´ gebracht wird?" Seine Miene war alles andere als freundlich.

„Warum bist Du jetzt eigentlich so aggressiv? Ich habe doch nur gefragt, um es zu verstehen!", versuchte ich ihn zu unserem Plauderton zurückzubringen.

Er schüttelte den Kopf. „Meinst Du, ich weiß nicht, dass Du gar nichts mit van Haarens Forum zu tun hast!"

„Äh, das habe ich auch gar nicht behauptet!", verteidigte ich mich. Ein böses Grinsen erschien in seinem Gesicht. „Du bist auch keine Journalistin, wie van Haaren behauptet hat! Du bist bei der Polizei!" Die letzten Worte spuckte er regelrecht heraus. So als hätte er es mit etwas absolut widerwärtigem zu tun.

Einige Leute waren inzwischen auf uns aufmerksam geworden. Glücklicherweise auch Daniel, der sich schnell von den Leuten an seinem Tisch verabschiedete und zu mir herüber kam.

„Die Gesellschaft löst sich langsam auf. Ich glaube, für heute reicht es mir. Kommst Du mit?", lächelte er und hielt mir seinen Arm hin.

Und so verließen wir das Foyer. Ich war sicher, dass wir von einigen nicht gerade freundlichen Blicken verfolgt wurden.

Daniel wirkte entspannt, als mache er einen Spaziergang, während ich unsicher und hastig auf meinen hohen Absätzen stöckelte als wäre ich auf der Flucht.

Vor dem Gebäude schlug Daniel vor, dass wir „doch noch irgendwo einen Absacker nehmen" sollten. Eigentlich keine schlechte Idee, denn da gab es noch einige Fragen, die ich ihm gerne gestellt hätte.

Andererseits hatte ich das Gefühl an diesem Abend schon genug abgesackt zu sein. Das feindselige Verhalten von Jean-Paul hatte mich mehr getroffen als ich mir eingestehen wollte. War er so sauer auf mich gewesen, weil ich bei der Polizei war? Oder hatte es mit dem Forum zu tun?

Das Unwohlsein mit dem ich mich bei Daniel entschuldigte und ihn auf „das nächsten Mal" vertröstete, war nicht mal gelogen.

Beinahe hätte ich es mir allerdings noch einmal anders überlegt. Denn er zeigte sich sehr verständnisvoll, wirkte aber auch selbst ein wenig angeschlagen. „Ich verstehe Dich nur zu gut. Für mich ist der Abend ja auch nicht gerade erfreulich verlaufen!"

Mein Erstaunen war mir wohl anzusehen. Er wirkte ziemlich betroffen, aber auch irgendwie tapfer. „Die haben mir schon einmal das Leben schwergemacht. Neid und Missgunst sind keine guten Kollegen!"

Mein Mitgefühl war schon kurz davor über die Ufer zu treten. Dann hatte ich Lisas „pass auf Dich auf!" wieder in den Ohren.

Nein! In meiner jetzigen Stimmung hätte ich Daniel wohl weniger Fragen gestellt als mich gemeinsam mit ihm ausgeheult.

Teambesprechung

37. „Wenn dieser Jean-Paul wusste, dass ich Polizistin bin, dann weiß Daniel das sicher auch!", beendete ich meinen kurzen Bericht. Karlheinz nickte nur.

„Wahrscheinlich stört es ihn nicht mal!", murmelte Ruth Kappel, „vielleicht fühlt er sich ja sogar geschmeichelt, das sogar undercover ermittelt wird! Du solltest bei van Haaren am Ball bleiben! Wenn es stimmt, dass van Haarens Talk überhaupt nur wegen der Todesfälle gesendet wird, hätte er selbst auch ein starkes Motiv. Ich halte das zumindest nicht für ausgeschlossen!"

Das konnte doch nicht ihr ernst sein. Ich hätte ihr am Liebsten auch ein paar passende Worte dazu gesagt. Das gebrummte „kann schon sein!" meines Mannes ließ mich erst zögern und dann schnell das Thema wechseln.

„Müssen wir Wegener darüber nicht informieren?" Ich gab mir gleich selbst die Antwort. „Er hat doch mit den Oberen der beiden Sender gesprochen. Vielleicht auch darüber!"

„Möglich! Das würde aber bedeuten, dass Wegener uns etwas verschwiegen hat!" Karlheinz.

Ruth Kappel verzog das Gesicht zu einer Grimasse. „Wir sollten die vom Fernsehen nicht unterschätzen. Vielleicht hat er ja sogar einen Deal mit denen gemacht." Ich sah sie erstaunt an. „Wegener?"

Die Staatsanwältin zuckte mit den Achseln. „Kann natürlich auch sein, dass die Daniel van Haaren etwas anhängen wollen? Zum Beispiel, dass sein Konzept ein Fake ist."

„Dann würden diese Talkshows nicht mehr ernst genommen! Das würde den öffentlich-rechtlichen Fernsehmachern ganz gut in den Kram passen!", pflichtete Karlheinz mir bei. Ich sah ihn erstaunt an. Teilte er meine Befürchtung etwa?

„Oder, dass er mit den Morden etwas zu tun hat? Die wollen ihn auf jeden Fall loswerden!", nickte ich, das unschöne Ende des sogenannten Kolloquiums wieder vor Augen.

Mein Mann verzog das Gesicht, als habe er in eine Zitrone gebissen. „Van Haaren weiß sicher, dass Sana Polizistin ist!" Er deutete mit dem Kinn auf mich. „Umso wichtiger wäre es, wenn er glaubt, dass Du ihm vertraust und auf seiner Seite stehst!" Meinte er das ernst?

Ruth warf uns beiden einen skeptischen Blick zu. „Wir sollten vorsichtig sein! Van Haaren war ja immerhin mal ein sehr bekannter Fernsehschaffender und kennt sich mit Intrigen aus. Selbst, wenn er zehn Jahre nicht mehr zu sehen war!"

Ihre Kehrtwende gefiel mir nicht. „Du meinst, es spricht doch einiges dafür, dass er alles Mögliche getan hat, um wieder auf den Bildschirm zu kommen?"

Sie zuckte mit den Schultern. „Vielleicht. Aber das meine ich nicht! Diese Fernsehtypen haben, selbst wenn sie nicht so attraktiv sind wie dieser van Haaren, eine besondere Wirkung auf Menschen!"

Was wollte Sie denn damit sagen? Befürchtete sie etwa, ich könnte mich beeinflussen lassen?

Wenn Karlheinz deswegen beunruhigt war, zeigte er es zumindest nicht. Oder doch? Jedenfalls wechselte er das Thema.

„Ich habe mir noch einmal die Akten von Kemal und Alfred vorgenommen. Allzu aufwändig wurde da ja nicht recherchiert. Meines Erachtens sollten wir uns wegen Kemal selbst in der Türkei umhören. Und wegen Alfred? Ich habe das Gefühl, dass Sylvia8 mehr weiß!"

„Türkei? Das macht der Wegener niemals mit!" Die Kappel sah meinen Mann kopfschüttelnd an. Der grinste nur und zeigte mit dem Finger auf seine Brust. Dahin, wo sich sein Herz befinden musste. „Kein Problem! Ich habe ja schon mal mit Kollegen in Istanbul und Ankara zu tun gehabt."

„Und die dürfen mit Dir ganz offen reden?" Die ungläubige Miene der Kappel sprach Bände.

Karlheinz warf ihr einen belustigten Blick zu. „Du meinst die politischen Verhältnisse in der Türkei? Schau doch mal, wie es bei uns ist! Wir machen doch trotz allem auch unseren Job!"

Karlheinz

Erkenntnisse

38. Diesmal suchten wir Sylvia8 in ihrer Kneipe auf. Sie war wenig erfreut. Weil wir sie bei ihrer Arbeit störten? Ihren Job machte sie jedenfalls gut. Sie war schnell und schien zu jedem Gast ein beinahe freundliches Verhältnis zu pflegen.

Erst nach einer Viertelstunde schaffte sie es, sich zu uns zu setzen. „Ich habe allerdings nur ein paar Minuten. Sie sehen es ja selbst!" Ihre Arme machten eine ausholende Bewegung, die das ganze Lokal umfasste.

Unsere höfliche Frage nach ihrem Befinden verstand sie wohl als Aufforderung, sich zur aktuellen politischen Lage zu äußern. „Haben Sie in den letzten Tagen die Berichterstattung zur Hessenwahl gesehen. Eine unglaubliche Meinungsmache!"

Sie warf den Medien vor, nur die Frage in den Vordergrund zu stellen, wie lange sich die große Koalition in Berlin noch halten könne. Immer wieder, so als wäre es unanständig, wenn die weiterregierten! Dabei wären die durch die Bundestagswahl für vier Jahre gewählt.

Und diese ständigen Politbarometer grenzten doch an Betrug! „Damit die Ergebnisse nur einigermaßen valide sind, müssten die Hunderttausende befragen. Und da die Beantwortung freiwillig ist, kann nicht mal dann gesagt werden, ob das Ganze repräsentativ ist! Schaut doch mal, wie sehr die tatsächlichen Ergebnisse an den Wahlabenden am Ende von den Prognosen und ersten Hochrechnungen abweichen! Wie können die dann alle paar Tage Veränderungen im Promillebereich feststellen? Nein, das Ganze hat doch nur den Zweck die Wähler zu beeinflussen!"

Sie regte sich auch über die Fragestellungen bei den Umfragen auf. „Das sind doch nur die Phrasen, die die Journalisten immer wieder dreschen! Meinungsmache, die als Frage verbrämt wird!"

Sie fürchtete, dass noch mehr Spaltung und Chaos entstehen könnte, wenn immer nur über die Streitigkeiten der Koalitionsparteien berichtet würde. „Hauptsache, sie haben ihre Katastrophen, in denen sie sich suhlen können!" Sie holte nun erst einmal Luft und wartete auf unsere Reaktion.

Ich nahm ihr die Empörung sogar ab. Aber ich wusste auch, dass sie damit vor allem über das eigentliche Thema hinwegreden wollte.

„Kemal7?", riss meine Frau dann auch das Ruder herum, „was wissen Sie über ihn?"

„Na das, was in der Zeitung gestanden hat!" Sie lehnte sich auf ihrem Stuhl zurück und verschränkte die Arme vor der Brust.

Ich schaute mich in dem gut gefüllten Lokal um. „Gerhardt15 hat uns aber noch etwas anderes erzählt!"

Ihr Gesicht verzog sich, als wolle sie lächeln, brachte aber nur eine Grimasse zustande. „Ach, Sie meinen, weil dieser Typ hier war, der so ähnlich aussah wie Kemal? Ich habe dann später erfahren, dass er ein Cousin von ihm war und Murat hieß!"

Hmh? Das war mir neu! Manchmal brachte es ja doch etwas, einfach auf den Busch zu klopfen.

Sana beugte sich vor. „Sie kennen ihn?" Sylvia8 machte eine abwehrende Handbewegung. „Er war hier im Lokal. Ich habe nur ein paar Worte mit ihm gewechselt. Erst ging es nur um seine Bestellung. Er wollte genau wissen, welche Zutaten wir für seinen Gemüseauflauf mit Hühnchen verwendeten. Dann haben wir uns kurz über die Eröffnung der großen Ditib-Moschee in Köln unterhalten!" Sie zögerte.

„Und?" Sie hob die Schultern. „So genau weiß ich das nicht mehr! Es ging auch um den Kölner Dom. Er meinte, zu dessen Eröffnung seien ja auch keine Türken eingeladen gewesen! Und die Moschee würde beweisen, dass der Islam doch zu Deutschland gehöre!"

„Das ist sicher richtig!", wusste ich nicht, was ich sagen sollte. „Hat er sich denn sonst noch irgendwie politisch geäußert?" Sana lächelte ihr aufmunternd zu.

Darüber schien Sylvia erst einmal nachdenken zu müssen. „Zum Beispiel zum Thema Glauben und Politik?", schob meine Frau hinterher.

„Könnte man so sehen. Er meinte, wenn es hier muslimische Gemeinden geben würde, könnte man ja auch an eine demokratische Partei denken, in der sich die Türken besser aufgehoben fühlten!", bestätigte Sylvia8.

Interessant! „Was wissen Sie über ihn?" „Na ja, der kam ganz sympathisch rüber. Er ist wohl Mitglied bei der Union Europäisch-Türkischer Demokraten, der UETD, die wollen die Türkei an die EU heranführen. Sagt er wenigstens!" Sie verdrehte die Augen.

Ich fragte mich, wie ernst das wohl gemeint war. „Und wie sollte das aussehen?" Sie schüttelte den Kopf. „Da ist er recht allgemein geblieben. Schwer zu sagen, in welche Richtung, das gehen sollte!"

„Und sie haben da nicht nachgefragt?", vermutete ich. „Nein, aber die beiden am Tisch haben sich dann ziemlich gefetzt! Es ging wohl darum, dass die deutschen Türken nicht nur für die Türkei die AKP, sondern auch hier in Deutschland so eine Partei wählen können sollten!"

Sie erhob sich von ihrem Stuhl. „Ich muss wieder!" Dann wandte sie sich in Richtung Theke und ging.

„Die beiden? Kannten Sie den anderen auch?", rief meine Frau ihr hinterher.

Sylvia8 drehte sich halb zurück zu unserem Tisch „Ja, klar! Habe ich das nicht gesagt? Der hat sich mit Alfred28 gestritten!"

39. „Damit haben wir die Verbindung zwischen den Opfern!", stellte ich fest. „Jetzt müssen wir nur noch herausfinden, was das zu bedeuten hat!

„Es gibt da eine Kleinpartei in Deutschland, die überwiegend aus Türken besteht. Die Allianz Deutscher Demokraten, die ADD ist bereits bei der Bundestagswahl und in den NRW-Landtagswahlen angetreten. Es gibt sie jetzt auch in Bayern!" Sana.

„Du meinst, so ähnlich wie diese Dänen-Partei in Schleswig-Holstein?", erinnerte ich mich an meine Zeit in Kiel.

Sana lachte. „Nein. Die sind völlig bedeutungslos! Wählerstimmen im Promillebereich. Aber ihre Chancen steigen natürlich, wenn die Spaltung der Gesellschaft in Deutschland voranschreitet, die Parteienlandschaft immer mehr zersplittert, das Ansehen der etablierten Parteien sinkt und die Regierung scheinbar immer weniger für Ordnung sorgen kann!"

Nachdenklich fuhr sie fort. „Das hat Daniel van Haaren offenbar erkannt und will mit seinem Forum etwas dagegen tun!"

So ganz war ich nicht ihrer Meinung, zog aber nur die Schultern hoch. „Das kann schon sein. Allerdings wissen wir ja jetzt, dass die Talkshow ohne die Morde gar nicht im Fernsehen übertragen worden wären!"

Meine Frau hob beide Hände ein wenig an, wie eine Dozentin, die auf sich aufmerksam machen will. „Nehmen wir einmal an, es wäre so! Dann würde sich doch die Frage stellen, warum ausgerechnet Kemal7 und Alfred28 getötet wurden. Und warum man es bei Sylvia8 versucht hat!"

Ich nickte. „Und ob es etwas zu bedeuten hat, dass erst Alfred28 und danach Kemal7 getötet wurde?"

Perspektiven

40. Vielleicht ist es ja eine Frage des Alters. Nach meiner persönlichen Erfahrung stieg die eigene Souveränität mit den Jahren bis zu einem bestimmten Zeitpunkt sukzessive an, um danach erst allmählich und dann rapide abzunehmen.

Bei manchen ist es wie bei einer Gaußschen Normalverteilung, da wird der Höhepunkt schon mit Ende dreißig erreicht und sinkt bis 60 auf den gleichen Stand, wie in der Pubertät ab. Das hatte Willy mir so erklärt.

Meistens würde der Gipfel aber, vor allem bei denjenigen, die noch erfolgreich im Beruf stehen, deutlich später erreicht. Bei sich selbst glaubte Willy sogar, dass der Abstieg erst kurz vor seiner Pensionierung begonnen hätte. Der sei dann aber besonders steil vor sich gegangen.

Dieser Typ vom Fernsehen und Sanas Reaktion auf ihn? Nein! Sie hatte sich korrekt und professionell verhalten, und genau wie ich nur ihren Job gemacht. Eigentlich!

Vielleicht hatte dieser van Haaren auch nur seinen Job gemacht, als er seine Charmeoffensive auf sie abfeuerte wie aus einer Schrotflinte. Natürlich war Sana kein kleines, naives Mädchen mehr. Aber bei der Streuung, die ein Schuss aus einer Schrotflinte hatte, traf man ja immer irgendwas.

Und dieser Prominenten-Status? Wie oft hatte ich das schon beobachtet. So jemand konnte trivial sein und noch so einfältiges Zeug von sich geben. Ja, er konnte sogar distanzlos und anmaßend sein. Allein dadurch, dass er ein Star war, nahm das Umfeld sein Verhalten ganz anders wahr, als bei einem normalen Menschen.

Eigentlich konnte so jemand machen, was er wollte. Es wurde positiv bewertet oder zumindest toleriert. Denn er musste eben jemand besonderer sein, sonst wäre er ja kein Star. Wie dem auch war. Jedenfalls hatte Sana unseren 15. Jahrestag einfach ausfallen lassen. Nicht nur unser übliches Festessen, sondern sogar die Verabredung nach der Aufzeichnung der dritten Talkshow. Selbst dieses eine Stündchen waren wir ihr nicht wert gewesen. Oder sie hatte es einfach vergessen.

41. „Wir haben ihn!" Dr. Dr. Wegener schien mit sich und der Welt zufrieden zu sein.

Ich war alles andere als das. Und so wie Ruth Kappel und meine Frau das Gesicht verzogen, ging es ihnen nicht anders. Wegener war aber längst noch nicht fertig. Er machte eine ausholende Armbewegung. „Wie ich vermutet habe. Es handelt sich um einen innertürkischen Konflikt!"

„Nach dem Motto: Was nicht passt, wird passend gemacht!", brummte Sana und auf den tadelnden Blick Wegeners hin: „Wie passt Alfred28 denn da rein?"

Der Kriminaldirektor nickte gönnerhaft. „Ja, das war der schwierigste Teil. Der hatte mit sich mit jemandem von der UETD angefreundet!" Er stellte nun ausführlich dar, was wir uns unter dieser Europäischen Demokratiebewegung von Türken vorzustellen hatten.

Auch bei der Motivlage des ´überführten´ Kurden blieb er vage. „Na ja, die Feindschaft zwischen den Kurden und den AKP-Anhängern ist ja geradezu sprichwörtlich!"

Sana runzelte die Stirn. „Und Kemal?" Auf diese Frage hatte Wegener offenbar gewartet. Jedenfalls grinste er, als hätte sie ihm einen Elfmeter zugesprochen. „Der hat den Kurden bei der Tat beobachtet und war ein lästiger Zeuge. Es war der Wagen des Kurden, der Kemal überfahren hatte!" Seine selbstgefällige Larifari-Attitüte war kaum zu ertragen. Mein „ach, ja?" brachte mir einen mahnenden Blick der Staatsanwältin ein.

„Es kommt noch besser!", grinste Wegener, „die Türkei verlangt jetzt seine Auslieferung. Er war nämlich an einem Terroranschlag in Istanbul beteiligt."

Unsere Nachfragen blieben genau genommen unbeantwortet, denn die Klischees und Phrasen, die Wegener von sich gab, waren wenig informativ. Wir erfuhren lediglich, dass die offizielle Mordkommission aufgelöst war.

„Und unser geheimes Team hat es ja ohnehin nie gegeben!", zwinkerte er uns zu, „auf jeden Fall sind unsere Innenpolitiker und Fernsehoberen sehr erleichtert, dass das Ganze zu einem sauberen Ende geführt hat. Die Kommissare Frisch und Göbel wurden bereits einer anderen Verwendung zugeführt und können daher heute nicht mehr da sein. Dies ist auch unsere letzte Besprechung. Unser Team ist hiermit aufgelöst. Das möchte ich zum Anlass nehmen, mich ganz herzlich bei Ihnen für die gute Zusammenarbeit bedanken!"

Zusammenarbeit? Lachhaft! Ich zuckte mit den Achseln. „Und wie geht es jetzt weiter?" „Der Fall ist für uns abgeschlossen und liegt nun beim Generalstaatsanwalt. Dort wird auch geprüft, ob zuerst Anklage in Deutschland erhoben wird oder ob der Terrorakt in Istanbul, der ein halbes Dutzend Tote zu beklagen hatte, zu einer sofortigen Auslieferung des Kurden an die Türkei führt!", erklärte Wegener.

Allmählich kam mir die Galle hoch. „Hat dieser Kurde auch einen Namen?" „Goran Özbay, der hat sich schon als Sechsjähriger strafbar gemacht, weil er einen verbotenen kurdischen Namen trug!" Wegener sah uns an, als hätte er einen Witz gemacht. Keiner von uns verzog eine Miene.

„Die uns vorliegenden Akten werfen aber noch eine ganze Reihe von Fragen auf!", gab sich meine Frau trotzig.

Wegener verschränkte die Hände ineinander, als wolle er beten. „Sie sind da nicht auf dem neuesten Stand! Die aktuelle Aktenlage sieht ganz anders aus. Und bevor Sie fragen. Nein, diese Unterlagen kann ich Ihnen nicht zugänglich machen. Im Gegenteil muss ich Ihnen ausdrücklich untersagen, in dieser Sache weiterhin aktiv zu werden. Das ist eine dienstliche Anweisung!" Er räusperte sich. „Und zwar von ganz oben! Ich hoffe, wir haben uns verstanden!" Das klang beinahe bedrohlich.

Meine Frau verfärbte sich und schnaufte so heftig durch, dass ich befürchtete, sie würde jeden Moment auf ihn losgehen.

„Und dieses Forum und die Talkshow der Nichtwähler kann nun ungefährdet weitermachen?", lenkte ich schnell auf ein anderes Thema um.

Wegener hob die Arme als wolle er uns segnen. „Keine Ahnung. Aber soweit ich weiß, ist die Talkshow bereits abgesetzt worden!"

42. Erst als Wegener zur Tür herausgegangen und verschwunden war, ergriff die Oberstaatsanwältin das Wort. „Dieser hochpolitische Fall ist also erledigt. Da könnten wir uns nur noch die Finger verbrennen. Aber wir sind immer noch im Dienst und tun das, was wofür wir bezahlt werden. Es gibt ja auch noch andere Straftaten, die wir verfolgen müssen!"

Ich ahnte, worauf sie hinaus wollte, fragte aber trotzdem. „Welche anderen Straftaten?"

Ruth schüttelte den Kopf. „ Na ganz normale. Solche, bei denen die Polizei unabhängig von Medien, Politik und Spitzen der Verwaltung ihre Arbeit machen kann. Das ist ja eigentlich der Normalfall!"

„Und von was für einem Fall reden wir?" „Na ja, das entscheidet natürlich die Staatsanwaltschaft!" Sie deutete in einer ausholenden Bewegung mit beiden Zeigefingern auf sich selbst. „Also ich!"

Durch das Summen eines Handys aufgeschreckt begannen wir wie auf Kommando in unseren Taschen zu kramen.

Es war das von Sana! Sie fummelte es heraus und führte ein sehr kurzes Gespräch. Das gestaltete sich so, dass sie sich mit Namen meldete, zuhörte und am Ende „einverstanden" sagte.

Unsere fragenden Blicke erhielten von ihr eine ebenso schnelle wie knappe Antwort. „Daniel van Haaren. Er will sich mit mir treffen. Allein!"

Sana

Studiohaft

43. Es war vermutlich die skurrilste Geiselnahme, die es je gegeben hatte. Und ich steckte mitten drin. Ich war betäubt, entführt und hierher gebracht worden. Soweit noch alles normal. Oder auch nicht! Aber das kannte man schon aus den Krimis und ich selbst aus meiner polizeilichen Arbeit. Sobald das Bewusstsein der Opfer zurückkam, fanden sie sich in einem finsteren Loch, Keller oder einer ähnlich schrecklichen Lokalität wieder. Meistens gefesselt und geknebelt!

Ob es schlimmer ist, wenn auch noch die Augen verbunden sind oder man sofort realisieren muss, dass man sich in einem düsteren, ausweglosen Verlies befindet, vermag ich nicht zu beurteilen. Üblicherweise wurde einem jedenfalls relativ schnell klar, in welcher Lage man sich befand.

Nicht, dass ich mir so etwas wünschen würde, aber als ich diesmal die Augen wieder öffnete, wusste ich erst mal überhaupt nicht, was los war. Anfangs glaubte ich sogar, dass ich noch gar nicht aufgewacht war, sondern noch träumte.

Ich befand mich in einem ziemlich großen, lichtdurchfluteten Raum. Es dauerte eine ganze Weile bis ich erkannte, dass es Deckenleuchten und Scheinwerfer waren, die für diese gleißende Helligkeit sorgten.

Trotz mehrerer Tische, Stühle, Pulte, Hocker und bunter Kisten wirkte es nur sparsam möbliert. Dann bemerkte ich auch noch große Stellwände und dass das hier kein Zimmer, sondern eine gar nicht mal so kleine Halle war.

Noch ein wenig später sah ich, dass auf einem der Tische ein Laptop, ein kleiner Ständer mit Mikrophon und ein Beamer standen. Letzterer war eingeschaltet und warf ein großes helles Rechteck auf eine der weißen Stellwände.

Erst als ich die Abbildung auf einer anderen Wand sah, wurde mir klar, wo ich hier war. Eine große Weltkarte, die vor vielen Jahren für einige Nachrichtensendungen vermutlich die Kulisse gebildet hatte. Kaum zu glauben! Aber ich befand mich wirklich und wahrhaftig in einem Fernsehstudio!

Die unmoderne Ausstattung, der Staub in den Ecken und auf den entfernt stehenden Möbeln deuteten darauf hin, dass es lange nicht mehr genutzt worden war. Nur auf dem Tisch mit Laptop und Beamer schien jemand Staub gewischt zu haben.

Ein Blick nach unten zeigte mir, dass ich auf einer Matratze lag. Auch, dass ich weder gefesselt noch geknebelt war und sogar aufstehen konnte.

Das tat ich dann auch und wankte immer noch benommen auf den Tisch mit dem Beamer zu. Mein linker Fuß fühlte sich ein wenig taub und schwer an, als hätte ich einen Klotz am Bein. Aber es ging.

Steifbeinig schlurfte ich durch den Raum bis zu der Stellwand und umrundete den Tisch. Irgendwo war ein leises Rasseln zu hören, das mich an einen Horrorfilm erinnerte.

Nach der Hälfte des Weges um den Tisch herum war es vorbei. Zuerst glaubte ich gestolpert zu sein und schaute auf den Boden.

Da war nichts! Trotzdem hielt mich etwas fest. Am Fußgelenk? Ich sah noch mal nach unten. Tatsächlich! Unten an meinem Bein war eine breite, weiße Schelle befestigt. Plastik? Direkt über meinem Knöchel! Mit einer großen Öse, durch die eine lächerlich dicke Kette gezogen war!

Ich ging den Weg zurück, den ich gekommen war. Das Klirren war nun deutlich zu hören. Kurz vor der Matratze sah ihn. Einen eisernen Ring, der in den Boden eingelassen und mit dem Ende der Kette verbunden war. Wie in einem mittelalterlichen Verlies! Beinahe hätte ich gelacht.

Der Ernst meiner Lage drang nur allmählich zu mir durch. Nein, das war ganz und gar nicht lustig! Natürlich würde ich versuchen, mich von dem Ding zu befreien. Aber ich war da wenig optimistisch. Jemand, der einen solchen Aufwand betrieb, mich hier festzusetzen, ging nicht das Risiko ein, dass ich mich wieder losmachen konnte.

Ich ging wieder zum Tisch. Das war bequem möglich. Der Widerstand, den die schwere Kette verursachte, war erstaunlicher Weise kaum zu spüren. Obwohl sie meiner Schätzung nach fast zehn Meter lang war.

Hinterm Laptop und neben dem Beamer befand sich eine schmale Metallleiste mit vielen Knöpfen, die gut lesbar beschriftet waren. Ich schaltete den Beamer aus und dann die Scheinwerfer. Das Licht war nun angenehmer und blendete nicht mehr so sehr.

Nun sah ich auch das ausgedruckte DIN-A4-Blatt auf der Tastatur des Laptops. Ich nahm es in die Hand und las.

Sehr geehrte Frau Hoffmann, entschuldigen Sie die Unannehmlichkeiten. Aber Daniel ist verschwunden und ist vielleicht in Gefahr. Ich habe Sie bewusstlos in seinem Wagen gefunden und wusste mir nicht anders zu helfen, als sie hier her zu bringen, denn ich glaube, dass auch sie in Gefahr sind.

Ihre Kollegen sind bereits dabei den Fall 'Talkshow der Nichtwähler' abzuschließen, weil sie den Fall angeblich gelöst haben oder weil jemand von ganz oben es so möchte.

Bitte helfen Sie, die Wahrheit herauszufinden! Neben dem Laptop finden Sie drei Sticks mit den Aufzeichnungen der Talkshows, von einigen Minuten am Rande dieser Shows und einige weitere Dateien, die hilfreich sein können.

In der Kiste neben der ersten Stellwand finden sie einen Kühlschrank mit Essen und Trinken. Hinter der Ecke, wo Ihre Matratze liegt, ist eine Toilette in der Sie unbeobachtet sein werden. Der Produktionsraum selbst, in dem ihr Arbeitsplatz steht, wird durch eine Kamera überwacht. Das ist nur zu Ihrer Sicherheit!

Ihr unfreiwilliger Aufenthalt wird enden, wenn sie Hinweise auf den Ort, an dem sich Daniel aufhält, finden oder die zu einer Wiederaufnahme der Ermittlungen führen können!

Hochachtungsvoll

Ein Freund!

Langsam ließ ich mich auf den Stuhl sinken und versuchte zu verstehen, was hier eigentlich los war.

Es dauerte. Allein schon zu akzeptieren, dass nicht jeden Moment jemand hier auftauchen würde, um diesen schlechten Scherz aufzuklären.

Hmh? Ein sehr fürsorglicher Geiselnehmer! Ausgerechnet ein Fernsehstudio? Die Kamera? Wirklich nur zu meiner Sicherheit? Die Vorstellung, was die Kamera zeigen würde, gefiel mir nicht. Hätte ich doch bloß diese weite Hose nicht angezogen. Knöchellang und längsgestreift. Und die klobigen Lederschuhe. Darüber jetzt diese schwere Kette, die ein wenig angerostet zu sein schien. Ich sah wahrscheinlich aus, wie ein Strafgefangener in einem alten Film aus der Mottenkiste.

Was sollte ich jetzt tun? Zuerst musste ich meine Wut und Enttäuschung auf ein handhabbares Maß zurückfahren, damit ich klar denken konnte.

Nicht so leicht, denn konnte ich immer noch nicht fassen, dass ich mich hier in diesem lächerlichen Gefängnis befand.

Karlheinz

Hausbesuche

44. Als Sana auch am Abend noch nicht zurück war, beschlich mich ein ungutes Gefühl. Vielleicht hatte sie ja eine Spur gefunden, die uns in dem Fall Forum weiterbringen könnte. Und sie war so dicht dran, dass es ihr nicht möglich ist, sich zu melden. Es wäre ja nicht das erste Mal. Auch alle Versuche, sie telefonisch zu erreichen, waren ins Leere gelaufen. Bedenklich stimmte mich vor allem, dass sich nicht mal die Mailbox einschaltete. Natürlich machte ich die ganze Nacht lang kein Auge zu.

Am nächsten Morgen fuhr ich dann mit Ruth zur Adresse von Daniel van Haaren, um ihn nach ihrem Verbleib zu fragen.

In seinem repräsentativen Anwesen trafen wir allerdings nur auf Fritz der, in Abwesenheit von Daniel van Haaren, das Haus einhütete, wie er es ausdrückte.

Fritz war nicht mehr der jüngste. Das zeigte sich nicht nur in seinem zauseligen, grauen Bart. Hinter dem konnte sich ja nach meinen Erfahrungen sogar ein relativ junger Mann verbergen.

Sein Alter war eher daran zu erkennen, dass er offenbar mehr in der Vergangenheit als im Heute lebte. Zumindest erzählte er uns ebenso unaufgefordert wie ausführlich von seiner großartigen Zeit beim Fernsehen. Wenn auch ungeduldig, ließen wir ihn gewähren und hofften, dass er anschließend auch unsere Fragen bereitwillig beantworten würde.

Als Kameramann musste er wohl eine große Nummer gewesen sein. Und bis vor zehn Jahren hatte er relativ häufig mit „Daniel" zusammengearbeitet. „Der war damals ein echter Star! Das war eine große Sauerei, wie der damals abgeschossen wurde!", kam er zum Ende.

Über unsere Nachfrage nach diesem „wie" zeigte er sich erfreut und war gerne bereit, uns Auskunft zu geben. Seine Empörung war ihm immer noch anzumerken. „Eine unglaubliche Intrige. Man hat ihm unterstellt, die Studiogäste gebrieft zu haben. Und dass die Geschichten und Schicksale, die sie in seiner Show so dramatisch geschildert haben, frei erfunden oder mit unwahren Details dramatisiert worden waren. Ich bin sicher, dass da nur ein Popanz aufgebauscht wurde. In Wahrheit steckte wahrscheinlich einer seiner Vorgesetzten dahinter, dem er die Ehefrau ausgespannt hatte!"

Ruth Kappel war wieder einmal ziemlich schmerzfrei. „Hatte van Haaren denn öfter Ärger mit den Kollegen wegen seiner Affären?"

Ich erwartete, dass er diese Frage abblocken würde. Denn sie rückte den Mann auf den er so große Stücke hielt, ja in ein ziemlich schiefes Licht. Doch ich sollte mich irren.

„Ja klar, er war damals der Hecht im Karpfenteich. Die wollten doch alle was von ihm. Aber als er dann weg vom Fenster war, wollten auch die Frauen nichts mehr mit ihm zu tun haben!" Seine Anteilnahme war echt.

„Und welche Rolle spielten Sie dabei?", hakte ich nach. Der Zausel zeigte uns seine Zähne. Nach ihrem Zustand zu schließen, war er wirklich nicht mehr der jüngste. Sicher war ich nicht. Er war ja kein Pferd!

„Ich war bei fast allen Produktionen sein erster Kameramann. Sie glauben gar nicht, was ich damals verdient habe!", fiel er wieder in die alten Zeiten zurück.

Nun reichte es mir. „Wann haben Sie ihn denn zuletzt gesehen. War er da alleine?" So leicht mir die Frage über die Lippen gekommen war, so groß war plötzlich die Sorge vor seiner Antwort.

Er schien es nicht zu bemerken, sondern antwortete unbefangen, ja beinahe erfreut, uns etwas Neues berichten zu können. „Das war gestern Nachmittag. Er hat sich von mir verabschiedet und meinte, dass er dienstlich für ein paar Tage unterwegs wäre."

Auch sein Bart konnte das Lächeln um seinen Mund nicht verbergen. „Nein, er war nicht alleine. Diese blonde Journalistin war bei ihm. Ja ja, sie ist mit ihm gegangen. Attraktive Frau! Die hat was! Sie hat sich ja in der letzten Zeit öfter mit ihm getroffen!"

Hmh? Wie meine Frau aussah, wusste ich selbst. Aber, dass sie sich öfter mit ihm getroffen haben sollte, irritierte mich! Von zweimal wusste ich, aber zweimal war nicht öfter. Na gut, sie war in den letzten Tagen nicht immer zu Hause gewesen. Aber das kam schon mal vor. Sicher hatte sie es mir erklärt. Typische Erledigungen, die Frauen ebenso gern machen, wie es Männer gar nicht interessiert und sie nicht wirklich hinhören.

Ich konzentrierte mich wieder auf mein Gegenüber. Er beantwortete auch in der nächsten halben Stunde bereitwillig unsere Fragen. Aber das brachte uns nicht weiter. Er gab uns zwar die Handynummer van Haarens, wies jedoch im gleichen

Atemzug darauf hin, dass er es schon mehrfach versucht hatte. „Nicht mal die Mailbox ist angesprungen!"

45. Das war jetzt drei Tage her. Wir hatten immer noch nichts von Sana gehört. Vielleicht begleitete sie tatsächlich van Haaren auf seiner dienstlichen Reise.

Aber dass sie das tat, ohne einem von uns Bescheid zu geben, war schwer vorstellbar. Nicht einmal ihre Freundin Lisa wusste etwas. Zumindest sagte sie das.

Die beiden als vermisst zu melden und nach ihnen fahnden zu lassen ersparten wir uns. Die Frau eines Kollegen, die mit einem Typen vom Fernsehen durchgebrannt war, hätte jede Polizeidienststelle ebenso mitleidig wie amüsiert zur Kenntnis genommen.

„Weitermachen!", hatte Willy gemeint, „Kolumbus hat schließlich auch Amerika entdeckt, obwohl er eigentlich den Weg nach Indien suchte!"

46. Die Informationen aus der Türkei hatten uns zunächst auch nicht weiter gebracht. Sowohl Kemal7 als auch sein Cousin Murat waren polizeilich nicht auffällig gewesen und galten als solide Betriebswirtschaftler, die sich nur für die stabilen Verhältnisse eines Landes und Rechtssicherheit für die Investoren interessierten.

Durch welches politische System das gewährleistet wurde, war ihnen angeblich herzlich egal. Der Verfall der türkischen Lira machte ihnen dagegen große Sorgen und Erdogans Politik mit seiner Elefant-im-Porzellanladen-Strategie Strategie, den Konflikt mit den Kurden immer wieder neu zu befeuern, gefiel ihnen gar nicht, erschien ihnen auch wirtschaftlich dumm.

Das war mir früher schon bei meinen türkischen Freunden und Bekannten aufgefallen. Gerade, wenn sie etwas menschlich betroffen machten, redeten sie gerne über die allgemeine Finanzsituation.

Kemal7 war da wohl weniger diplomatisch als Murat gewesen. „Er sollte wohl besser nicht in die Türkei einreisen!", hatte der türkische Kollege gemeint.

Hmh? Die Destabilisierung eines Landes, welches auch immer, durch eine Sendung wie das ´Forum der Nichtwähler´ läge aber wohl kaum in seinem Interesse.

Auf die Frage, warum Kemal an diesem Forum teilgenommen hatte, gab der türkische Kollege mir eine merkwürdige Antwort. „Das weiß ich natürlich nicht! Aber seine Verwandten meinten, dass Kemal ziemlich frustriert wäre. Er sei ja schon immer ein sehr emotionaler Typ gewesen und hätte das vielleicht rauslassen müssen!"

Recht weit hergeholt! Andererseits? In der Türkei konnte er das ja nicht, ohne ins Gefängnis zu kommen. Hatte er also das Forum genutzt, um sich auszukotzen?

Das einzig nützliche, dass ich erfahren hatte, war die Adresse seines Cousins Murat.

47. Nun stand ich also vor seinem Haus. Haus? Eher eine herrschaftliche Villa, die durch einen beachtlichen Vorgarten hinter einem schmiedeeisernen Tor von der Straße getrennt war.

Der Klingelknopf an der gemauerten Säule machte schon etwas her, erfüllte seine Funktion aber nicht. Obwohl ich ihn mehrmals durchaus kräftig drückte, geschah minutenlang nichts.

Also prüfte ich vorsichtig rüttelnd, ob das Tor überhaupt abgeschlossen war. Das war es dann leider. Allerdings klapperte es in der Mitte dieses Portals ein wenig und ich erkannte, dass sich dort ein schmales Türchen befand. Dessen Klinke war gar nicht mal so klein, aber so angebracht, dass man sie kaum sehen konnte.

Ich drückte sie herunter und tatsächlich öffnete sich leise quietschend eine Lücke, so dass ich mich hindurch schieben konnte.

Im Vorgarten, etwa zehn Meter von den Stufen vor dem Hauseingang entfernt, schaute ich mich um. Kurzgeschorener Rasen und arg zurückgestutzte Büsche und Bäume. Sonst nichts! Die Distanz bis zur Treppe war schnell überwunden.

Ein Schatten von rechts, den ich nur aus den Augenwinkeln sah und eine Hand, die schmerzhaft auf meine Schulter drückte! Beides ganz plötzlich, aber nicht völlig unerwartet. Ich hatte meine Lektionen bei Lee schließlich gelernt.

Ich ergriff die Hand auf meiner Schulter, trat einen Schritt zur Seite und stellte mich breitbeinig hin, während meine Arme erfolgreich die Anwendung der Hebelgesetze demonstrierten, so dass der Kerl nun stöhnend auf dem Boden lag.

Jetzt machte sich sein Kumpel, den ich immer noch nicht richtig gesehen hatte, bemerkbar. Nicht direkt er selbst, sondern seine Faust, die mitten in meinem Gesicht landete. Okay, eigentlich hätte ich sie vorher schon abfangen müssen, aber im Alter ließen die Reflexe ja bekanntlich nach.

Immerhin erwischte ich die Faust bzw. den Arm an dem sie hing, kaum das sie meine blutige Nase verlassen hatte. Ich bückte mich darunter weg, stellte mein rechtes Bein aus und zog den Arm des Angreifers erst herunter und dann zu mir hin.

Ich bemerkte selbst, dass ich ein wenig hüftsteif kaum weit genug herunter kam und dass meine Bewegungen nicht so flüssig waren, wie sie hätten sein sollen.

Aber es reichte, auch diesen Kerl zu Boden zu schicken. Wahrscheinlich, weil sie bei dem alten Mann, der ich geworden war, eher mit Problemen beim Treppensteigen als mit irgendwelchen Aikido-Aktionen gerechnet hatten.

Die beiden Kerle rappelten sich schon wieder auf. Nicht sehr groß, muskelbepackt und vermutlich türkischstämmig sahen sie mich alles andere als freundlich an. Sie waren fraglos verärgert, aber auch ein wenig erstaunt.

Die beiden warfen sich einen kurzen Blick zu und ich stellte mich auf die nächste Runde ein. Doch bevor es zur Fortsetzung unserer Klopperei kommen konnte, öffnete sich die Tür und ein relativ junger Mann trat heraus.

Er nickte mit seinem Kopf zur Seite, so als wolle er die beiden wegschicken. Tatsächlich! Die Muskelprotze verschwanden hinter der Ecke des Hauses.

Der junge Mann streckte mir freundlich die Hand entgegen. Na ja, so sah es wenigstens aus. Erst auf den zweiten Blick erkannte ich meinen Irrtum. Er bot mir gar keinen Händedruck an, sondern hielt eine Pistole auf mich gerichtet.

„Kommen sie rein!" Er fuchtelte mit der Waffe in Richtung Hauseingang. Zweifellos ein Angebot, dass ich nicht ablehnen konnte. Also ging ich hinein. Er folgte mir.

Durch einen Flur, der an das Foyer eines Theaters erinnerte, dirigierte er mich, vorbei an einem großen Raum mit einer modernen, kargen Wohnlandschaft, in einen Salon mit zwei plüschigen Sesseln und einem runden Tischchen, dass vergoldet zu sein schien. Er bedeutete mir mit der Waffe, Platz zu nehmen. Dann setzte er sich auch selbst hin.

„Na, so haben Sie sich das doch wohl vorgestellt, wenn sie einen reichen türkischen Geschäftsmann aufsuchen. Oder?" Grinsend legte er seine Waffe vor sich auf den Tisch, griff in seine Jackentasche, deutete auf meine Nase und hielt mir ein Papiertaschentuch hin.

Ich zuckte mit den Schultern und tupfte mir das Blut aus dem Gesicht. Viel war es nicht. Die Bodyguards hatten mir wohl nicht ernsthaft wehtun sollen.

Jetzt erst sah ich mein Gegenüber genauer an. Seine Ähnlichkeit mit Kemal war frappierend.

„Mein Name ist Murat Özcalan`. Sie sind also Schriftsteller?", fragte er so spöttisch als freue sich regelrecht auf das nun folgende Geplänkel. Er wusste offenbar Bescheid und ich hatte wenig Lust, mich hier zum Affen machen zu lassen.

„Okay. Karlheinz Hoffmann. Sie wissen also wer ich bin!", machte ich dem albernen Spiel ein Ende. „Das einzige, was mich interessiert, ist es meine Frau zu finden. Und der Mord an Kemal7 könnte da eine Rolle spielen. Wie ist es bei Ihnen?"

„Wenn Sie mir sagen, für wen Sie arbeiten, was Sie vorhaben und was Sie wissen, werde ich es Ihnen erklären!" Er schien es trotz seines ironischen Tonfalls ernst zu meinen.

In der nächsten Viertelstunde ging es dann zu wie auf einem orientalischen Marktplatz. Jeder wollte vom anderen soviel wie möglich erfahren und selbst dafür nur das absolut Notwendige preisgeben.

Er hatte erkennbar mehr Erfahrung mit der Feilscherei auf einem Basar. Dafür kannte ich mich vielleicht besser aus mit den Feinheiten einer polizeilichen Befragung. Nach meinem Dafürhalten war das Ergebnis in etwa unentschieden.

Zu meiner Überraschung konnte Murat sich nicht vorstellen, dass dieser Kurde etwas mit den Morden zu tun haben könnte.

„Goran Özbay, der hatte angeblich einen verbotenen kurdischen Namen! Wie kann ein Name denn verboten sein?" Das interessierte mich wirklich.

Er schaute verlegen aus dem Fenster. „Ach, das. Die Kurden sollten ihre Identität verlieren und nur noch Türken sein, also assimiliert werden. Deshalb haben die Kinder manchmal nicht den Namen ihrer Eltern, sondern den des Standesbeamten annehmen müssen. Heute begründet man das damit, dass die kurdischen Namen Buchstaben enthalten, die es im türkischen Alphabet nicht gibt!"

„Hat Erdogan nicht zu den Deutschtürken gesagt, dass Assimilierung, also der Türken in Deutschland, ein Verbrechen gegen die Menschlichkeit wäre!", erinnerte ich mich und schob hinterher. „Na ja, bei uns sagt man ja auch, wenn einem etwas vorgemacht wird, dann wäre das ′getürkt′!"

Er war sichtlich amüsiert. „Tja, eure Politik und eure Journalisten trauen sich doch nicht, bei Erdogan aufzumucken. Und bei den Menschenrechten tut ihr doch nur so. In Wahrheit unterstützt ihr beinahe jeden Völkermord mit Waffen. In der Türkei sagt man, wenn jemand heuchelt, dass er ′deutscht′!"

Auch, dass die türkischen Behörden dahinterstecken könnten, bezweifelte er. „Der Kemal hat sich ja für das Forum gemeldet, um möglichst viel Öffentlichkeit zu erreichen. So viel, dass jede offizielle Stelle es sich dreimal überlegen würde, gegen ihn vorzugehen. Und durch seinen Tod ist diese Talkshow ja erst richtig in die Medien gekommen! Nein, so bescheuert ist nicht mal türkische Geheimdienst!"

Ich überlegte, ob er das ernst meinen könnte. „Wie ist Kemal denn überhaupt auf dieses Forum gekommen?", fragte ich dann aber nur.

Er grinste verlegen. „Eigentlich durch mich. Eine Kellnerin in Berlin hatte mir davon erzählt. Und in dem letzten Gespräch mit Kemal haben wir uns über die Dekadenz der Deutschen lustig gemacht. Die leben im Wohlstand und haben jede Menge persönliche Freiheiten. Und was machen sie damit? Sie reden es schlecht! Ich fürchte, so lange bis es euch nicht mehr so gut geht und ihr nicht mehr sagen könnt, was ihr wollt. Eure Medien treiben diesen kollektiven Selbstmord ja bemerkenswert konsequent voran!"

Seine Mundwinkel gingen nach unten. „Wenn man die von den Türkischstämmigen unterstellte Voreingenommenheit gegenüber Erdogan abzieht, dann ergibt sich auch aus den deutschen Medien, das in der Türkei alles viel besser ist als in Deutschland. Zumindest für jemanden, der türkische Wurzeln hat!"

Ich verdrehte die Augen. „Hmh? Ihr macht es Euch ziemlich einfach! Wer anderer Meinung ist, muss ja ein Terrorist sein!"

„Ist das nicht überall so. Der Präsident der USA nennt solche Leute Feinde Amerikas und in Deutschland werden sie als Populisten abgestempelt!" Er zuckte mit den Schultern. „So hat es in der Türkei ja auch angefangen!"

„Na ja, die AfD ist ja auch populistisch!", widersprach ich halbherzig. „Ach ja? Die nichtpopulistischen CSU-Leute reden von ´Asyltourismus´ und ´Migration als Mutter aller Probleme´, nennen aber andere Populisten. Was haben die Linken denn so Populistisches von sich gegeben?", fragte er amüsiert zurück.

Hmh? Das Gespräch lief nun gar nicht in meinem Sinne. Was war denn nur mit den Leuten los? Es konnte doch nicht sein, dass sich auf einmal jeder so sehr für Politik interessierte.

Ich legte den Kopf in den Nacken und schaute nach oben. Die Decke des Raumes war voller in sich verschlungener Ornamente. Vergoldet? „Sie sind Mitglied der UETD?"

Er verzog sein Gesicht zu einem schiefen Grinsen. „Ach das? Wir haben nur ein paar Tausend Mitglieder. Das hat für mich einige Vorteile. Erstens kann ich weiterhin so oft nach Hause fahren, wie ich will. Denn niemand stellt meine Loyalität zur Türkei in Frage. Und zweitens erfahre ich das eine oder andere, das für die Geschäfte meines Vaters nützlich sein kann!"

Ich sah ihn erstaunt an. „Geschäfte?" „Ach! Die von der EUTD wissen manchmal etwas darüber, was die Regierung in Ankara plant!" Hmh? Ein pragmatisch veranlagter junger Mann. Falls er die Wahrheit sagte. Mal sehen!

Das Fenster, aus dem ich mich nun hängte, würde sich nicht so leicht wieder schließen lassen. „Könnte die UETD etwas mit Kemal und Alfred28 zu tun haben?"

Er konnte nicht verbergen, dass ihm die Frage nicht gefiel. Aber er schien weder beleidigt noch wütend zu sein. Eher nachdenklich oder besorgt kam die Antwort auch nur zögernd über seine Lippen. „Da sind schon ein paar durchgeknallte Typen dabei. Einige sympathisieren mit der AfD, andere haben sogar Kontakt zu den 'grauen Wölfen'. Ich würde es nicht völlig ausschließen. Aber welches Motiv sollten sie haben? So eine Aktion würde ihnen sicher keinen weiteren Zulauf bringen!"

„Kemal hat doch über ARD und ZDF, aber nicht über die türkische Regierung gelästert!", erinnerte ich ihn.

Nun hatte ich ihn wohl doch noch verärgert. „Sie halten uns Türken wohl für schwachsinnig. Niemand nimmt Kemal den braven AKP-Anhänger ab. Oder den harmlosen Muslim, der durch die rassistischen Deutschen ermordet wurde! Und was ist dann mit Alfred28? Außerdem haben sie doch gesagt, dass die offiziellen Ermittlungen abgeschlossen sind! Wissen Ihre Vorgesetzten eigentlich, dass sie hier weiter herumschnüffeln?"

Seine grimmige Miene verzog sich zu einem abfälligen Grinsen. „Wie wäre es denn mit einer Dienstaufsichtsbeschwerde? Dann wird nur noch gegen Sie ermittelt! Und die Kriminellen können in Ruhe weitermachen. So ist das doch in Deutschland! Oder?"

Ich versuchte mir nicht anmerken zu lassen, wie sehr mich der Ton des Schnösels störte. „Soweit ich weiß, sind Sie auch verheiratet. Was wäre denn, wenn ihre Ehefrau plötzlich verschwinden würde?"

Das überlegene Lächeln verschwand aus seinem Gesicht. „Was soll das denn jetzt?"

Mein Ärger gab sich eine freundliche Miene. „Na ja, Sie würden dann doch sicher nur zusehen, wie die Polizei die Füße still hält! Oder?"

Sana

Thesen

48. Es läuft die Aufzeichnung des Heute Journals vom 1. November. Es geht um die ISS-Raumstation. Klaus Kleber: „Aber es gibt seitdem keine Flüge mehr. Es war unklar, wann und wie die drei da runter kommen. Der Grund war Schlamperei. Der Chef von Roskosmos, Russlands NASA hat da nicht lang drumrum geredet. Beim Zusammenbau der Rakete hat jemand das falsche Werkzeug benutzt und einen wichtigen Sensor kaputtgemacht. Demnächst kann wieder geflogen werden. Darüber reden wir mit Alexander Gerst dort oben. Erst mal Kristina Kajat über die Mission!" Es folgt eine Einspielung über die Mission der ISS. Astro-Alex groß im Bild.

Dann werden die Beiträge aus dem Forum eingespielt. Die meisten schimpfen nur über das Michelin-Männchen Gerst, das minutenlang eingeblendet ist, aber eigentlich nichts zu sagen hat. Was denn dieser Werbespot sollte?

Ein längerer Kommentar im Forum: „400 Kilometer über der Erde? Toll! 1969 sind wir auf dem Mond gelandet mit Steinzeittechnik und mit der modernen Technik von 2018 sind wir stolz auf eine Station, die gerade mal 400 km über der Erde fliegt. Wo bleibt denn der Fortschritt? Fortschritt, an dem man nicht sofort das große Geld verdient, gibt es nicht mehr. Dekadent ist das!"

Ich schaltete den Laptop aus. Mein Tagesablauf hatte sich inzwischen ganz gut eingespielt. Einige Stunden am Tisch und die Aufzeichnungen ansehen. Dann darüber nachdenken, was ich für

Schlüsse daraus ziehen könnte. Und am Abend das eine oder andere Päckchen heulen.

49. Ich erinnerte mich inzwischen auch wieder daran, wie es überhaupt dazu gekommen ist, dass ich mich in diesem Gefängnisstudio wiedergefunden habe.

Ein Anruf von Daniel. Nicht der erste. Er hatte sich schon ein paar Mal vorher gemeldet. Mich um Unterstützung gebeten. „Ich brauche Deinen Rat!" Na ja. Ich hatte mich tatsächlich mit ihm getroffen. Immer nur kurz, für ein oder zwei Stunden. Stets in der Hoffnung, etwas zu erfahren, dass bei der Aufklärung der Todesfälle hilfreich sein könnte.

Aber dann war es nur darum gegangen, wie weit ich mit meinem Artikel über das Forum wäre, welchen Aufhänger ich denn dafür wählen wollte. Ob und gegebenenfalls wann oder wo es einen Fototermin gäbe. Wie der optische Rahmen dafür aussehen sollte. Nahm er mir die Rolle der Journalistin tatsächlich ab?

Manchmal konnte ich mich allerdings des Eindrucks nicht erwehren, dass er vor allem meine Nähe suchte. Als er mich dann in eine Boutique bestellt hatte, um ihm bei der Auswahl einer Krawatte zu helfen, war das Fass übergelaufen. Das hatte ich ihm auch gesagt.

Bei seinem letzten Anruf hatte er es spannend gemacht. Es ginge um eine wichtige Entdeckung. Natürlich war ich sofort zu ihm und von dort auch mit ihm weitergefahren. Dahin, wo er mir unbedingt etwas wichtiges zeigen müsste.

Ich ärgerte mich immer noch darüber, dass er mir nicht erzählt hatte, was mich denn erwarten würde. Unter einer Flut wohltuender Komplimente hatte er mir auf seine charmante Art eine große Überraschung in Aussicht gestellt. Am Ende war ich beinahe so aufgeregt gewesen wie früher zu Weihnachten.

Vor allem, als er auch noch einen Zwischenstopp einlegte. „Ich muss vorher noch etwas holen!", hatte er gesagt und war in der Lobby des Hotels ′Zum goldenen Bären′ verschwunden. Ich sollte solange im Wagen auf ihn warten.

Doch kaum war er verschwunden, stieg jemand anderer zu mir ins Auto. Hinten, so dass ich ihn nicht sehen konnte. Er hielt mir einen stinkenden Lappen unter die Nase bis ich das Bewusstsein verlor.

Solche Szenen hatte ich schon öfter in Kriminalfilmen gesehen. Eher amüsiert als schockiert. Denn ich konnte mir nicht vorstellen, dass man sich dagegen nicht wehren konnte. Zumindest konnte man doch sein Gesicht soweit wegdrehen, dass man nicht mehr dieses Betäubungsmittel einatmen musste. Hatte ich zumindest gedacht.

Doch die Realität war eine andere. Erschrocken hatte ich tief eingeatmet und war sofort benommen gewesen. So sehr, dass ich nur noch hilflos mit Armen und Beinen herum zappeln konnte. Peinlich für eine erfahrene Polizeibeamtin!

Na ja! Ich musste versuchen, mich mit meiner Situation abzufinden und eine Lösung finden.

Am meisten half es mir, meine bescheidene Lage zu ertragen, dass ich mich nach und nach auch für die politischen und gesellschaftlichen Themen zu interessieren begann. Die, die mir die Aufzeichnungen in den Sticks immer wieder so aufdringlich unter die Nase rieben.

Früher hatte ich mir so etwas nur selten angeschaut und wenn, dann eher zur Unterhaltung. Nun musste ich es so gebündelt über mich ergehen lassen, dass ich nicht umhin kam, genauer hinzuhören.

Die Berichterstattung durch die öffentlich-rechtlichen mit ihren sehr seriösen, über jeden Zweifel erhabenen Journalisten und Moderatoren überzeugte mich natürlich. Auch, dass sie in ihren Fragen manchmal ihre Meinung über den jeweiligen Gesprächspartner durchblicken ließen, fand ich in Ordnung. Die wussten schließlich, wovon sie redeten.

Durch die Kommentare und Diskussionen im Forum geriet meine Sicht jedoch ein wenig ins Wanken. Anfangs stieß mich die teilweise vulgäre Sprache und die Respektlosigkeit gegenüber den seriös-ruhigen Äußerungen der Spitzenstars der öffentlich-rechtlichen Informationssendungen ab.

Das empfanden wohl auch einige der Forumsteilnehmer so. Die Antwort, die darauf von einem anderen gekommen war, hatte mich allerdings nachdenklich gemacht.

„Lass mal die grobe holprige Ausdrucksweise weg. Sieh Dir die Interviews und die Gesprächsführung der Moderatoren doch mal genau an. Die springen doch mit den Politikern auch nicht anders um, als das Forum mit den Journalisten!" Wilfred13.

Auch ein anderer Kommentar ließ mich für einen Moment stutzen. „Die reden stets mit erhobenem Zeigefinger über die

Umwelt, werben aber immer wieder für irgendwelche kommerziellen Sportveranstaltungen, die für stinkendes Verkehrschaos sorgen. Vor allem diese Umweltverschrotter der Formel 1 gehören für mich alle in den Knast und nicht ins Fernsehen!"

Letztes Thema der Talkshows und Nachrichtensendungen war die Kanzlerin höchst persönlich gewesen. Es fiel mir plötzlich schwer, den Kommentaren im Forum zu widersprechen. Tatsächlich hatten ARD und ZDF solange immer wieder bestimmte Parteifreunde so befragt, dass der Eindruck entstand, dass man die Merkel weg haben wollte. Obwohl genau genommen niemand das direkt gesagt hatte. Wahrscheinlich wäre es ohnehin so gekommen, aber sicher nicht so schnell.

Auch einem anderen Kommentar konnte ich nur schwer widersprechen. „Fast alle Journalisten fragen immer wieder nur nach persönlichen Konflikten und lassen keine Aussagen über die politische Sacharbeit zu. Na ja, das ist vielleicht ihr Job.

Aber dass dieselben Journalisten sich dann darüber beklagen, dass es nur noch um Personen ging und dass die Sacharbeit, das eigentliche Regieren überlagert würde, ist die pure Heuchelei! Schließlich haben sie ja durch die Art ihrer Berichterstattung gar nichts anderes zugelassen." Gerda3

Ich war inzwischen einigermaßen verunsichert und fragte mich, ob dieses tagelange Anschauen der Fernsehsendungen und/oder die Kommentare aus dem Forum mich einer Gehirnwäsche unterzogen und so meine Wahrnehmung verändert hatten. Denn eigentlich konnte es doch gar nicht sein, dass die von unseren

Gebühren bezahlten Fernsehleute einfach ihre eigene Politik machten, wie die im Forum behaupteten.

Oder lag es an Daniel? Natürlich hatte er mich beeindruckt. Vor allem, wenn die Kamera lief, war er unglaublich präsent. „Der glänzt dann im Fell!", hätte meine Mutter dazu gesagt. Aber auch sonst konnte er äußerst charmant sein. Die Komplimente, die er mir gemacht hatte, waren wie ein Vier-Gänge-Menü in einem Fünf-Sterne-Restaurant gewesen.

Aber hatte mein Geiselnehmer tatsächlich die Wahrheit gesagt? War Daniel wirklich in Gefahr? Keine Ahnung! Ich wusste nur, dass ich alles tun musste, um das herauszufinden und damit mir selbst zu helfen.

Die offiziellen Ermittlungen waren ja tatsächlich eingestellt und auch unser komisches Team mit der Kappel war aufgelöst worden.

Allerdings konnte mein Verschwinden ja nicht unbemerkt geblieben sein konnte. Würde deshalb der Fall 'Forum' wieder aufgerollt? Wenn es nach Wegener ging, wohl eher nicht.

Aber darum musste ich mir hoffentlich keine Gedanken machen. Wozu war ich denn mit einem der cleversten Polizisten überhaupt verheiratet?

Andererseits? Ich wusste ja nicht einmal selbst, wo ich mich hier befand. Es gab keine Fenster, durch die ich etwas von der Außenwelt sehen konnte. Nicht mal der Verkehrslärm drang zu mir durch. Nur einmal ein Geräusch, das wie die Sirene bei einem Feuerwehr- oder Polizeieinsatz klang.

50. Ich versuchte, an die Gespräche mit unserem Freund Willy zu denken. Was hätte der getan? Okay, er hätte sich die Aufzeichnungen gründlich angesehen. Das machte ich ja schon. Und sonst? Gemeinsamkeiten! Wiesen die regulären Sendungen welche auf? Und das Forum mit seinen Talkshows?

Hatte irgendjemand in Daniels Diskussionsrunden etwas gesagt, das für jemanden so gefährlich sein konnte, dass er dafür töten würde?

Oder wem nützte die Öffentlichkeit, die Daniels Sendung auf diese Weise bekam? Was konnte man aus dem schließen, was die im Forum so von sich gaben? Worum ging es da überhaupt?

Die Kritik an den Regierenden, vor allem aber an denen, die darüber berichteten! Aus Sorge um unser Land? Oder wurde es nur schlecht geredet? Die regulären Sendungen kritisierten die Politiker. Hmh? Nicht alle gleich! Tendenziell schien es um Erneuerung weg von einer angeblichen Sozialdemokratisierung der CDU zu gehen, aber auch darum, dass die SPD ihre eigenen Ziele verraten würde.

Der Staat solle möglichst schlank sein und den Markt gewähren lassen, wurde aber angeprangert, wenn das zu Schieflagen führte. Und so konnten die Medien die Finger in beide Richtungen heben. Allerdings waren allein die Börsenkurse allgegenwärtig in den Nachrichten, also wohl das Maß aller Dinge.

Längst glaubte man nicht mehr an die regierenden Politiker, sondern den prominenten Journalisten, Moderatoren und Wirtschaftsexperten, die anklagend ins Horn stießen.

Die Tonart oder Richtung waren beliebig und wurden nicht hinterfragt. Lediglich Daniels Forum nahm diese Art der Berichterstattung und Meinungsbildung aufs Korn.

Waren die Nichtwähler also ein notwendiges Korrektiv für die Allianz der etablierten Medienvertreter? Oder nutzte Daniel sein Forum vor allem dafür, selbst wieder in den Kreis der prominenten Moderatoren zurückzukehren?

Für die letzte Runde hatte Daniel auch schon ein Diskussionspapier mit einigen Thesen erarbeitet, das mir auf einem der Sticks abgespeichert vorlag:

„1. Die zentralen Nachrichtensendungen (Tagesschau, Tagesthemen, Heute, Heute Journal et al) informieren nur über einen Teil der politischen Fragen und Ereignisse. Ist an die Stelle des drögen Vorlesens einer Vielzahl von Nachrichten mit knappen Bildern in früherer Zeit heute die Präsentation weniger, gut verkäuflicher Produkte eines Verkaufssenders getreten?

2. Der größte Teil der Sendezeit ist Katastrophen, Attentaten, Unglücksfällen, Hofberichterstattung über Fußball und Prominente sowie polarisierende Themen, wie Migration, vorbehalten. Warum wird über viele außen- und innenpolitische Themen kaum oder gar nicht informiert?

3. Die Statistischen Zahlen sagen, dass wir ins Deutschland sicherer als je zuvor leben. Aber die Art und Intensität der Berichterstattung vermittelt uns ein anderes Bild. Einzelfälle, insbesondere im Zusammenhang mit Flüchtlingen und Migranten, erwecken den Eindruck als wären wir unseres Lebens nicht mehr

sicher. Emotional sind wir ja so gepolt, dass wir mögliche Gefahren viel stärker wahrnehmen als positive Ereignisse. Also wird vor allem über das berichtet, was uns Angst machen könnte. Der amerikanische Soziologe Andrew Abbott hat sinngemäß festgestellt, dass der Erwerb (und die Vermittlung?) von Wissen immer mehr vernachlässigt und so die Idiotie gestärkt wird. Nutzen die Medien diese Erkenntnisse der Ignoranz-Forschung gezielt, um hohe Einschaltquoten zu erreichen?

4. Trotz eines Donald Trump steht unabhängig von Ereignissen und Fakten von vornherein fest, wer der Gute und wer der Böse ist! Über die kriegerischen Aktivitäten Russlands oder des syrischen Despoten wird empört ausführlich berichtet. Wirtschaftliche Sanktionen sind die Folge.

Nach der öffentlichen Berichterstattung zu urteilen, waren dagegen die Angriffe der USA auf 2001 Afghanistan, 2003 auf den Irak und 2011 auf Libyen völlig in Ordnung. Auch, wenn dadurch die ganze Region in Chaos und menschliches Elend gestürzt wurde.

Ebenso wurden die Bombardierungen von Stellungen in Syrien durch die USA (2017), Israel (2019) oder Afrins durch die Türkei gutgeheißen, genau wie die Ermordung und Vertreibung der Kurden in Nordsyrien durch die türkische Armee und ihre islamistischen Rebellen (2018) letztlich totgeschwiegen und materiell unterstützt wird.

Stehen die öffentlichen Medien also an der Seite des Westens mit seinen Verbündeten und einer Politik, die möglichst viele kriegerische Auseinandersetzungen dauerhaft erhalten will und damit unsere Arbeitsplätze sichert?

5. Die Moderatoren von Talkshows und Journalisten in den Interviews formulieren zunehmend ihre eigene Meinung als Frage und geben keine hinreichende Gelegenheit darauf zu antworten. Haben die persönlichen Eitelkeiten oder Interessen der Medienvertreter und die Respektlosigkeit gegenüber den demokratisch gewählten Verantwortungsträgern inzwischen einen kritischen Journalismus ersetzt?"

Na ja, ziemliche provokante Fragen, die für mich nach den Beiträgen im Forum allerdings nicht ganz unerwartet kamen.

Karlheinz

Die Zielgruppe

51. Warum ich Willy mitgenommen hatte, weiß ich selbst nicht. Vielleicht, weil er es tatsächlich manchmal schaffte, über riesengroße Umwege schneller zum Ziel zu kommen als alle anderen. Und in der Kneipe, wo Sylvia8 arbeitete, würde er ja nicht besonders auffallen. Dachte ich zumindest.

Ein Irrtum. Kaum hatten wir unser zweites Bier getrunken war er mit ihr in eine so lebhafte Diskussion vertieft, dass sie meine Anwesenheit völlig vergessen hatte.

„Früher konnte man Nachrichten hören und hat sich dann seine eigene Meinung gebildet. Da hat man dann die gewählt, die auch etwas für einen selbst machten. Und heute? Alles für die Wettbewerbsfähigkeit der Wirtschaft! Was heißt das praktisch? Wisst ihr, ich habe mal Volkswirtschaft studiert. Lange her!", hörte ich ihn sagen.

Willy hatte sich mindestens Woche lang nicht rasiert. Sein weißer Bart demonstrierte nun eindrucksvoll, wie lange seine Studienzeit her war, aber auch die seriöse Kompetenz eines alten Wissenschaftlers.

Er dozierte, als stünde er im Hörsaal vor seinen Studenten. Schon im 18 Jahrhundert hätte Adam Smith festgestellt, dass der Wohlstand am besten durch Arbeitsteilung erreicht wird. Das berühmte Stecknadelbeispiel. Selbst bei der Produktion von Stecknadeln sollte jeder einen anderen Arbeitsschritt machen.

Und dann wäre die Arbeitsteilung auch zwischen den Ländern dazu gekommen, bei der jeder machte, was er am besten machen konnte. Sprich am billigsten.

Damals hätte noch keiner an die Folgen der Mobilität und der daraus folgenden Globalisierung gedacht. Dass nämlich diejenigen, die nicht billig genug produzierten, herunterfallen würden. Das wären inzwischen ganze Länder, sogar Kontinente.

Thomas Robert Malthus, der Inhaber des weltweit ersten Lehrstuhls für politische Ökonomie hätte Anfang des 19. Jahrhunderts in seiner Bevölkerungstheorie schon gezeigt, wohin die Reise geht. Seiner Ansicht nach folgte das menschliche Geschlecht blind dem Gesetz der unbegrenzten Vermehrung.

So lange, bis die Nahrung nicht mehr für alle ausreichte. Dann würden Elend, Hunger, Krankheit und Tod nur so wenige Menschen übrig bleiben lassen, dass wieder alle satt werden konnten.

Heute wäre zwar genug für alle da, aber die Gier sorge dafür, das nicht alle genug bekommen. Um den Preis hoch zu halten, würden Lebensmittel lieber vernichtet als verteilt.

52. Infolge der Globalisierung und der gestiegenen Mobilität wären Millionen Menschen auf der Flucht. Das wären ignorante Typen, die sich einfach weigerten das unbestreitbare Gesetz von Malthus anzuerkennen.

Daher würde alles dafür getan, dass sie auf der Flucht umkommen. Fluchtursachen bekämpfen nenne man es, wenn ein paar Millionen Entwicklungshilfe gezahlt werden, die einigen das Überleben sichern könnte.

Zu viele sollten es natürlich auch nicht sein. Die könnten ja nach Europa wollen. Aber da wäre ja glücklicherweise die Rüstungsindustrie! Also würden für Milliarden Waffen an die Armeen und Rebellen geliefert und so an Kriegen und Metzeleien verdient, die die Menschen töten, hungern lassen oder vertreiben! Das sichere unsere Arbeitsplätze.

Insgeheim hofften wir natürlich auf möglichst viele Tote. „Denn nur wer tot ist, kann nicht fliehen!"

Und die Medien sagten, dass sei wichtig für die Wirtschaft! Das goldene Kalb Wachstum! Dabei wäre die Erde heute schon eine eine einzige Müllhalde. Aber statt Umweltschutz noch mehr Produktion nur Auflagen mit vierspurigen Umgehungsstraßen?

Es sei kaum zu glauben, dass die Medien das alles vor uns verharmlosen, sich statt dessen an Sara Wagenknecht abarbeiten, sie als Populistin bezeichnen. Die CSU-Leute mit Alexander Dobrindt und seinen den Rechtsstaat und die Menschen verachtenden Sprüchen von der ´Anti-Abschiebe-Industrie´ würden dagegen als echte Christen und Demokraten gefeiert.

53. Ich kam nicht mal dazu den Kopf zu schütteln, denn Willy war noch nicht fertig. Es ginge den Medien gar nicht um die Themen, sondern um ihre Klientel! Diese ganzen Sendungen würden nur für die gewünschten Mehrheiten der Wähler gemacht.

„Was da und wie es da gesagt wird ist ausschließlich für die mit der höchsten Wahlbeteiligung bestimmt. Und das sind nun mal die typischen FDP- oder CDU/CSU Wähler."

Die meisten Sendungen zielten genau auf diese Klientel. Die sollten sich da wiederfinden, die Nichtwähler dagegen davon abgeschreckt werden, überhaupt zur Wahl zu gehen. Oder sie sollten dazu gebracht werden, für die liberalen oder konservativen Parteien zu stimmen, die ja in den Medien deutlich besser wegkommen würden.

Die in den weniger wohlhabenden Vierteln gingen ja sowieso viel seltener bis gar nicht zur Wahl, trotzdem hätten die SPD oder die Linke bei denen noch ganz gute Ergebnisse.

Wäre die Wahlbeteiligung dieser Leute genauso hoch, wie die der liberalen und konservativen Wähler, könne es vielleicht sogar eine linke Mehrheit geben.

Sylvia8 nickte heftig. „Und um das zu verhindern sind Tagesthemen, Heute Journal und die Talkshows der drei charmanten Damen so, wie sie eben sind!"

„Genau. Da muss man sich schon was einfallen lassen, damit man den Journalisten auch im Fernsehen mal den Spiegel vorhalten kann!" Man hätte glauben können, dass Willy das ernst meinte.

Er sah sie verständnisvoll an. „Ne, das war schon in Ordnung. Es ist ja unglaublich, dass die Medien die beiden Morde schon wieder zu den Akten gelegt haben. Über andere Sachen reden die monatelang. Aber so ist es ja immer!"

Dann war er plötzlich bei den Saudis gelandet. Die ermordeten ständig unschuldige Menschen. Gerne auch Frauen und Mädchen, weil sie sich einfach hatten vergewaltigen lassen. Da gäbe es nur einmal eine kurze Meldung und dann nie wieder. Aber der ermordete Journalist in der Saudischen Botschaft. Das würde seit Monaten in ausführlichen Berichten immer wieder aufgekocht. Offenbar wären nur Journalisten richtige Menschen.

Und ausgerechnet Erdogan würde immer wieder als unbeirrbarer Ermittler gezeigt. Und was mache man gegen die Saudis? Nichts. Die Konzerne wollten ja weiter ihre Geschäfte machen!

54. „Richtig. Aber nicht mal mit der Talkshow der Nichtwähler hatten wir eine Chance!" Sylvias Kinn ging nach unten.

„Da muss man kein schlechtes Gewissen haben, denn die beim Fernsehen mauscheln ja auch!", versuchte er sie zu beruhigen.

Sie nickte. „Genau! Wir sind doch die Einzigen, die dafür kämpfen, dass in den Medien auch andere Meinungen als die der Konzerne gesendet werden!"

Er legte seine Hand auf ihre Schulter. „Nein, das ist schon in Ordnung! Mit Deiner Aktion hast Du ja immerhin für weitere Öffentlichkeit gesorgt!"

„Das stimmt nicht so ganz!", bestätigte Sylvia und sah ihn hilfesuchend an. „Erst die Todesfälle haben uns dann doch in die

Medien gebracht. Aber jetzt habe ich Schiss! Wer macht denn so was? Am liebsten hätte ich die Sache bei mir abgesagt!"

Willy beugte sich hin zu ihr und flüsterte: „War das alles Deine Idee oder die von Daniel van Haaren?"

Zum ersten Mal an diesem Abend lächelte sie. „Ach, der Daniel. Anfangs hat er sich doch nur die Aufzeichnungen seiner alten Sendungen von vor zehn Jahren angesehen und sich gefreut, dass einige meiner Gäste ihn noch erkannt haben?"

„Das heißt, Du hast ihn erst auf die Idee gebracht?", brummte Willy anerkennend. Ihre Schultern gingen nach oben. „Nee! Es hat mich auch gewundert, dass er das auf einmal machen wollte. Eigentlich war der doch viel zu geizig! "

Einstellungen

55. Inzwischen war ich nicht mehr davon überzeugt, dass es eine gute Idee gewesen war, Willy einzuweihen. Der hatte sich einige Stunden der aufgezeichneten Sendungen angeschaut. Wir redeten nun schon den ganzen Tag darüber. Natürlich war er ebenso wenig wie wir anderen zu Ergebnissen gekommen. Bis auf einen Gedanken, der genau so verrückt, wie typisch für ihn war. „Die Kamera diskutiert immer mit!"

Ruth Kappel schüttelte den Kopf. „Was soll denn der Quatsch!"

Willy spielte uns eine Passage aus der Aufzeichnung der Talkshow von Maybrit Illner des 29.11.18 vor.

„...und das ist unser Thema. Die Konjunktur läuft. Die Unternehmen machen Gewinne und suchen Arbeitskräfte. Das Gerhardt Schröder Agenda 2010 wirkt, davon sind viele überzeugt. Niedriglöhne, Leiharbeit und Kinderarmut gelten als ärgerliche Nebenwirkungen. Aber was die Wirtschaft gesund gemacht hat, hat das die Gesellschaft krank gemacht? Von Demütigungen ist die Rede, von Abstiegsängsten und von einer Gefahr für den Zusammenhalt der Gesellschaft. Was tun, wie gibt man den Menschen die Gewissheit zurück, das auch in Zukunft noch genug Arbeit da ist und genug Geld für all die, die nicht arbeiten können. Darüber wollen wir reden mit diesen Gästen!"

Aus dem Off: „Robert Habeck, (Foto) für den Grünenvorsitzenden steht fest: Wir dürfen arbeitslose Menschen nicht bestrafen!

Christine Ostermann (Foto), die Unternehmerin ist überzeugt: Es gibt keine Spaltung zwischen arm und reich.

Malu Dreyer (Foto), die SPD-Ministerpräsidentin sagt: Wir wollen die Ungerechtigkeit von Hartz4 beseitigen.

Jens Spahn (Foto), der Bundesgesundheitsminister kandidiert für den CDU-Vorsitz und sagt: Hartz4 ist aktive Armutsbekämpfung.

Und Robin Alexander, der Hauptstadtkorrespondent der Welt stellt fest: Die Grünen machen es wie die CDU. Sie besetzen Themen der SPD!"

Es folgt ein Einspieler mit Fakten zu Vermögensverteilung, Einkommensgefälle und Armut in Deutschland.

„Eigentlich war es das schon!" Willy grinste. „Die Unternehmerfreundlichen, wie dieser Alexander, die Ostermann und der Spahn wiederholen sich mit immer neuen Worten, wollen konkret nur, dass es keine Steuererhöhungen gibt oder spielen den Ball zurück oder reden von etwas anderem. Die sozialeren Habeck und Dreyer versuchen zu erklären, was sie ändern wollen. Nicht so leicht, denn die anderen wechseln dann einfach das Thema!"

„So einfach ist das auch wieder nicht!", widersprach ich, fragte mich aber immer noch, worauf er hinaus wollte.

Er wischte mit der Hand über den Tisch, als entferne er einen lästigen Krümel. „Es ging ja um die Journalisten und Moderatoren. Frau Illner ließ zu, dass Jens Spahn den Oberlehrer gibt, ablenkt, allen oft ins Wort fällt und mit Einzelfällen, die auf das 'gesunde Volksempfinden' abzielen und so polarisiert. Als wären die jungen Menschen, die einen Termin nicht wahrnehmen, die Wurzel allen Übels. Oder, dass man von der aktuellen Frage ablenkt indem alte Geschichten ausgegraben werden. Wie dieser Robin Alexander, der erklärt, die Grünen hätten Hartz4 ja gewollt. Gern hingenommen werden auch persönliche Unterstellungen. Zum Beispiel war Jens Spahn den Habeck angegangen: ′Ich weiß gar nicht, wie Sie Zusammenhalt schaffen wollen und gleichzeitig, was haben Sie gesagt, Patriotismus finden Sie zum Kotzen...! Es ist klar, dass der das so nicht gesagt hat, aber Spahn erreicht, dass es persönlich wurde. Robin Alexander hat ebenfalls mit einer Unterstellung diffamiert. Wie hat er es ausgedrückt? Ach, ja! ′... die Erweiterung der Grünen ins Linkspopulistische...!′ "

„Quatsch! Die sind nur ein wenig impulsiv. Da schießt man schon mal übers Ziel hinaus!", brummte ich halbherzig.

Er sah mich mitleidig an. „Merkst Du das denn nicht? Von Anfang an geht keiner der beiden auf die Fragen der Moderatorin ein. Aber das sehr ausführlich und immer wieder weg vom Thema führend. Maybrit Illner versucht scheinbar mit ihren Fragen zum Thema zurückzukommen. Sie überlässt es faktisch aber Spahn, die Sendung zu leiten. Der schafft es gemeinsam mit Alexander den Grünen und der SPD einerseits vorzuwerfen Hartz4 eingeführt zu haben und andererseits es wieder abzuschaffen zu wollen. Die Moderatorin müsste ja dann eigentlich fragen, was von beiden denn nun gut oder schlecht wäre! Nichts!"

Ich schaute jetzt genauer hin. Habeck und Dreyer versuchen tatsächlich konkret zu werden, wirken aber hilflos und ein wenig gehetzt, weil sie immer wieder unterbrochen werden. Eigentlich wusste ich schon gar nicht mehr, um was es eigentlich ging. Das sagte ich wohl auch.

Willy hob den Zeigefinger. „Wenn die es auf den Punkt bringen würden, ginge es doch nur um die eine Frage: Sollen die Leute weiter durch Hartz4 in den Niedriglohnsektor gesteuert werden können, aus dem sie nur selten wieder herauskommen? Und müssen die Arbeitslosen, vor allem die jüngeren gezwungen werden, überhaupt arbeiten zu gehen, weil sie sonst nur in der sozialen Hängematte bleiben! Die gibt es wohl auch. Aber für die meisten, die einigermaßen qualifiziert oder wenigstens engagiert sind, verbaut ihnen der Zwang jeden Job annehmen zu müssen viele Perspektiven. Und die Unternehmerseite muss ja für Hartz4 sein. Sonst müssten sie die Leute ja viel besser bezahlen und hätten weniger Profit!"

Er lächelte hinterhältig. „Oder noch einfacher gesagt, geht es darum, wer die besseren Interessenvertreter hat. Das Geld, das angelegt wird oder die Arbeitnehmer?"

Ruth Kappel verzog das Gesicht. „Ha ha! Und außer Dir hat das noch keiner erkannt? Nicht einmal die Linken?"

Willy hielt beide Hände hoch. „Man könnte den Eindruck haben, dass diejenigen, die soziale Positionen vertreten, ziemlich schwach sind, denn sie treten nicht so hart, professionell oder dreist auf wie die anderen? Aber schaut doch mal genau hin!"

Er verschränkte die Arme vor seiner Brust. „Mir ist nämlich etwas aufgefallen. Achtet mal darauf, wer im Bild erscheint! Wenn es nur der oder die ist, die redet, hört man der Person ja aufmerksam und offen zu. Wenn jemand redet, aber ein anderer erscheint im Bild, der vielleicht noch belustigt drein schaut oder den Kopf schüttelt, dann hört man gar nicht mehr so genau hin!"

Ich war skeptisch, nahm mir aber noch mal die Aufzeichnung vor. Tatsächlich war es so, dass sehr oft nur der Redner Spahn, die blonde Unternehmerin oder der Alexander im Bild war.

Wenn aber Habeck oder Dreyer redeten, wurde meist ein feixender oder kopfschüttelnder Jens Spahn eingeblendet.

Willy führte uns das dann anhand einer ganzen Reihe von Beispielen vor. „Die Kamera hat zwar ein Objektiv, ist aber nicht objektiv. Im Gegenteil! Sie ist für die Meinungsbildung mindestens so wichtig wie die gesprochenen Worte!"

Ruth Kappel zuckte mit den Achseln. „Ja, und?" Willy lehnte sich zurück. „Ich meine ja nur, dass man sich nicht auf die, die reden beschränken, sondern auch diejenigen die, die Bilder bestimmen, im Auge haben sollte!"

„Hmh! Worauf willst Du hinaus?", wollte ich wissen. Er verdrehte die Augen. „Na ja, Du hast mir doch erzählt, dass einer eurer Zeugen ausdrücklich darauf hingewiesen hat, dass die Aufzeichnungen ungeschnitten an die Sender geschickt worden sind!"

Ich wechselte einen Blick mit der Oberstaatsanwältin und wandte mich wieder Willy zu. „Du meinst der Kameramann könnte etwas damit zu tun haben?"

Er nickte langsam. „Der auch! Aber da gibt es meistens auch noch einen Regisseur. Kemal, Alfred und Sylvia wurden ja ganz schön in Szene gesetzt!"

Ich war noch nicht überzeugt. „Eine Inszenierung? Und dass auf alle drei Anschläge verübt wurde, gehört auch dazu?"

„Aber Sylvia lebt noch! Und Sana auch!" Dass Willy manchmal um einige Ecken herum dachte, wusste ich ja schon und hatte mich oft amüsiert.

Doch diesmal fand ich das nicht besonders lustig. „Was willst Du damit sagen? Dass Sanas Verschwinden auch eine Inszenierung ist?"

Er warf mir einen vorsichtigen Blick zu. „Keine Ahnung! Das kann alles mögliche bedeuten! Bis jetzt hat das ja außer uns niemand mitbekommen!"

„Und warum Sana? Sie hat doch mit dem Forum nichts zu tun! Und eine Rolle wie Kemal, Alfred oder Sana spielte sie ja nun wirklich nicht!" Das klang unfreundlicher als ich es beabsichtigt hatte.

Er schüttelte den Kopf. „Das weißt Du so gut wie ich. Sicher! Es ist nicht auszuschließen, dass Sana aus persönlichen Gründen und freiwillig verschwunden ist. Aber meines Erachtens solltest Du Dir mehr Sorgen darum machen, dass es anders sein könnte!"

Sana

Ratespiele

56. Als ich mich diesmal in meinem Studio-Gefängnis umschaute, sah ich sie. Sie mussten von Anfang an da gewesen sein. Aber jetzt verrieten sie sich durch ein rötliches Schimmern, dass die dunklen Punkte umrahmte. Die Punkte waren Löcher und in ihnen spiegelte es sich. Glas! Rundes Glas. Objektive! Von Kameras? Von Kameras, die nun liefen? Auch auf dem Ständer des Mikrophons blinkte ein kleines grünes Licht auf. Es war also eingeschaltet!

Das durfte doch nicht wahr sein! Aber es machte Sinn! Ich war ja hier in einem Fernsehstudio! Logisch, dass es nicht nur die eine, gut sichtbare Kamera auf dem lächerlich niedrigen Stativ gab!

Wurde hier ein Film gedreht? Mit einem halben Dutzend Kameras? Thema? Eine Frau von Anfang fünfzig, die hier in Gefängniskleidung mit schweren Arbeitsschuhen herum stampfte und eine schwere alte Eisenkette hinter sich herschleppte? Und meine gelbe Strickjacke erinnerte wahrscheinlich an eine dieser Sicherheitswesten, die man auf einer Baustelle trug.

Hmh? Eigentlich kein abendfüllendes Programm! Mein Blick fiel wieder einmal auf das DIN A 4 Blatt. Genau! Es ging um die Hinweise! Ich sollte jetzt liefern!

Nein! Hier wurde kein Film gedreht. Ich war in einer Quizshow, wie sie ständig im Fernsehen gezeigt wurden. Diese Sendungen, in denen die Zuschauer für ihre Gebühren allen möglichen Prominenten beim Herumalbern zu sehen durften.

Hmh? So lustig würde es hier wohl nicht zugehen. Eine verschwundene, als Geisel genommene Journalistin oder Polizistin, die das Rätsel um zwei Morde oder den Aufenthalt eines Starmoderatoren lösen sollte?

Leider hatte ich nicht geringste Ahnung, wie denn eine solche Lösung aussehen konnte. Und ohne, dass ich etwas wusste, würde das Quiz sicher gar nicht erst auf Sendung gehen.

Das war doppelt ärgerlich. Denn, wenn ich keine Gelegenheit erhielt, überhaupt etwas zu sagen, konnte ich niemanden auf meine prekäre Situation aufmerksam machen.

Ich nahm den Zettel, den ich schon ein dutzend Mal gelesen hatte, noch einmal zur Hand. Hmh? Mein Verlies wurde darin als Produktionsraum bezeichnet. Unbeobachtet war ich demnach nur auf der Toilette.

Auf dem Zettel stand auch etwas zum Ende meiner Gefangenschaft. Nämlich, dass ich nur frei käme, wenn ich etwas herausfinden würde. Ich stutzte. Genau genommen stand da nur, dass mein unfreiwilliger Aufenthalt dann enden würde.

Um was ging es hier eigentlich? Im offiziellen Fernsehen ja wohl immer nur um eins. Öffentlichkeit, Aufmerksamkeit, sprich Einschaltquoten!

Mein nächster Gedanke gefiel mir noch weniger. Vor allem, als ich ihn zu Ende gebracht hatte. Die Talkshow der Nichtwähler war erst nach zwei Morden ins Fernsehen gekommen.

Die Gemüter hatten sich ja, wie üblich, schnell wieder beruhigt. Könnte ein Video mit einer Geisel für etwas Spannung sorgen und das Forum wieder ins Gespräch bringen?

Nicht sehr wahrscheinlich! Denn diese lächerliche Inszenierung in einem Fernsehstudio erinnerte eher an ein behelfsmäßig mit 'Requisiten´ ausgestattetes Kindertheater.

Hmh? Aber die Einschaltquoten würden durch die Decke, wenn die Geisel auch noch vor laufender Kamera getötet würde? Der Zettel sagte mir ja nur, wodurch ich meinen unfreiwilligen Aufenthalt beenden konnte. Darüber, wie das Ende aussehen würde, machte er keine Angaben.

Auf einmal war ich die Ruhe selbst. Die vor dem Sturm. Führte mir alles, was ich wusste noch einmal nüchtern vor Augen. Das Ergebnis war alles andere als erfreulich, aber eindeutig: Ich durfte auf keinen Fall darauf warten, dass mein Geiselnehmer wieder hier auftauchte. Und ich musste unbedingt erreichen, dass dieses Quiz stattfinden und auch nach außen übertragen wurde.

Die Erkenntnis sackte erst nach und nach, denn etwas in mir wollte sie nicht wahrhaben und stieß sie immer wieder zurück.

Erst ungläubig, dann unsicher kam sie dann doch bei mir an. Als junger Mensch hatte ich mich schon Mal gefragt, ob mein Leben überhaupt einen Sinn machte. Jetzt war da nur noch die Angst, dass es plötzlich vorbei sein könnte!

Karlheinz

Botschaften

57. Ob es besser gewesen wäre, gar nichts zu wissen oder sich diese Bilder von der eigenen Ehefrau ansehen zu müssen? Die sozialen oder genau genommen asozialen Netzwerke waren zuerst darauf gestoßen.

Nur eine Minute dauerte der Clip. Er zeigte meine Frau, wie sie durch einen Raum stapfte, der an ein Fernsehstudio erinnerte. Die Perspektive war recht merkwürdig. Die Kamera musste sehr niedrig postiert worden sein, denn sie zeigte alles mehr oder weniger aus einer Froschperspektive.

So natürlich und deprimiert, wie Sana sich bewegte, war ihr wohl nicht bewusst, dass sie gefilmt wurde.

Man hatte den Eindruck, dass hier ein Film aus einem mittelalterlichen Gefängnis gedreht wurde. Sana hatte auch das dazu passende Outfit gewählt. Ins Auge fiel vor allem ihre weite gestreifte Hose über den rustikalen Lederschuhen, die so gut zu dicken Kette passten.

Ihr Gesicht war dagegen kaum zu erkennen. Durch die Position der Kamera verjüngte sich ihr Körper je weiter es nach oben ging.

Die Botschaft war unmissverständlich. In fetten Buchstaben eingeblendet. „Journalistin entführt – Sie wollte über das Forum der Nichtwähler berichten!"

Und dann wurde eine Fortsetzung mit einer wichtigen Botschaft angekündigt, die in Kürze erscheinen sollte.

Das blieb nicht ohne Wirkung. Denn das zweite Video, das bereit einen Tag später erschien, wurde zwar ebenfalls zuerst im Internet unter #Geiselquiz aber bereits auch auszugsweise von einigen privaten Fernsehsendern gezeigt.

Dieser Clip war nicht nur deutlich länger, sondern zeigte auch unterschiedliche Kameraeinstellungen, die nun keinen Zweifel mehr daran ließen, dass es tatsächlich Sana war, die dort zu sehen war. Und, dass die Aufnahmen entweder von mehreren Kameras stammten oder es sich um einen Zusammenschnitt handelte. Offenbar befand sie sich nicht alleine in diesem Raum.

Zu sehen war eine Sana, die sich in epischer Breite über Daniel van Haaren ausließ. „Er hat vor ein paar Jahren Tom Burgis von der Financial Times interviewt. In Hamburg, im Hotel 'Zum goldenen Bären!' Es ging um sein Buch 'Der Fluch des Reichtums, Warlords, Konzerne, Schmuggler und die Plünderung Afrikas'. Daniel befürchtete damals, das es ähnliche Tendenzen auch in Europa geben und Afrika auch die Zukunft unseres Kontinent zeigen würde."

Sana grinste verlegen. „Na ja, nicht das mit den Warlords. Das wären in Europa dann vermutlich irgendwelche Feuerwehren, äh, Bürgerwehren meine ich natürlich, und Sicherheitsdienste großer Unternehmen! Und die Gefahr wird zunehmen, wenn es in der Politik irgendwann keine Frauen wie Angela Merkel mehr gibt. Das sehe ich auch ganz persönlich so!"

Ebenso weitschweifig, wie langweilig führte sie dann Einzelheiten des genannten Buch dieses Tom Burges aus.

Auffallend war, dass sie den moralischen Impetus des Autors eins zu eins oder sogar noch mehr auf Daniel van Haaren übertrug.

Von dem hatten wir immer noch nichts gehört. Er war angeblich verreist und nahm sich eine Auszeit.

58. Schlimm genug! Noch unangenehmer war es, dass das LKA und nicht ich als erstes auf diesen Clip im Netz gestoßen war. Nun hatten wir den Dr. Dr. Wegener wieder an der Backe.

Es war noch abwegiger, als ich es mir vorgestellt hatte. Er berichtete immerhin noch einigermaßen sachlich, dass man bisher nicht herausgefunden hatte, wer den Clip ins Netz gestellt hatte.

Seine Schlussfolgerungen waren dagegen gerade zu absurd. „Ich verlange, dass Sie dieses Schauspiel sofort beenden!"

Ruth Kappel und ich kamen nicht einmal dazu, ihn verständnislos anzusehen, denn er fuhr wütend fort. „Es ist ja wohl klar, dass Frau Hoffmann mit van Haaren unter einer Decke steckt. Die wollen durch diese Aktion doch nur erreichen, dass die Show des Forums wieder gesendet wird!"

Meine Gedanken waren noch in die Decke verheddert, unter der meine Frau angeblich mit diesem Fernseh-Fritzen steckte, als ich schon die ungläubige Stimme von Ruth Kappel hörte. „Wie kommen Sie denn auf so etwas?"

Wegener verzog sein Gesicht zu einem geradezu hinterhältigen Grinsen. „Nun, die beiden sind zuletzt ja öfter zusammen gesehen worden."

„Ja und?", kam es von Ruth und mir, wie aus einem Mund.

„Und?", blaffte Wegener, „erstens ist Daniel van Haaren wohl gemeinsam mit ihr untergetaucht. Zweitens. Von einem Chefredakteur der ARD habe ich gehört, dass einige Privatsender schon an dem Thema dran sind. Die überlegen zur Zeit nicht nur die alten Shows zu wiederholen, sondern auch neue Folgen auszustrahlen!"

Ruth Kappel schaute ihn fragend an. „Die nehmen diese Videobotschaft also ernst?"

Wegener zuckte mit den Schultern. „Na ja, zwei Tote und einen Mordversuch hat es im Umfeld van Haarens ja schon gegeben. Sie kennen die Medien doch selbst! Die warten doch nur auf die nächste Sensation!"

59. „Starke Leistung, dass Du ihm keine reingehauen hast!", grinste Ruth als wir bei mir zu Hause angekommen waren, „ich war selbst mal kurz davor."

Willy, den ich angerufen hatte, stand schon vor der Tür. Wir gingen gemeinsam ins Wohnzimmer und schauten uns diesen merkwürdigen Clip noch ein paar mal an. Auch, wenn er nur knapp 15 Minuten lang war, dauerte es einige Zeit.

Willy knüpfte an seine Überlegungen vom letzten Mal an. „Also meine Ahnung, dass der Kameramann etwas damit zu tun hat, scheint nicht so ganz falsch zu sein. Sieh Dir die wechselnden Perspektiven an. Der ist auf jeden Fall ein Meister seines Faches!"

Tatsächlich sorgten die Kameraeinstellungen für eine gewisse Spannung, die durch Sanas Ausführungen allerdings kaum gerechtfertigt wurde. Wenn sie sich positiv über van Haaren äußerte, erschien ihr Gesicht groß und ernst im Bild. Wenn es nur allgemein um das Buch ging, waren die Einstellungen so, dass mehr von Sana zu sehen war. Dann wurde ihr ganzer Oberkörper mit der gelben Jacke oder auch nur die gestreifte Hose über der schweren Eisenkette gezeigt. Hier wurde ein weiblicher Häftling zur Schau gestellt.

Meine Laune verschlechterte sich merklich. Willy sah mir das wohl an. „Nun komm mal runter. Glaubst Du vielleicht, sie trägt die Kette, weil sie ihr so gut gefällt?"

Ruth schlug in die gleiche Kerbe. „Sie will da raus. Mit ihrem Hinweis auf Angela Merkel spielt sie auf sich selbst an!" Ich fragte mich, ob sie das wirklich ernst meinte.

„Und sie hat keine Ahnung, wo sie gefangen gehalten wird, will uns aber Informationen geben, mit denen wir vielleicht etwas anfangen können!" Willy schien davon überzeugt zu sein.

Mir war etwas anderes aufgefallen. „Der Versprecher von Sana mit der Feuerwehr war wohl kein Zufall!"

Ruth nickte. „Das Interview zwischen van Haaren und Tom Burges wurde in Hamburg geführt. Also ist sie wahrscheinlich in der Hansestadt und der Ort hat etwas mit der Feuerwehr zu tun!"

„Und mit dem Hotel zum goldenen Bären. Sonst hätte sie das nicht erwähnt!", stimmte ich ihr zu.

Da in dem Video die Kameras nur auf Sana gerichtet sind, war der Hintergrund nicht klar zu erkennen. Aber er bestätigte den

Eindruck aus dem ersten Clip, dass man die Situation eines Fernsehstudios simuliert hatte.

Und noch etwas. „Ihre Stimme! Ziemlich natürlich. Nicht so dröhnend, wie es schon mal bei einem Mikrophon anhört. Es klang auch nicht dumpf, wie in kleinen niedrigen Räumen oder hallend wie in sehr großen. Es ist wohl tatsächlich ein Fernsehstudio!"

Ruth war skeptisch. „Aber das würden die Leute beim Sender doch mitbekommen!"

„Wahrscheinlich ein altes Studio, das nicht mehr genutzt wird?", vermutete Willy.

Wir kamen zu dem Schluss, dass wir damit zwar keine Ortsangabe hatten, aber durchaus Hinweise mit denen sich etwas anfangen ließ.

Sana

Der kleine Lord

60. Anfangs dachte ich, dass die Aufnahme nur versehentlich auf den Stick gelangt war. Denn der 'kleine Lord' wies ja wohl kaum einen Bezug zum Forum der Nichtwähler auf.

Eigentlich hatte ich mir diesen Spielfilm von 1980 nur angesehen, um auf andere Gedanken zu kommen und meine Laune ein wenig anzuheben.

Allein diese Adelstitel waren ja zum Piepen! Earl von Dorincourt und Lord Fauntleroy! Wahrscheinlich der kitschigste Film, den ich je gesehen hatte. Da hätte sicher auch jeder andere ab und zu ein paar Tränen verdrückt.

Die Aufzeichnung stammte offensichtlich von einem privaten Fernsehsender, denn es gab jede Menge Werbeunterbrechungen.

Aber gerade dadurch hatte ich jetzt verstanden, warum dieser zuckersüße Film durchaus zum Thema des Forums passte.

Im Film zuckelte die Kutsche gemütlich durch die Landschaft. Die einfachen Leute waren bedürftig arm und nahmen dankbar die Hilfe der vermeintlich besser gestellten Mutter des 8jährigen amerikanischen Jungen Cedric an. Vor allem die Szene, als der alte Earl und der kleine Lord durch diese schmutzige, heruntergekommene Straße reiten, in der die Pächter wohnten, war ziemlich anrührend.

Die Werbeunterbrechungen zeigten dagegen junge, arrogant wirkende Menschen, die mit ihren dicken SUVs durch unberührte Natur und enge Straßen der Stadt donnerten. Sie trugen auch in der Nacht noch verspiegelte Sonnenbrillen, so dass sie quasi im Blindflug unterwegs waren. Mit dem Kauf dieses Autos brauchten sie wohl auf andere Verkehrsteilnehmer keine Rücksicht mehr zu nehmen.

Auch die Werbung für andere Produkte zeigte ein merkwürdiges Menschenbild. Den jungen Männern, die aggressiv und selbstgefällig herumstolzierten, warfen sich die leicht bekleideten Frauen und Mädchen gleich dutzendweise an den Hals oder sonst wohin. Alle gepflegt und teuer gekleidet, aber so inszeniert, dass es an die Klischees von Zuhältern und Prostituierten a la Irma la Douce erinnerte. Es ging wohl um ein Parfüm für Männer! Wenn man danach duftete, mussten einem demnach alle Frauen zu Willen sein. Vor Gericht würde das einem Vergewaltiger vermutlich kaum mildere Umstände einbringen. Na ja, ganz sicher war ich mir nicht!

Im Spielfilm hätte der Kontrast zwischen dem amerikanischen Menschenbild, das jeden mit dem anderen auf Augenhöhe sah, und dem britischen Feudalismus deutlicher nicht sein können.

In der heutigen Zeit mit einem Donald Trump und einem England im Brexit-Fieber würde sich die Waage wahrscheinlich nicht so klar zu Gunsten der Amerikaner senken.

Die Mutter des kleinen Lord brachte den kalten Earl zur Besinnung und dazu, seiner sozialen Verantwortung nachzukommen. Die normalen Leute waren wahrhaftig, machten erkennbar, wer und was gut oder schlecht ist. Ein schlichter Gemischtwarenhändler und ein Schuhputzer deckten sogar den Betrug mit dem falschen Enkel auf.

Und das Elend des Feudalismus? Ja, das gab es wohl heute auch noch! Nur nicht mehr so nahe bei uns Wohlhabenden. Die Straße der armen Pächter lag heute in Afrika, Asien und Südamerika. Also weit genug weg! Da musste man sich nicht so verantwortlich fühlen! Hatte deshalb das Buch von Tom Burgis auf dem Kühlschrank gelegen?

Die Schere zwischen Arm und Reich ist im 'kleinen Lord' unübersehbar und steht außer Frage.

In Deutschland wird heute in der öffentlich-rechtlichen Berichterstattung immer noch darüber diskutiert. Seit Jahren. Ohne Ergebnis, denn jeder sieht es anders. Je öfter ich Interviews zu dem Thema höre, desto nebulöser erscheint mir das Ganze. Jedenfalls ist nichts so klar wie im Film mit dem kleinen Lord.

Immerhin müssen die Armen heute nicht mehr niederknien? Nicht mehr vor den Aristokraten! Auch sonst vor niemandem!

Aber warum die ständige, mediale Berichterstattung über Konzernchefs, Superreiche, Prominente, deren Kinder und Kindeskinder? Die Feudalherren der Zukunft? Hmh? Die Politiker und Medienvertreter verneigten sich ja heute schon vor ihnen!

61. Ich hatte lange überlegt. Welches Thema konnte für meine Entführer interessant genug sein, um meinen kleinen Auftritt ins Netz zu stellen? Immerhin hatte ich weder die Forderung Daniel zu finden noch für neue Ermittlungen zu sorgen, erfüllen können. Zumindest nicht, dass ich wüsste!

Also hatte ich mir etwas zusammengestoppelt, das für alle, die sich in irgendeiner Weise mit dem Forum oder Daniel verbunden fühlten, eventuell interessant sein konnte. Ich weiß gar nicht mehr genau, was ich in die Kameras gesagt habe.

Mein Optimismus, dass das auf Sendung gehen würde, hielt sich in Grenzen. Selbst wenn! Würde mich überhaupt jemand suchen? Oder sogar finden?

Ob jemand mit den darin Anhaltspunkten, die ich auf diesem Wege liefern wollte, etwas anfangen konnte?

Wahrscheinlich waren ja in meinem wirren Statement sowieso alle Hinweise untergegangen.

Und so legte ich mich auch heute wieder ohne große Hoffnung schlafen.

Karlheinz

Observierung

62. Tatsächlich gab es in Hamburg gleich vier Gebäude, deren Räumlichkeiten früher einmal als Fernsehstudios genutzt worden waren. Eines davon war längst zu einem Bürogebäude umgebaut und wieder vermietet worden. Von den anderen kannte Willys Kontakt bei der Innenbehörde Hamburg zwar die Adressen, wusste aber nicht, was aus ihnen geworden war.

Der Blick in den Stadtplan hatte ein wenig länger gedauert und brachte uns auch keine Gewissheit. Wir entschieden uns am Ende für das Gebäude, das dem goldenen Bären und einer Feuerwache am nächsten lag.

Vor dem standen wir jetzt! Ruth Kappel und ich. Wir hatten überlegt, ob wir nicht doch Verstärkung durch die örtliche Polizei hinzuziehen sollten. Aber Wegener hielt die ganze Entführung sowieso für eine Inszenierung und hatte uns ausdrücklich untersagt irgendeine Behörde „in diesen Unsinn zu verwickeln".

Bereits von der Straße aus war zu erkennen, das die ehemals prächtige Jugendstilvilla leer stand. Der Garten war der reinste Urwald, der selbst den Kiesweg zum Haus überwucherte. Das Haus hatte dem Zahn der Zeit ordentlich Tribut gezollt. Die stuckverzierte Fassade war grau und bröckelig, die Ornamente kaum noch zu erkennen und die ehemals barocken Figuren nur noch zu erahnen.

Die Befragung der Nachbarn hatte nicht viel gebracht. Das lag sicher nicht daran, dass wir nur als potentielle Kaufinteressenten aufgetreten waren. Oder daran, dass die benachbarten Gebäude zu beiden Seiten gut fünfzig Meter entfernt lagen.

Immerhin. An Daniel van Haaren erinnerten sie sich. Der hätte hier vor mehr als zehn Jahren einige Sendungen produziert, sich aber danach nicht mehr blicken lassen. Auch sonst niemand. Und in den letzten Tagen? Nur, dass ein alter Kombi mal in der Nähe geparkt hätte, der nun gar nicht in diese Gegend passen würde. Vermutlich Handwerker!

Wir überlegten, wie wir weiter vorgehen sollten. Die Hoffnung uns als Kaufinteressenten legal über einen Makler Zugang beschaffen zu können, hatte sich nicht erfüllt. Das Gebäude stand nicht zum Verkauf. Es gehörte angeblich einem chinesischen Investor, der die Zeit für sich arbeiten ließ. In dieser ohnehin teuren Wohngegend brachte jedes Jahr, beinahe jeder Monat, einen deutlichen Wertzuwachs mit sich.

Die mannshohe Mauer zu beiden Seiten eines offenen Durchgangs zum Vorgarten war von dichtem Efeu berankt, der die Einschätzung des baulichen Zustandes erschwerte. Ein kleiner dunkler Kasten, der offenbar an der Innenseite befestigt war und knapp über die Mauer ragte, weckte mein Interesse.

Eine Kamera? Falls es eine war, musste sie noch relativ neu sein. Das glaubte ich, auch aus einigen Metern Entfernung zu erkennen.

Ich legte die wenigen Schritte zurück. Um mir das Kästchen näher anzusehen zog ich mich an der Mauer hoch. Nur eine Sekunde. Dann ließ ich mich wieder zurückfallen, denn ich hatte etwas gesehen, dass ich dort nicht erwartet hatte.

Ich führte mir das Bild noch einmal vor Augen. Eine dunkle Gestalt, die eine Kapuze trug. In der Hand etwas längliches, wie ein schlankes Rohr, das nach oben ragte. Ein Klempner? Hmh? Handwerker zogen sich doch keine Kapuze über den Kopf! Also trat ich noch einmal an die Mauer heran und zog mich wieder ein Stückchen hoch. Diesmal hielt ich mich für ein paar Sekunden oben. Tatsächlich! Ein Mann! Nur von hinten zu sehen! Und in seiner Hand? Ich konnte es nicht genau erkennen. Aber so, wie er es vor seine Brust hielt, schien es eher eine Fahnenstange zu sein. Ohne Fahne? Jetzt war ein Geräusch zu hören. Es kam aus dem Haus. Der Mann beugte sich vor. Nun konnte ich es sehen. Die Stange zeigte nun nicht mehr nach oben. Sie lag nun waagerecht auf dem Ast eines verdorrten Baumes und zielte auf den Hauseingang. Jetzt erkannte ich es. Keine Stange, auch kein Rohr. Es war ein Gewehr!

Und dann ging alles sehr schnell. Mein gebrülltes „Heejj" war nicht besonders originell, erfüllte aber seinen Zweck. Wenn auch anders, als ich erwartet hatte. Bevor ich mich wieder hinter die Mauer zurückfallen lassen konnte, fuhr die Gestalt mit dem Gewehr herum und drückte ab.

Den Knall und gleichzeitig einen schmerzhaften Ruck an meinem Unterarm nahm ich nur zur Kenntnis. Erst als ich den auf mich gerichteten Lauf des Gewehres sah, ließ ich mich hastig hinter die Mauer zurückfallen.

Ich horchte. Kein weiterer Schuss, nur ein leises Kratzen. Ein paar Sekunden später laute Schritte auf der anderen Seite, die sich rasch entfernten.

Ruth Kappel schaute mich erschrocken an. „Du bist verletzt?" Ein Blick auf meinen zerrissenen Ärmel zeigte, dass ich Glück gehabt hatte. Nur ein Kratzer, der brannte zwar höllisch, blutete aber nicht einmal. Ich schüttelte den Kopf.

Ruth gab sich professionell, auch wenn ihr die Aufregung anzusehen war. „Hast Du jemanden erkannt?" „Nein. Der war maskiert! Mit Kapuze und so einer Sturmhaube!"

„Mist! Meinst Du, der ist weg?" Sie deutete mit dem Kinn zur Mauer und in den Vorgarten. Ich zog mich noch einmal hoch und sah mich um. Nichts! Auch die Kamera war verschwunden.

Ich rutschte wieder herunter und ging zum Durchgang in der Mauer, schaute mich nach beiden Seiten um. Niemand mehr da. Offenbar war der Schütze zum Nachbargrundstück herüber und hatte sich vom Acker gemacht.

Jetzt erst dämmerte mir, was geschehen war. Jemand hatte auf mich geschossen. Sicher nicht, um mir nur einen Streifschuss zu verpassen. Ich hatte ihn überrascht. War ein lästiger Zeuge gewesen, den er wohl ganz aus dem Weg räumen wollte. Gut, dass er sich nicht die Zeit genommen hatte, genau zu zielen.

Warum meine Hände nun zu Zittern begannen, war mir nicht so ganz klar. Aber wozu hatte man Hosentaschen?

63. Wieder auf dem Bürgersteig überlegten wir unser weiteres Vorgehen. Hhm? Wir hatten sogar Ferngläser mitgenommen. Eine Idee von Ruth. Damit konnten wir zwar durch die Fenster hineinsehen. Aber das brachte nichts? Falls sich dort das Studio befand, war es von innen durch Trenn- und Stellwände so abgeschirmt, dass man von außen nichts sehen konnte.

Einfach einzubrechen und hineinzugehen hätte sicher erst die Nachbarn, in ihren videoüberwachten Häusern, und dann die Polizei auf den Plan gerufen. Die Anwohner waren durch den Schuss vermutlich ohnehin alarmiert. Noch rätselten sie wahrscheinlich darüber, was das für ein Geräusch gewesen sein konnte.

Ruth Kappels bürokratische Vorsicht hatte mich ziemlich genervt. Im Stillen leistete ich jetzt Abbitte. Denn ihre Umständlichkeit sollte sich wieder mal bezahlt machen.

Sie hatte schon heute Morgen darauf bestanden, uns wenigsten den Anschein von Legalität zu geben. So etwas dauerte natürlich länger. Jemand in der Baubehörde, der ihr noch einen Gefallen schuldig war, hatte sich darauf eingelassen.

Es gab ja tatsächlich eine gesetzliche Regelung, die verhindern sollte, dass mit Gebäuden im Zeitablauf durch Leerstand Spekulationsgewinne erzielt werden können. Besonders bei der gegenwärtigen Wohnungsnot.

„Diese Regelung gibt es zwar schon etwas länger, wurde aber bisher noch nicht angewendet. Sie ist sozusagen noch Originalverpackt!" Na ja. Juristen und ihr Humor!

Ihr Bekannter hatte tatsächlich Kontakt zu der Verwaltung des Investors aufgenommen und einen kurzfristigen Besichtigungstermin vereinbart. Der sollte in ein paar Minuten stattfinden.

64. „Da ist er schon!" Ruth deutete auf einen langen Schlacks mit angegrauten, relativ langen Haaren, der mit eiligen Schritten auf uns zu kam.

„Das ist Andreas Maurer!", stellte sie ihn mir vor. Wie passend für einen Referenten aus der Baubehörde, dachte ich noch, als ich aus den Augenwinkeln bemerkte, dass sich am Eingang des Gebäudes etwas bewegte.

Tatsächlich! Die Eingangstür war geöffnet worden. Von innen! Noch war niemand zu sehen. Lediglich ein Schatten im Halbdunkel des Eingangsbereichs.

„Er hat mich angerufen. Er kommt ein paar Minuten später!", hörte ich die Stimme von Andreas Maurer. „Ja ja!" Ruth Kappel brachte ihn mit einer schnellen Handbewegung zum Schweigen. Sie hatte es also auch bemerkt.

Im Türrahmen war der Rücken eines Mannes zu sehen, der seine Arme bewegte, als würde er ein Flugzeug einweisen. Auch seine Gel-Frisur wippte energisch mit dem Kopf auf und ab.

Nun drehte er sich um und trat hinaus. Zeigte mit einer einladenden Handbewegung Richtung Straße. Redete offenbar auf jemanden ein. Ich erkannte ihn sofort. Daniel van Haaren!

War ich überrascht? Wenn überhaupt, dann nur, weil er ausgerechnet jetzt auf der Bildfläche erschien. Gerade in dem Moment, als wir kurz davor waren, ins Haus zu kommen.

Nein, das musste ein Zufall sein. Denn er konnte wohl kaum ahnen, dass wir jetzt hier waren. Oder hatte er den Schuss gehört?

Eine zweite Person erschien im Hauseingang. Obwohl ich darauf gehofft hatte, hielt ich den Atem an. Sana!

Ich spürte ein merkwürdiges Ziehen in der Magengegend als van Haaren den Arm um Sanas Schultern legte und sie durch den Vorgarten zur Straße führte. Genau auf uns zu!

Sie hielt die Augen auf den Boden gerichtet, als müsse sie vorsichtig jeden ihrer Schritte abwägen. Erst als sie den Mauerdurchgang erreichte, hob sie ihren Blick und sah zunächst irritiert in das Gesicht von Andreas Maurer. Wandte sich van Haaren zu, als erwarte sie eine Erklärung.

Der schüttelte jedoch nur den Kopf und deutete mit dem Kinn auf Ruth Kappel und mich.

Sie schien uns tatsächlich jetzt erst zu bemerken. Oder auch nicht! Ihre Miene zeigte jedenfalls keine Regung, die man auch nur im entferntesten als Freude oder Erleichterung hätte interpretieren können. Aus ihren gefletschten Zähnen kam nur ein erstauntes: „Was macht ihr denn hier?"

Sana

Ein Retter

65. Als ich an diesem Morgen erwachte, dachte ich zunächst, dass ich noch nicht ganz bei mir war. Aber auch nach mehrfachem Reiben meiner Augen, war das Bild noch da.

Ein Mann, der vor dem Schreibtisch stand. So ruhig und selbstverständlich, als sei er schon immer da gewesen.

Wenn ich es überhaupt jemandem zugetraut hätte, mich hier in meinem Gefängnis aufzuspüren, wäre das sicher Karlheinz gewesen. Aber es war Daniel! Ich konnte es nicht fassen!

Er hob grüßend die Hand, als würden wir uns zufällig auf der Straße begegnen. „Gott sei Dank, dass ich Deine Botschaft im Internet entdeckt habe! Ich kenne dieses Studio ja von früher!"

Eine einfache Erklärung, deren Logik nur langsam meine Überraschung überwinden konnte. Dabei war es naheliegend. Wenn jemand anhand der Ausstattung erkennen konnte, wo ich mich befand, dann er!

Natürlich freute ich mich, ihn zu sehen. Wer hätte das in meiner Lage nicht. Andererseits wusste ich nicht so recht, was ich davon halten sollte.

Also stand ich auf und ging auf ihn zu. Die Kette war lang genug bis zu ihm zu kommen und ließ sogar eine Umarmung zu. Die war nicht zu stürmisch, reichte aber aus, um meine Erleichterung auszudrücken. Falls er mehr erwartet hatte, war es ihm jedenfalls nicht anzumerken.

Er ging vor mir auf Knie als wollte er mir einen Heiratsantrag machen. Sein Blick war jedenfalls so. Aber es waren keine Ringe, die er in der Hand hielt, sondern ein klobiger Bolzenschneider. Na, der war ja bestens vorbereitet!

Eine Minute später war ich frei und er stand wieder vor mir. „Ich habe mich sofort auf den Weg gemacht. Das Studio habe ich glücklicherweise auf den ersten Blick erkannt!", wiederholte er so strahlend, als wäre jetzt eine Kamera auf uns gerichtet.

Hmh? Ich war noch ziemlich durcheinander. Verständlich, nach so vielen Tagen ohne menschliche Gesellschaft und Tageslicht. Ich wusste nicht mal wie viele es gewesen waren. Trotzdem? Es war mir ein wenig viel „Gott sei Dank", „glücklicherweise" und „sofort".

„Wir müssen zur Polizei gehen. Man sucht doch bestimmt schon nach Dir!" Besorgt sah er mich an und machte einige Schritte von mir weg. Vermutlich auf den Ausgang zu. Richtig! Im Gegensatz zu mir, wusste er ja, wo der war.

Ich weiß nicht, wie ich es erklären soll. Aber nachdem ich mich hier wiedergefunden hatte, ohne zu wissen wie ich hierher gekommen war, zögerte ich. Gerade hatte ich mich eingewöhnt. Es war mir ja nichts anderes übrig geblieben.

Und nun sollte ich Daniel einfach folgen? Angeblich war er es doch, der sich in Gefahr befand. Eigentlich hätte ich ja seinen Aufenthaltsort ermitteln sollen. Und jetzt war er hier?

Keine Ahnung, was ich davon halten sollte. War das nur der nächste Akt einer geschmacklosen Inszenierung?

Andererseits konnte ich ja schlecht sagen, dass ich hier bleiben wollte. Also ging ich hinter ihm her.

Erstaunt stellte ich fest, dass wir nach wenigen Schritten schon in einem breiten Flur vor dem Ausgang standen.

Sein „man sucht doch bestimmt schon nach Dir!" war wieder in meinem Kopf und das „wir müssen zur Polizei gehen!"

Dem Dr. Dr. würde es bestimmt nicht gefallen, dass ich Kontakt zu Herrn van Haaren hatte. Und natürlich würde er mich fragen, wie ich hierher gekommen war.

Daniel hatte etwas gesagt, nein, auf mich eingeredet. Irgendetwas wie „gemeinsam weitermachen!" Keine Ahnung, was er damit meinte.

Meine Sinne waren im Moment ohnehin ein wenig überstrapaziert. Ich glaubte sogar ein Geräusch zu hören, das wie ein defekter Auspuff oder ein Schuss klang.

Ich schaute Daniel fragend an, doch er schien nichts gehört zu haben. Er hatte die Tür bereits geöffnet. Machte eine einladende Handbewegung ihm nach draußen zu folgen. Dann legte er den Arm um meine Schulter und schob mich hinaus.

Die wenigen Schritte durch den Garten konzentrierte ich mich auf den Weg. So, als könnte von ihm eine Gefahr ausgehen, weil mich keine Kette mehr davor bewahrte, ins Nichts zu stürzen.

Erst am Tor hob ich den Kopf und blickte plötzlich in das Gesicht eines mir völlig fremden Mannes. Der schien genauso überrascht zu sein wie ich.

Das bemerkte Daniel natürlich und schaute demonstrativ an dem Mann vorbei. Nun, sah ich sie auch. Meinen Mann und Ruth Kappel.

Hatte er die beiden mitgebracht? Aber warum waren sie dann nicht mit hereingekommen. Nein! Daniel wirkte genauso erstaunt wie ich und alles andere als erfreut.

Also hatte Karlheinz mich von allein ausfindig gemacht. Ich hatte ihn also richtig eingeschätzt!

Und jetzt? Was sollte ich machen? Nun, falls das hier tatsächlich nur Teil einer Inszenierung war, musste ich herausfinden, was denn nun dahintersteckte. Blöd!

Hmh? Meinem eigenen Mann musste ich ja hoffentlich nichts vormachen, aber einfach stehen lassen konnte ich ihn auch nicht. Zumindest nicht, wenn Daniel wusste, das ich mit Karlheinz verheiratet war?

Andererseits! Ein Mann wie Daniel van Haaren, würde sich möglicherweise gar nicht vorstellen können, dass ich mit diesem älteren, aus seiner Sicht unscheinbaren Mann zusammen war. Oder er würde es nicht allzu ernst nehmen.

Einen Versuch war es wert! Also lächelte ich Ruth Kappel und Karlheinz kopfschüttelnd an. „Was macht ihr denn hier?"

Mein Mann schloss aus meinem Verhalten hoffentlich, dass es besser war, Daniel und mich erst einmal nicht zu behelligen.

„Dann können wir die Suche ja einstellen!", kam sein Kommentar dann auch recht lapidar daher. Er verzog keine Miene, aber ich kannte ihn. Es war nun an mir, zu zeigen, wie es weitergehen sollte. Doch dazu kam ich gar nicht erst.

„Ich bitte um Verständnis. Aber Sana muss erst mal zur Ruhe kommen. Wir werden die Polizei von zu Hause aus anrufen!" Bei seinen letzten Worten ergriff Daniel meine Hand und zog mich zu seinem vor dem Haus parkenden Auto.

66. Wir saßen jetzt zu Dritt im Wohnzimmer von Daniel. Fritz hatte mich überschwänglich begrüßt und so fest umarmt, dass mir Angst und Bange wurde. Dabei kannten wir uns kaum. Na ja, Fernsehleute!

„Wie geht es Dir? Hast Du eine Ahnung, wie Du dahin gekommen bist? Hast Du irgendwen erkannt? Oder ist Dir sonst etwas aufgefallen?", fiel er auch sofort über mich her.

Daniel legte ihm seine Hand auf den Arm. „Lass Sie doch erst einmal ankommen!"

Ankommen? Der Gedanke war wieder da, der mich schon seit Tagen beschäftigte. „Sag mal Daniel. Als Du damals aus dem Hotel zurückgekommen bist und Dein Wagen war weg. Wie ist es dann weitergegangen?"

Hmh? War er jetzt verlegen geworden oder dachte er nur intensiv nach? „Na ja? Ich habe als erstes Fritz angerufen!" Er schaute den alten Zausel hilfesuchend an.

Der nickte sofort und so heftig, dass ich mir Sorgen um seinen Nacken machte. „Ich bin dann natürlich sofort gekommen und habe Daniel in Sicherheit gebracht!"

Mein fragender Blick musste nicht lange auf eine Erklärung warten. „Zwei Morde, ein Mordversuch und dann eine Entführung. Es liegt doch auf der Hand, dass es um Daniel ging!

Er musste von der Bildfläche verschwinden. Und auch sein Handy durfte nicht geortet werden können!" Fritz schaute mich an, als hätte ich das doch wissen müssen.

„Seid ihr denn nicht zur Polizei gegangen?", war das einzige, das mir dazu einfiel.

Diesmal antwortete Daniel selbst. „Das wäre zu gefährlich gewesen. Wir wollten abwarten, bis sich die Entführer melden."

„Ich habe befürchtet, dass die Daniel in ihre Hände bekommen wollten. Aber auch gehofft, dass sie sich mit einem Lösegeld für Dich zufrieden geben würden!", fügte Fritz hinzu.

Was sollte ich dazu sagen? Außer: „Und?" Fritz hob die Schultern. „Weder noch!"

Erst jetzt fiel mir wieder ein, wie das alles begonnen hatte. „Sag mal Daniel! Du wolltest mir doch etwas zeigen. Was war das denn?"

Er hob die Schultern und ließ sie langsam wieder sinken. „Na ja, jetzt kommt mir das selbst merkwürdig vor. Eine anonyme Anruferin wollte sich mit mir treffen. Sie wüsste etwas über Kemal, das mich interessieren würde. Allerdings bestand sie darauf, dass ich zwar nicht unbedingt allein kommen müsste, aber auf keinen Fall diesen Journalisten, der sich jetzt als Buchautor versuchen würde, mitbringen dürfte! Mit diesem dubiosen Herrn Hoffmann hätte sie schlechte Erfahrungen gemacht. Mehr wollte sie nicht sagen!"

„Hast Du ihre Stimme erkannt?", fragte ich automatisch. Er schüttelte nur den Kopf.

„Und?" „Den Rest kennst Du ja. Natürlich habe ich mir darüber das Gehirn zermartert, was mit Dir geschehen sein konnte! Ich musste ja vom schlimmsten ausgehen!" Daniel flüsterte es nur. Die Verzweiflung der letzten Tage schien ihn wieder eingeholt zu haben.

Meine Miene verriet wohl, dass ich dazu mehr hören wollte. „Na ja, und dann kam diese Videobotschaft mit Dir. Ich habe sofort erkannt, wo die aufgezeichnet wurde!", nickte der alte Kameramann und tauschte mit Daniel einen schnellen Blick.

„Und dann hast Du ihn informiert?" Ich wandte mich wieder an Daniel. „Wo bist Du eigentlich untergetaucht?"

Die Frage schien nicht so einfach zu beantworten zu sein. Jedenfalls starrten beide auf ihre Hände als wäre ihnen dort ein weiterer Daumen gewachsen.

„Äh, das klingt vielleicht albern. Ein kleines Holzhaus in einem Schrebergarten bei Finkenwerder!" Das klang so als müsse Daniel sich dafür entschuldigen.

„Ein Gartenhaus mit Internetanschluss?", staunte ich. „Ja, dafür habe ich gesorgt!", antwortete Fritz an seiner Stelle. Ein wenig hastig, wie ich fand.

„Und da hast Du Daniel dann abgeholt?", spann ich automatisch seinen Gedanken weiter.

„Sag mal, ist das jetzt hier ein Verhör?" Es sollte wohl belustigt klingen, aber ich merkte, dass Daniel verärgert war. Oder besorgt? Na ja, er war es gewohnt, selbst die Fragen zu stellen und die anderen antworten zu lassen.

„Nein, wieso? Ich will doch nur wissen, wie es zu meiner Befreiung gekommen ist!", versuchte ich ihn zu beschwichtigen.

Nun gaben sich beide alle Mühe mich über das Geschehen vollständig ins Bild zu setzen. Ich erfuhr viele Details, die mir im Moment gar nicht so wichtig erschienen. Andererseits blieben sie an manchen Stellen eher vage und beantworteten meine Nachfragen mit der Wiederholung von mir bereits bekannten Einzelheiten.

Na gut, die beiden waren keine Polizisten und sicher noch ein wenig aufgeregt. Auch waren sie irritiert gewesen, dass niemand eine Vermisstenanzeige aufgegeben hatte. Darüber stellten sie die wildesten Vermutungen an.

Sie schlossen nicht mal aus, dass mein Kollege Hoffmann etwas mit meiner Entführung hatte. „Wieso sollte der sonst vor dem Gebäude gestanden haben, in dem Du festgehalten wurdest?"

Irgendwann schaltete ich ganz ab. Ein Zuviel an Spekulationen führte ja manchmal dazu, dass man gar nicht mehr wusste, was man glauben sollte. Insbesondere, wenn immer wieder so ausführlich über unwesentliches berichtet wurde, dass das eigentliche Geschehen darin unterging.

Am Ende musste ich einräumen, dass es in den Schilderungen der beiden zwar einige Unstimmigkeiten, aber keine handfesten Widersprüche gab.

Na ja! Wenn man einmal von der Kleinigkeit absah, dass jeder von beiden angeblich durch den Videoclip meinen Aufenthaltsort herausgefunden haben wollte.

Hmh? Selbst, wenn Daniel da mal gearbeitet hatte. Er war ohne Frage ein kluger und charmanter Mann. Sicher auch sehr intelligent. Aber er war kein Karlheinz.

Ich wurde den Verdacht nicht los, dass Fritz mehr wusste, als er mir gesagt hatte und das Daniel erst von ihm erfahren hatte, wo ich festgehalten worden war.

Inszenierung

67. „Für mich steht außer Frage, dass die Entführung von Frau Hoffmann nur vorgetäuscht wurde, um Herrn van Haaren einen Gefallen zu tun!" Dr. Dr. Wegener lehnte sich zurück und schaute sich erwartungsvoll um. „Oder wie sehen Sie das?"

„Nicht ganz!", kam es von seinem Nebenmann, der laut Wegener Abteilungsleiter im Justizministerium war.

Eigentlich hatte ich ja gedacht, dass diese alberne Affinität zu Doppelnamen auch bei den Ministerialbeamten inzwischen nachgelassen hatte. Na gut, der hier war schon ein älteres Kaliber. Und er übertraf alles was mir bislang begegnet war.

Er hatte sich uns tatsächlich mit einem Doppelnamen vorgestellt. „Wagenmacher-Rottelmann!" Mein Mann wartete einen Moment darauf, dass sein Gegenüber sich als Scherzbold zu erkennen gab, dann verzog er abschätzig seine Mundwinkel.

„Herr van Haaren war an der Entführung nicht beteiligt. Dafür gibt es auch einen Zeugen. Den habe ich mitgebracht." Die sonore Stimme des Ministerialdirigenten ließ keinen Zweifel zu.

Es wäre auch kaum möglich gewesen, dieser Auffassung zu widersprechen, denn Wagenmacher-Rottelmann war nach seinen Worten aufgestanden, warf seinem Zeugen einen kurzen Blick zu und verließ mit einem knappen „der Minister wartet" den Raum.

Sein Zeuge? Das war der mir inzwischen bestens bekannte Fritz, mit Nachnamen Kurz. Er hatte sich bisher unauffällig im Hintergrund gehalten.

Wegener räusperte sich und wandte sich wieder mir zu. „Was nichts daran ändert, dass Sie gegen die ausdrückliche Weisung, nicht mehr im Fall der Forumstoten zu ermitteln, verstoßen haben! Im Gegenteil. Sie haben sich in der letzten Zeit sehr häufig mit Herrn van Haaren getroffen! Und da er offenkundig selbst beinahe ein Opfer geworden wäre, stellt sich die Frage, warum diese Entführung vorgetäuscht worden ist!"

„Und der Mann, der auf mich geschossen hat? Der war doch offensichtlich auf meine Frau angesetzt, um sie zu beseitigen!", erinnerte ihn Karlheinz.

„Das ist nicht sicher! Entweder galt das Herrn van Haaren, der ja eng mit dem Forum verbunden ist. Oder es war Teil der Inszenierung von Frau Hoffmann. Denken Sie an die Kamera!", lächelte Wegener süffisant.

Das Gesicht von Karlheinz erinnerte mich jetzt an einen Granitfelsen. „Gibt es sonstige Beweise für diese Behauptungen von Wagenmacher? Beweise an denen nicht zu rotteln ist?"

Fritz lachte laut. In Abwesenheit des Ministerialbeamten wirkte er wesentlich entspannter. Wegener warf ihm einen vernichtenden Blick zu.

Offengestanden wäre es mir auch selbst lieber gewesen, wenn Karlheinz den Mund gehalten hätte. Es mag komisch klingen. Aber noch lieber wäre es mir gewesen, wenn an seiner Stelle die Kappel hier wäre. So feindselig, wie der Wegener mit ihr umsprang, hätte er mich vielleicht aus der Schusslinie gelassen. Aber sie hatte sich wieder einmal raus getan. Angeblich, um möglichen Weisungen aus dem Justizministerium zu entgehen.

„Ich bin nur eine halbe Stunde nach der Entführung zu Herrn van Haaren gestoßen. Als er gesehen hatte, dass sein Wagen mit

Frau Hoffmann verschwunden war, stürmte er sofort zurück ins Foyer und hat mich angerufen. Eine Minute! In der Zeit konnte er ja wohl kaum mit dem Opfer und seinem Wagen verschwinden!" Fritz warf mir einen entschuldigenden Blick zu und breitete die Arme aus, als wolle er gleich abheben. „Und für die Zeit davor und auch danach gibt es im Hotel jede Menge Zeugen!"

„Und wer könnte ihrer Meinung nach an der Entführung beteiligt gewesen sein?" Wegener schaute ihn misstrauisch an.

Fritz zuckte mit den Achseln. „Keine Ahnung. Ich würde mich aber an ihrer Stelle fragen, wem die Entführung nutzen könnte. Oder anders herum, wem die Sendung mit den Nichtwählern schaden könnte!"

„Wollen Sie mir meinen Job erklären?" Wegener war sichtlich verärgert, „Sie glauben doch nicht ernsthaft, dass das jemand von ARD oder ZDF war?"

„Natürlich nicht, Herr Doktor, Doktor Wegener!" Grinsend fuhr Fritz fort, „Warum sollten die denn einen Clip mit der Geisel ausstrahlen. Das hat ja nur noch mehr Öffentlichkeit verursacht!"

„Warum ist eigentlich Herr van Haaren nicht hier?", wechselte Karlheinz das Thema. Die Frage hatte ich mir auch schon gestellt.

Das war, als die Polizei in Daniels Haus aufgetaucht war, aber nur mich gebeten hatte, mit aufs Präsidium zu kommen. Dabei hatte Daniel sogar angeboten, mich zu begleiten. Doch die Beamten richteten ihm nur aus, dass er gleich von einem Vertreter des Justizministerium besucht werden würde.

Das musste wohl in der Zwischenzeit erfolgt sein. Vermutlich in den zwei Stunden, die ich im Präsidium auf Wegener gewartet hatte.

„Die haben mich sogar mit Blaulicht hierher gefahren!", hatte ich mich bei Karlheinz darüber beschwert, aber bei ihm nur ein amüsiertes Grinsen ausgelöst. „Die hatten es eben eilig. Denn man wollte ja schließlich pünktlich mit dem Warten lassen beginnen können!" Der und sein Humor!

Wegener antwortete nur zögernd und erkennbar widerwillig. „Mit dem haben Herr Wagenmacher-Rottelmann und ich bereits gesprochen!" Er machte eine Handbewegung, als wolle er eine lästige Fliege abwehren.

„Man müsste eigentlich noch Mal mit den Leuten aus dem Forum reden!", brummte Karlheinz.

Wegener schaute meinen Mann finster an. „Ich habe Ihnen doch ausdrücklich untersagt, sich mit den Forumsfällen zu beschäftigen. Die sind ja inzwischen aufgeklärt!"

„Wer redet denn von den Toten? Sie haben doch selbst gesagt, dass die Entführung nur vorgetäuscht wurde. Wollen Sie denn gar nicht wissen von wem und warum?", fragte Karlheinz erstaunt.

Das Misstrauen des Kriminaldirektors war nicht zu übersehen. „Das ist ein ganz anderer Fall. Und da Frau Hoffmann so oder so darin involviert ist, suspendiere ich sie offiziell vom Dienst! Und Ihnen, Herr Hoffmann, untersage ich hiermit ausdrücklich in dieser Sache tätig zu werden! Sie sind schließlich mit ihr verwandt!"

„Und die Entführung?" Man hätte meinen können, dass mein Mann mit seinen hochgezogenen Augenbrauen gesprochen hatte.

Wegener machte eine wegwerfende Handbewegung. „Überlassen Sie das der Staatsanwaltschaft!"

Karlheinz

Ursachenforschung

68. Es war gar nicht mal so schwer herauszufinden gewesen, dass van Haaren und Wagenmacher-Rottelmann sich kannten. Und zwar seit frühester Jugend. Das hatte ich von einem alten Kollegen erfahren, der die Namen Wagenmacher-Rottelmann und van Haaren nur amüsiert WR und vH abkürzte.

Er wusste auch, dass die beiden in den 80er Jahren genau wie Sana in Hannover gewohnt hatten. Nicht im gleichen, aber in zwei direkt angrenzenden Stadtteilen.

Aber er hatte keine Ahnung, weshalb van Haaren seinen alten Kumpel WR gebeten haben könnte, dafür zu sorgen, dass Sana in das Ermittlungsteam des ZOK kam? Denn daran, dass es so war, hatte ich keinerlei Zweifel.

Es musste eine Verbindung zwischen Sana und vH, vielleicht auch mit WR geben, die aus der Zeit vor der Bildung unseres ZOK-Teams zum Forumsfall stammte.

Bereits nach unserer ersten Begegnung hatte ich Sana ja schon nach van Haaren gefragt. Nur einmal, denn ihre Antwort war recht distanziert, beinahe abweisend gewesen. „Nein, den habe ich zum ersten Mal gesehen. Was soll diese Frage?"

Ich hatte mir tagelang den Kopf zerbrochen. Lange Zeit ohne Ergebnis. Kaum zu glauben, dass es mir erst heute wieder eingefallen war. Denn es lag nicht mal ein Jahr zurück und hatte mich damals ziemlich aufgewühlt. So sehr, dass ich geschworen hätte, es mein ganzes Leben lang nicht mehr zu vergessen.

Vor neun Monaten

69. Es war früher Nachmittag und sowohl der Parkplatz als auch die Wege zwischen den Gräbern waren leer. Wir kamen vorbei an der niederländischen Kriegsopfergedenkstätte. Obwohl der Friedhof Seelhorst sehr groß war, machte die klare Einteilung und Wegführung es relativ leicht, mich zurecht zu finden.

Sana ging neben mir her und passte ihre Schritte den meinigen an. Ihre Miene war angespannt. Sicher nicht, weil wir auf einem Friedhof waren. Sie hatte mir nicht gesagt, was nun kommen würde.

Wir mussten nicht lange laufen. Sie hielt vor einem Grab an, das nicht weit vom Hauptweg entfernt war. Das Grab war wild überwuchert. Der Name auf einem flachen grauen Stein war aber noch zu lesen. Ramon Oliveira, sonst stand da nichts, kein Datum, kein wohlmeinender oder segnender Spruch.

Nun standen wir vor dem Stein und schauten auf ihn herab. Ihr Gesicht war merkwürdig starr. Als wäre es betäubt.

Ich fragte mich, warum sie mich mitgenommen hatte. Trauern hätte sie ja alleine besser können. Doch ihre Miene war leer, kein Anflug von Gefühlen. Sie wartete nur.

Endlich hörte ich Schritte und kurz drauf stand ein Mann vor uns. Er war hager, ungefähr so groß und so alt wie ich. Das Leben schien es nicht gut mit ihm gemeint zu haben. Er sah verhärmt aus und hatte die Haut eines Mannes, der auf der Straße lebt. Der Blick, mit dem er uns musterte, war unsicher.

Sana musste offenbar selbst überlegen, wer da vor ihr stand. Erst als er mit den Ohren wackelte, erkannte sie ihn. „Damit hast Du mich schon früher zum Lachen gebracht!", sagte sie. Ohne zu Lachen!

"Hallo, Günther", bemühte sie sich freundlich zu erscheinen, "danke, dass Du gekommen bist!"

Der Angesprochene riss die Augen auf. "Sana? Das darf doch nicht wahr sein. Dreißig Jahre, kaum älter und noch schöner." Er schüttelte den Kopf.

"Dir scheint es gut zu gehen", stellte er fest und sah verstohlen zu mir.

Ich verzog keine Miene. Na ja! Einer Person aus ihrer Vergangenheit zu begegnen, war etwas anderes als darüber in den Akten zu lesen.

Sie nickte: "Und bei Dir?" Günther zögerte. "Na, das siehst Du ja, ich halte mich über Wasser, frag nicht."

Den Impuls, ihn in den Arm zu nehmen, unterdrückte sie, als er ein wenig zurückzuckte. Er hatte wohl den gleichen Gedanken gehabt, doch meine Gegenwart schien ihn ein wenig einzuschüchtern.

"Er war früher ein Freund von Ramon!", erklärte sie mir unaufgefordert. Günther grinste müde. "Sein bester Freund!" "Erzähl!", drängte sie.

Seiner Miene war anzusehen, dass er versuchte, sich zu konzentrieren. Es fiel ihm sichtlich schwer. Er musste in der Zwischenzeit vieles erlebt und mit Alkohol erträglich gemacht oder verdrängt haben.

"Hier nehmen Sie!" Ich reichte ihm einen Flachmann. Sanas Kopf fuhr verärgert herum. Mir war anscheinend nur die Rolle des

Zuhörers zugedacht gewesen! Günther nahm gierig drei große Schlucke.

"Fang an, und zwar von vorn!", ermunterte sie ihn. "Erzähl alles von Anfang an. Lass Dir ruhig Zeit!"

Günther nahm noch mal zwei Schlucke. Er war nun nicht mehr ganz so blass. "Also von Anfang an", begann er heiser und sah sie verlegen an. "Der Ramon war nicht schlecht!" Er räusperte sich. "Sein Pech war nur, dass er schwach war und noch schlimmer, dass er so schön war. Alle liebten ihn, na, wenigsten die Frauen und Mädchen."

Ich hörte ihm gespannt zu. Natürlich wusste ich, dass Ramon sehr attraktiv gewesen war. Dass sein exotisches Äußeres ihn so interessant und faszinierend gemacht hatte, hörte ich nicht zum ersten Mal. Und, dass er aus seiner Herkunft bis zuletzt ein Geheimnis gemacht hatte.

Günthers Perspektive war ein wenig schlicht und gefiel mir nicht. Er schilderte zwar in epischer Breite den ganzen Mist, den sein verstorbener Freund nicht zuletzt auf Kosten anderer verzapft hatte, fand aber immer wieder Entschuldigungen für ihn.

Immerhin hatte er wohl tatsächlich für eine Razzia gesorgt, so dass Sana aus den üblen Kreisen, in denen er selbst verkehrte, herauskam. Sie wurde, damals sechzehn Jahre alt, aufgegriffen und zurück in die betreute Wohngruppe gebracht wurde, aus der sie abgehauen war.

„Er hat mich verraten!", flüsterte sie empört und enttäuscht zugleich. Sie drehte sich von mir weg, als könne sie meinen

Anblick nicht mehr ertragen. Jetzt erst wurde mir bewusst, dass ich so feindselig auf den Grabstein starrte, als wäre ich auf den Toten eifersüchtig. Nein, das war es nicht. Im Gegensatz zu Sana kannte ich allerdings sein Strafregister.

Günther schnauzte sie regelrecht an. „Das war das einzig Vernünftige, was Ramon machen konnte."

Sie öffnete schon wütend den Mund, um ihm zu widersprechen. Dem stillen Günther, der sie nun angeschrien hatte.

"Du hast mich gemocht, stimmt´s?", fragte sie dann nur irritiert.

Er nickte. "Du warst zu uns allen freundlich und nett, nicht wie die anderen, die nur halb so hübsch waren. Und ich mag Dich noch heute, denn wegen Dir war Ramon wenigstens einmal in seinem Lebens anständig."

Sie starrte ihn an, schien ihn aber gar nicht wahrzunehmen. Lange, als hätte sie sich zurückgezogen und wäre nun ganz woanders. Wir ließen ihr die Zeit. Ich schaffte es sogar, in diesen Minuten nicht auf die Uhr zu schauen.

"Wie ist es ihm danach ergangen?", fragte sie endlich. Das klang unerwartet distanziert.

Günther senkte den Blick auf den Grabstein. "Es gab fast nichts, was er nicht gemacht hat. Er versuchte es mit anständiger Arbeit. Wir haben sogar zusammen eine Kneipe aufgemacht. Seine Freundinnen und seine Kumpels waren unsere Stammgäste. Wenn die ihre Zeche bezahlt hätten, wären wir vielleicht durchgekommen!"

Er seufzte. „Dann kam der freie Fall. Drogen, Raub, Betrug und einige Male Knast. Aber die Mädchen, na ja, zuletzt eher die

Frauen mochten ihn immer noch. Er war ja dann schon so alt wie Sie!" Bei den letzten Worten sah er mich an.

Dann schien er zu erkennen, wer vor ihm stand. "Sie sind doch dieser Bulle,..äh...Entschuldigung, der Polizist vor dem alle Angst haben. Der, der sie alle dran gekriegt hat oder?"

Sana nickte: "Ja, das ist er, mein Mann." Günther starrte mich an. Unsicher, neugierig und misstrauisch zugleich.

"Dein Mann?" "Ja, und er hat auch die Mörder von Ramon erwischt!", brummte sie trotzig. Es dauerte bis aus der Verwirrung in Günters Gesicht eine Frage geworden war.

"Du hast ihn darum gebeten, den Fall zu übernehmen. Weil Dir Ramon noch etwas bedeutet hat?", flüsterte er beinahe verschwörerisch.

"Ja, genau!", antwortete ich an ihrer Stelle. Sana warf mir einen wütenden Blick zu.

"Dein Mann klärt den Mord an Deiner Jugendliebe auf. Ramon wäre glücklich darüber. Ein Kreis, der sich geschlossen hat!", lächelte Günther zufrieden.

So abwegig das auch klang, es war nicht ganz falsch. Aber es war sicher nicht das, was meine Frau jetzt unbedingt hören wollte!

"Ich glaube, dass ist hier für Sana schwer genug. Wir sollten das Thema wechseln. Nichts für ungut!", sagte ich gerade noch leise genug, dass man es nicht als abkanzeln werten konnte.

Günther nickte schnell. "Entschuldigung, das Alter macht mich sentimental." Nun stellte er die Frage, auf die ich gewartet hatte. "Ich habe ja einiges gehört, aber nichts genaues. Haben ihn die Typen aus dem Kiez umgebracht?"

Was sollte ich sagen? Die Wahrheit war lächerlich banal, für Sana wahrscheinlich eher zum Heulen. Egal! Ich sprach es aus: "Nein! Es war ein kleiner Drogenboss, dem er die Frau ausgespannt hatte."

Sanas Gesicht veränderte sich und nahm Züge an, die wie versteinert wirkten. Und plötzlich stand eine fremde Frau neben mir, die mich ansah, als hätte ich sie geschlagen.

Wie in Zeitlupe wandte sie sich an Günther, der scheinbar zur Salzsäule erstarrte. Nein, eher stramm stand, wie ein Zinnsoldat. Nur eine Sekunde, dann zuckte es um seine Mundwinkel und seine Ohren begannen so heftig zu wackeln, als schlage er mit den Flügeln.

Ihre Miene füllte sich wieder mit Leben. Fasziniert sah ich zu, wie um die Mundwinkel ihr Lächeln wiedergeboren wurde und im nächsten Moment so tat, als sei es schon immer da gewesen. „Danke Günther!"

Der grinste und wandte sich zufrieden dem Grab zu. Keine schlechte Idee, dachte Sana wohl auch. Also schauten wir alle drei auf den Stein unter dem Ramon lag und schwiegen eine kleine Weile.

Es war Günther, der die kurze Andacht beendete und uns seine Hand entgegen streckte. "Sana, ich habe mich sehr gefreut, Dich so wiederzusehen."

Er nickte mir zu. "Es war mir eine Ehre!" Augenzwinkernd fuhr er fort: "Sie sind der richtige Mann für die schöne Sana. Der einzige, der ihr gewachsen ist und sie beschützen kann."

Günther

70. Es war gar nicht so leicht Günther aufzufinden. Bei jemandem ohne festen Wohnsitz nicht ganz unerwartet. Aber ich wusste, in welchem Viertel es sich noch im letzten Jahr aufgehalten hatte.

Ich weiß nicht mehr, wie viele Obdachlose ich gefragt habe. Sie alle kannten Günther, sprachen auch gern über ihn. Lobten seine Ehrlichkeit und Hilfsbereitschaft, sprachen von seinem feinen Humor. Er war offenbar sehr beliebt.

Mit vielen kam ich ins Gespräch und von manchen erfuhr ich sogar einiges aus ihrer Lebensgeschichte. Selten, warum sie ihre Wohnung aufgeben mussten, oft dagegen von der respektablen Existenz, die sie früher einmal gehabt hatten. Ihre Sprache schien manchmal ein wenig eingerostet zu sein, aber was sie dann so von sich gaben, hatte mich mehr als einmal beeindruckt. Vor allem der Kontrast zwischen ihrer wenig gepflegten Erscheinung und ihrer klugen, warmherzigen Sicht auf das Leben und die Menschen.

In einer Kaschemme direkt an einem S-Bahnhof konnte mir endlich jemand Auskunft geben. Der Wirt! Ein Südländer mit dunklen Haaren, enormem Übergewicht und freundlichen Augen. „Du kannst froh sein, wenn er überhaupt noch am Leben ist! Ich habe seinen Deckel schon weggeworfen. Sag ihm das! Er ist mir nichts mehr schuldig!"

71. Er lebte noch! Aber wohl nicht mehr lange. Sein Krankenzimmer erinnerte an eine Intensivstation. Ich war erstaunt, dass er trotz der Schläuche, die aus Nase und Mund ragten, hellwach zu sein schien. „Seit drei Wochen keinen Tropfen Alkohol!", hatte er mich stolz begrüßt.

Merkwürdiger Weise sah er gesünder aus als im letzten Jahr. Sein schmales Gesicht unter den dünnen Haaren war nicht mehr so eingefallen wie damals und seine Augen erschienen mir klarer.

Obwohl er sich an mich erinnerte und von mir als Polizist angeblich eine hohe Meinung hatte, war es nicht so leicht. Es brauchte es eine Menge Erklärungen, um ihn zum Reden zu bringen. Denn er befürchtete, dass ich nun als misstrauischer Ehemann vor ihm stand, der gegen seine eigene Frau ermittelte.

Erst, als er die ganze Situation mehr oder weniger verstanden hatte, taute er auf. Und plötzlich war da auch eine Verbindung zwischen uns. Keine Ahnung, was das war. Sicher war eine gewisse Sympathie dabei.

In der Hauptsache aber wohl, weil auch er wegen Sana besorgt war. „Wenn ein großes Herz und viel Mut zusammenkommen, sind schnell die Ratten da!"

Ein wenig theatralisch fand ich das schon. Leider löste der Name Daniel van Haaren bei ihm zunächst nur ein Kopfschütteln aus. „Nein, so auf Anhieb sagt mir das nichts!"

Wir beschlossen trotzdem, auch unabhängig von Sana in Kontakt zu bleiben. Und tatsächlich besuchte ich ihn von da an so oft es mir möglich war.

72. Ob das jedem so geht, weiß ich nicht. Aber ich hatte mich inzwischen an den Anblick der Schläuche gewöhnt, nahm sie kaum noch wahr. Dafür aber immer besser Günthers Mienenspiel, das ich anfangs hinter den Apparaturen kaum erkennen konnte.

Ich hatte ihm auch vom Forum dieses Daniel van Haaren erzählt. Ob ihn das wirklich interessierte oder ob er mir zeigen wollte, dass er bereit war, mich in jeder Hinsicht unterstützen? Ich hätte es nicht sagen können. Meine Warnung vor den extremen Positionen im Forum und dessen Talkshows ging leider nach hinten los.

„Nach unserem ersten Gespräch habe ich mir auch mal wieder die Nachrichten im Fernsehen angesehen. Ich habe jetzt verstanden, worauf der van Haaren hinaus will!", begrüßte er mich diesmal. Auch er war seit Jahren Nichtwähler.

„Ja und?" „Soweit ich weiß, gibt es keine Partei für Obdachlose!", grinste er, „Ach, ja, irgendwie doch. Zumindest sorgen einige dafür, dass wir immer mehr werden!"

Er richtete sich im Bett auf. „Dieser Spendenskandal der AfD? Als wenn die Leute das nicht merken würden. Der wird von den öffentlich-rechtlichen unglaublich hochgekocht! Dabei weiß doch jeder, dass die anderen Parteien viele Millionen mehr an Spenden bekommen. Natürlich sind die cleverer. Wenn sie etwas von einem ausländischen Konzern bekommen, lassen die das offiziell natürlich über deutsche Firmen oder Spender laufen. Da kräht kein Hahn nach. Aber 200.000, die ungeschickt direkt von einer ausländischen Firma an die AfD gehen, sind ein großer Skandal. Dabei ist das doch eher ein Formfehler! Denn was sollten solche Peanuts der AfD im Wahlkampf nutzen? Den Nutzen haben doch nur ihre Gegner! Aber so wird natürlich nicht berichtet!"

Sicher, das war seit einigen Wochen in den Nachrichten. Und ich hörte inzwischen kaum noch hin. Als wenn es nichts wichtigeres zu berichten gäbe. Aber ich wunderte mich schon, dass Günther ausgerechnet diese Partei verteidigte. Das sah er mir wohl auch an.

„Nein! Selbst, wenn ich wählen würde, kämen die mir nicht in die Urne! Aus der EU raus wollen und das dritte Reich als Fliegenschiss der deutschen Geschichte zu bezeichnen? Angesichts des Säbelrasselns der Supermächte und der Despoten im nahen Osten ist es doch eher so, dass ganz Deutschland nur ein Fliegenschiss auf der Landkarte ist!" Er schüttelte den Kopf.

„Überhaupt diese Heuchelei! Da empören sich unser sogenannter Verkehrsminister und die Journalisten über die Amerikaner mit ihrem Waffenwahnsinn, aber wenn es um ein Tempolimit auf den Autobahnen geht, heißt es ´freie Fahrt für frei Bürger!´ Egal, wie viele Menschen durch die rücksichtslose Raserei mit den tonnenschweren SUV´s bedroht oder sogar in Unfälle getrieben werden!" Er verzog abfällig den Mund.

„Was meinst Du, warum das so ist?", fiel mir nichts ein, das ich dazu sagen konnte.

„Ach, das ist alles ziemlich traurig. Erfahrung hat heute keine Bedeutung mehr. Früher schauten den jungen Lehrlinge auf den alten Meister und man konnte sich vorstellen, dass sie später selbst einmal Meister nach seinem Vorbild sein würden. Aber heute geht das alles so schnell! Man orientiert sich nicht mehr an Erfahrungen, die die Alten gemacht haben. Dazu haben die Jungen ja gar keine Zeit mehr. Die müssen ja dem Fortschritt, vor allem dem technischen, hinterherjagen, damit sie selbst nicht schon mit dreißig zu alten Eisen gehören. Sie denken gar nicht mehr darüber nach, wohin das eigentlich führt, was da mit ihnen geschieht. Irgendwie kämpfen sie nicht nur gegen die Zeit sondern auch gegen sich selbst!"

Sein Blick wanderte nun im Zimmer umher. Er hatte wieder mal den Faden verloren. Daran hatte ich mich inzwischen gewöhnt. Einen Moment später hellte sich sein Miene auf. „Weißt Du! Ich finde es unglaublich, wenn ich morgens aus dem Fenster schaue. Der Himmel ist noch da. Und immer geht die Sonne auf. Ich kann sogar atmen. Und dass, obwohl wir mit unserem Müll, den Abgasen und Bomben alles tun, um diese Welt zu zerstören!"

Eine steile Falte erschien auf seiner Stirn. „Daran ist wohl nichts mehr zu ändern. Es gibt ja nicht mal mehr richtige Hofnarren!"

„Hofnarren?" „Ach, die heutigen Kabarettisten verdienen ja meist ihren Namen nicht mehr! Sie werden zu immer platteren Schenkelklopfern. Früher nahmen sie noch die Mächtigen aufs Korn. Heute machen sie sich vor allem über die Schwachen lustig, und über die, die bereits am Boden liegen. Ich habe mir kürzlich die Heute-Show und Extra 3 angesehen!" Er meinte das wohl ernst. Hmh? Ich sah das eigentlich ganz gerne.

73. „Jetzt weiß ich wieder woher ich diesen Daniel kenne!", kam er unvermittelt auf meine Frage zurück. Ich hatte schon nicht mehr damit gerechnet.

„Kein Wunder, dass ich mich nicht sofort an ihn erinnert habe. Er hielt sich ja auch ziemlich unauffällig am Rande. Ja, der war damals in der gleichen Clique wie Ramon und Sana!" Er zog die Mundwinkel hoch. „Und es war nicht zu übersehen, dass es ihm nicht anders ging als den meisten anderen: Er war in Sana verknallt!"

„Na und?" „Nichts und? Sana hatte ja nur Augen für Ramon!"

„Und dieser Daniel?" „Nichts! Außer, dass er versuchte, den Ramon zu kopieren. Weißt Du? Klamotten? Frisur und so weiter. Am Ende konntest Du die beiden kaum noch unterscheiden!", schnorchelte er an seinen Schläuchen vorbei. „Ja und?"

„Keine Ahnung, aber manche Männer können nicht gut damit umgehen, wenn sie zurückgewiesen werden!"

Kneipengespräche

74. Natürlich konnte mir niemand verbieten, mich mit ein paar Freunden in einer Kneipe zu treffen, so wie heute mit Willy. Und mit Lisa, die ich schon länger nicht gesehen hatte.

Und dass wir uns im 'Rathauskeller' trafen, ging niemanden etwas an. Auch, dass Sylvia8 heute Abend hier wieder mal kellnerte, konnte man uns nicht vorwerfen. Und wenn Willy das vorher telefonisch mit ihr abgeklärt hatte, war das schließlich seine Sache.

Ganz so privat war es dann doch nicht geblieben, als sich Ruth Kappel einfach bei uns einklinkte und sogar noch vorschlug, auch den Cousin von Kemal einzuladen.

Sana hatte von vornherein abgewinkt. „Ich bin schließlich suspendiert. Nachher bekommt ihr auch noch Probleme!" Das war sicher nicht von der Hand zu weisen. Im Moment wollte sie ohnehin lieber alleine sein. Besonders gesellig war sie ohnehin nie gewesen; durch die tagelange Geiselhaft war sie nun beinahe menschenscheu geworden.

Tja Sana? Nach meinem ersten Besuch bei Günther hatte ich sie auf ihn angesprochen, doch ihre Reaktion war desinteressiert bis abweisend gewesen. Sana und Daniel van Haaren kannten sich aus ihrer Jugendzeit? Wäre ihr das bewusst, hätte sie es mir wohl gesagt! Aber van Haaren wusste sicher Bescheid. Das würde auch sein Verhalten ihr gegenüber erklären. Was nun? Eigentlich hätte ich sie ja darüber informieren müssen!

Doch dann hatte ich zuerst mit Ruth darüber gesprochen, die strikt dagegen war. „Wir dürfen Sana noch nicht einweihen. Sie könnte dann dem Typen gegenüber nicht mehr unbefangen auftreten. Und er würde es sofort bemerken und nicht mehr glauben, dass sie auf seiner Seite steht. Aber das ist vielleicht unsere einzige Chance etwas herauszubekommen!"

75. Lisa wirkte alles andere als erfreut, als die Begrüßung zwischen Sylvia und Willy doch recht herzlich ausfiel. Ihre Umarmung und die Wangenküsse zeigten wohl zu deutlich, dass die beiden sich nicht zum ersten Mal begegneten.

„Jetzt weiß ich, wie Du das gemeint hast. Also dass das Essen hier ausgesprochen appetitlich angerichtet wäre!", zischte sie Willy an, beruhigte sich aber schnell wieder, als ich ihr von der ersten Begegnung der beiden erzählte.

Sylvia hatte ja beim letzten Mal mehr oder weniger deutlich ihre Rolle bei der Zusammenstellung des Forums der Nichtwähler eingestanden. Und auch den vorgetäuschten Überfall auf sie.

Wir hofften heute noch ein wenig mehr von ihr zu erfahren, mussten aber lange warten, denn das Restaurant war gut besucht und Sylvia hatte alle Hände voll zu tun.

Erst gegen 23 Uhr ließ das Geschäft nach und zu, dass sie sich zu uns setzte. Ihre anfängliche Zurückhaltung legte sich erst, als sie erkannte, dass sie es bei Lisa mit einer Gesinnungsgenossin zu tun hatte. Und als dann gegen Mitternacht auch noch Murat auftauchte und sich zu uns setzte, nahm das Gespräch schnell Fahrt auf.

„Es hat eigentlich gar nicht zu Kemal gepasst, bei einer solchen Mauschelei mitzumachen!", warf Murat einen Stein ins Wasser, der dann schnell seine Kreise zog.

Sylvia sah ihn nachdenklich an. „Hmh? Dasselbe würde ich auch von Alfred28 sagen! Der war mir manchmal sogar zu moralisch!"

„Moralisch oder ideologisch?", klaubte Willy wieder mal bei den Worten herum.

„Beides!", nickte Sylvia, „irgendwie auch naiv!" „Und trotzdem hat er bei der Sache mitgemacht?" Lisa.

„Kann sein, dass er es auffliegen lassen wollte!" Sylvia schaute sich um, als ob sie unerwünschte Mithörer befürchtete. „Hmh? Kemal hat auch mal so eine Andeutung gemacht. Also, dass Alfred und er über so etwas gesprochen haben!" Murat.

„Aber die schienen doch die gleichen Ziele zu verfolgen, wie van Haaren selbst!" Sylvia.

„Wie ist das überhaupt gewesen? Hat van Haaren die Mitglieder des Forums gebrieft?" Lisa.

Sylvia schüttelte den Kopf. „Nein, der ist ja kaum in Erscheinung getreten! Aber Fritz, der alte Kameramann war öfter hier!"

„Ja, den hatte Kemal manchmal erwähnt! Ein Künstler! Der hat gezeigt, wie man auch mit Perspektiven argumentieren kann!", erinnerte sich Murat.

„Erinnert ihr Euch an den Tag als Alfred28 ums Leben kam?", meldete ich mich zum ersten Mal zu Wort.

Sylvia schaute mich an, als sei sie erstaunt, dass ich überhaupt hier war. „Darüber habe ich auch schon nachgedacht. Fritz war an diesem Abend mit Alfred und Kemal hier gewesen!"

Ich horchte auf. „Und die drei haben das Lokal auch gemeinsam verlassen?"

„Nein. Wenn ich es recht überlege, ist erst Alfred gegangen und kurz danach Fritz. Glaube ich wenigstens, denn es sind ja zu dieser Zeit noch andere Gäste aufgebrochen. Kemal ist allerdings noch ein paar Minuten geblieben!" Sie schien sich ziemlich sicher zu sein.

Nun war ich hellwach. „Und das hast Du auch alles der Polizei gesagt?" Sie schüttelte den Kopf. „Erst mal haben die gar nicht danach gefragt. Die hatten ja keine Ahnung, dass das Forum nicht ganz zufällig zusammengestellt wurde. Und ich wollte uns auch nicht auffliegen lassen!"

„Aber das machst Du doch jetzt?" Lisa. „Ja klar. Damals habe ich keinen Zusammenhang zwischen dem Forum und den Todesfällen gesehen. Das ist nun anders!" Sylvia.

„Und was ist mit der Entführung von Sana Hoffmann? Siehst Du da auch eine Verbindung?" Lisa.

Sie zuckte mit den Schultern. „Ich weiß nur, dass Fritz alles andere als begeistert von ihr war. Keine Ahnung, ob er ihr misstraute oder ob Eifersucht dahinter steckte! Jedenfalls sprach er nur von dieser Blondine, die sich Daniel ständig an den Hals werfen würde!"

76. Weit nach Mitternacht, Murat war bereits gegangen, erinnerte sich Sylvia dann auch an ihre ersten Begegnungen mit van Haaren. Da sei zum ersten Mal die Idee zu dem Forum angesprochen worden. „Warum es genau 31 waren, die sich

beteiligen sollten, war mir nicht so klar. Daniel hat nur mal etwas vom Strafgesetzbuch und vom Judas-Paragraphen gefaselt. Und dass die ihre Nicknamen mit den laufenden Nummern 1 bis 31 ergänzen sollten, war wohl irgendwie symbolisch gemeint! "
Ein Geschäftsmann, Engländer oder Amerikaner wäre bei ihm gewesen. Nein, den hätte sie nur ganz kurz gesehen. So ein Banker-Typ! Das wäre von ein halben Jahr gewesen.
Und ein ein paar Tage später wäre er in Begleitung eines untersetzten Typen mit kahlem Schädel erschienen. Den würde sie wohl wiedererkennen, weil er ihr ein wenig Angst gemacht hätte.
„Ich habe damals ein Foto von Daniel gemacht. Das machen wir immer, wenn wir eine Berühmtheit in der Kneipe haben!" Sie hatte es schnell gefunden und ich Glück. Der unheimliche Begleiter des Moderators war zwar nur im Hintergrund und von der Seite zu sehen. Aber immerhin.
Sie wusste auch zu berichten, dass Daniel zu dieser Zeit einmal in ihrer Gegenwart telefoniert habe. Nein, von dem Gespräch hätte sie nicht viel mitbekommen. Aber er hätte das Telefonat mit „Tesekkür ederim" beendet.
„Das ist Türkisch, das weiß ich aus meinem letzten Urlaub in Antalya!", erklärte sie mir stolz. Wer am anderen Ende der Telefonverbindung war, wusste sie nicht. Sie hatte auch sonst nicht viel von dem Gespräch mitbekommen. Ein paar Mal hätte er auch nur geflüstert. „Komisch, dass ich ausgerechnet das verstanden habe. Es klang wie ´Susmak´ oder ´birini´ oder ´susturmak´! Vielleicht waren das Namen!"

77. „Nehmen wir einmal an, dass es so war. Also, dass Fritz, Alfred, Kemal und Sylvia sich abgesprochen haben, um der Botschaft dieses van Haaren eine breitere Öffentlichkeit zu geben. Die Talkrunden des Forums wurden dann publikumswirksam gestaltet, aufgezeichnet und den Fernsehsendern angeboten!" Willy warf einen Blick zur Theke, an der sich Sylvia beim Spülen der Gläser lebhaft mit einer Kollegin unterhielt.

„Aber das ging irgendwie schief. Einmal zeigten die Sender kein Interesse und zum anderen wollte Alfred, vielleicht auch Kemal, die Mauschelei auffliegen lassen!", setzte ich seinen Gedanken fort.

„Das wollte jemand verhindern und hat Alfred beseitigt?" Ruth Kappel schüttelte den Kopf.

„Vielleicht hat es auch deswegen einen Streit zwischen diesem Jemand und Alfred gegeben, der einen tödlichen Verlauf genommen hat!", vermutete Willy. Die Oberstaatsanwältin blieb skeptisch. „Und Kemal?"

„Was hat uns Sylvia über diesen Abend berichtet? Alfred hat die Kneipe als erster verlassen, gefolgt von Fritz. Die haben sich dann weiter gezofft und Fritz hat Alfred erschlagen. Und der Tote konnte nicht mehr zum Verräter werden!", pflichtete ich Willy bei und ergänzte: „Dieser Mord hat dann auch noch dazu geführt, das die Talkshow van Haarens gesendet wurde."

Willy nickte. „Und Kemal, der das Lokal erst einige Zeit später verließ, hat eben diesen Zusammenhang erkannt und sich seinen Reim darauf gemacht. Vielleicht hat er auch etwas von dem, was zwischen Fritz und Alfred geschehen ist, mitbekommen. Oder

Fritz hat befürchtet, dass es so sein könnte und auch Kemal beseitigt!"

„Und so zwei Fliegen mit einer Klappe geschlagen. Die lästigen Zeugen waren beseitigt und die Talkshows wurden im Fernsehen übertragen! Kann sein!" Ruth Kappel lehnte sich im Sessel zurück und faltete die Hände. „Das dürfte schwer zu beweisen sein! Es macht allerdings klar, dass von den öffentlich-rechtlichen Sendern niemand ein Motiv haben könnte, durch einen Mord so viel Aufmerksamkeit zu erregen!"

„Richtig! Davon haben nur van Haaren und sein Team profitiert. Allerdings nur so lange bis die Morde aufgeklärt worden waren. Oder bis man einen schwarzen Peter Namens Goran Sowieso, der idealerweise noch ein Kurde war, gefunden hatte. Damit hat man die Verbindung der Verbrechen zum Forum gekappt. Das Forum und die Morde hatten somit nichts miteinander zu tun. Es gab keinen Anlass mehr, weitere Talkshows der Nichtwähler zu übertragen!", spekulierte Willy.

„Deshalb die Entführung Deiner Frau?" Ruths Miene verriet weder, dass sie daran glaubte, noch dass sie es für abwegig hielt. Sie war jetzt wieder ganz die professionelle Staatsanwältin, die ich seit Jahren kannte.

Das war bei Sanas Befreiung noch anders gewesen. Sie hatte sich da fürchterlich aufgeregt. Über den Schuss auf mich, der ja durchaus ein anderes Ergebnis hätte erzielen können oder weil Sana und van Haaren Arm in Arm an uns vorbei gegangen waren? Keine Ahnung!

„Vermutlich!" Zögernd schob ich nach: „Ihre Entführung selbst ist ja außer uns niemandem aufgefallen. Die Polizei wäre ohnehin nicht aktiv geworden. Denk daran, was Wegener dazu gesagt hat. Erst durch den ins Netz gestellten Videoclip war die Öffentlichkeit und die Verbindung zu van Haaren mit seinem Forum wieder da!"

„Ja ja, und Sana hat darin ordentlich Werbung für den Typen gemacht!", brummte Ruth vorwurfsvoll. Hmh? So ganz Unrecht hatte sie da nicht.

„Weil es nur ins Netz gestellt würde, wenn damit Öffentlichkeit für das Forum erreicht wird!" Willys Miene war wie ein erhobener Zeigefinger.

„Aber dieser Mann im Vorgarten, der auf Dich geschossen hat?" Ruth sah mich fragend an.

Hmh? Darüber dachte ich schon länger nach. „Also auf van Haaren konnte der es wohl nicht abgesehen haben, denn dann gäbe es seine Talkshow nicht mehr. Wenn aber Sana getötet worden wäre, dann hätten wir den dritten Mord im Umfeld von van Haaren. Und noch dazu an jemanden, den er kurz zuvor noch im Arm gehalten hätte. Das hätte die Kamera, die wir da gesehen haben, ja sogar festgehalten!"

„Du meinst, dass Sana nur deshalb so eine Lobeshymne auf van Haaren gehalten hat?", zweifelte Ruth.

„Sana wird sich gefragt haben, welchen Sinn oder Nutzen die Geiselnahme für die Entführer haben könnte. Käme sie frei, so stünde ihre Gefangenschaft im Vordergrund des Interesses. Nur wenn sie stirbt, ginge es wieder um das Forum. Und auch die anderen Morde erschienen in einem anderen Licht. Dieser Kurde konnte es nicht gewesen sein. Der sitzt ja im Knast!" Davon war ich inzwischen überzeugt.

Es dauerte eine ganze Weile bis sich ihre skeptische Miene mit einem Augenzwinkern auflöste. „Du hast Recht. Ich habe sie unterschätzt!"

„Und jetzt? Der Täter ist ja offiziell überführt. Sanas Entführung gilt als inszeniert. Und niemand hat ein Interesse daran, dass das Ganze wieder aufgerollt wird. Da wird man auch Dir als Staatsanwältin die Hände binden!", erinnerte ich sie nur ungern.

„Da hast Du Recht!", lachte sie, „und eure persönlichen und privaten Angelegenheiten gehen mich sowieso nichts an!"

Sana

Fragwürdig

78. Das sollte wohl ein Witz sein! Aber einer über den nur Ruth und mein Mann lachen konnten. Kurz gesagt, sollte ich Regisseurin und Hauptdarstellerin in einer Person sein. Nur beim Drehbuch hatten die beiden mich unterstützt. Ich war schon ziemlich überrascht gewesen, zu hören, dass Fritz mich überhaupt nicht leiden konnte und am liebsten losgeworden wäre. Aber auch das war ja eine Information, mit der sich vielleicht etwas anfangen ließ. Dass er heute noch ein großer Fan des ehemaligen Fernsehstars Daniel van Haaren war, hatte wahrscheinlich auch finanzielle Gründe. Er hoffte wohl, durch ihn wieder als gut bezahlter Kameramann ins Geschäft zu kommen.

Was Daniel anbelangte, taten wir uns schwer, zu einer gemeinsamen Einschätzung zu kommen. Dass er ein wenig eitel war und unbedingt wieder zu seiner alten Beschäftigung im Rampenlicht zurückkehren wollte, war unstrittig.

Dagegen lagen wir in der Frage, wie weit er dafür gehen würde, himmelweit auseinander. Natürlich kam es ihm gelegen, dass vor allem Sylvia und Fritz für ein abgekartertes Spiel gesorgt hatten. Irgendwie sogar nachvollziehbar, denn die Fernsehoberen hatten ihm ja auch übel mitgespielt.

Aber dass Daniel die anderen angestiftet hatte, konnte ich mir nur schwer vorstellen. Er war vermutlich nicht ganz ehrlich zu mir, aber mit den Morden hatte er sicher nichts zu tun.

Egal. Wir mussten Daniel und Fritz zum Reden bringen. Dass wir über die Mauschelei mit dem Forum im Bilde waren, würde die beiden nicht aus der Fassung bringen. Warum sollte die Polizei sich überhaupt damit befassen oder es publik machen?

Zu den Morden gab es, dank der recht einseitigen Ermittlungen keine Verbindung zu Daniel. Dass Ruth und Karlheinz Fritz verdächtigten, hätte mir eigentlich gefallen müssen, er schien mir aber eher als Bauernopfer vorgesehen zu sein. So ähnlich, wie der meines Erachtens unschuldige Kurde, der immer noch im Gefängnis saß.

Blieb die angeblich vorgetäuschte Entführung, die noch nicht Gegenstand offizieller Ermittlungen gewesen war. Hier konnte die Staatsanwaltschaft nach konkreten Anhaltspunkten suchen.

Da gab es ja so einiges. Die Beobachtungen von Karlheinz und mir, die Frage, wie Daniel es genau geschafft hatte, meinen Aufenthaltsort herauszufinden und natürlich den Videoclip mit mir, den ja irgendjemand gedreht und ins Netz gestellt haben musste.

Wir waren arbeitsteilig vorgegangen. Karlheinz hatte sich noch einmal mit Fritz getroffen. Der war ja in dem Gespräch mit Daniel und mir ziemlich redselig gewesen. Dabei war bei ihm auch seine gemeinsame Zeit mit Daniel wieder hochgekommen und manche Episode, die er uns nicht vorenthalten konnte.

„Und dann habe ich ihm erzählt, wie begeistert van Haaren von seinen Kameraperspektiven und -schnitten geschwärmt hätte. Und dass die Kameras in Deinem Videoclip uns daran erinnert hätten! Natürlich so vorsichtig, dass van Haaren sich jederzeit mit einem ´Missverständnis´ herausreden kann!" Karlheinz schaute mich fragend an.

„Hast Du angedeutet, dass Daniel das alte Studio erst durch einen Hinweis von ihm, also Fritz, gefunden hat?"

Mein Mann grinste. „Das musste ich gar nicht. Er hat von sich aus erklärt, dass er van Haaren an das alte Studio erinnert hatte! Und dass er nicht damit gerechnet hätte, dass jemand Anschläge planen würde!"

Die Formulierung gab mir zu denken. „Okay, wenn man einen Anschlag erfolgreich durchgeführt hat, redet man wohl nicht mehr über die Planung. Er hat also von dem Mann mit dem Gewehr vor dem Studio-Gebäude gesprochen!"

„Was ist mit Sylvias Aussagen zu Alfred und Kemal? Also darüber, das Fritz Alfred gefolgt war?", sprach ich nun auch den heikelsten Punkt an.

Keine Ahnung, warum Karlheinz nun lachte. „Tja, das konnte ich ja kaum direkt ansprechen. Dann hätte er garantiert den Braten gerochen! Ich habe nur erwähnt, dass Sylvia sich bei van Haaren gemeldet hat. Telefonisch! Das stimmt sogar. Schließlich habe ich sie darum gebeten. Aber sie hat mit ihm nur über seine Talkshow gesprochen!"

Ich legte meine Hand auf seinen Arm. „Gut! Das wird Fritz ihm garantiert nicht abkaufen!"

„Das denke ich auch. Er muss jetzt befürchten, dass Daniel ihn fallen lassen wird, wenn es ihm selbst an den Kragen geht!" Karlheinz schien sich ziemlich sicher zu sein.

79. Daniel bat mich hereinzukommen. Es war ihm nicht anzusehen, ob er ein unschönes Gespräch mit Fritz hinter sich hatte oder nicht. Nein, er war freundlich und charmant wie immer.

Er führte mich in sein großes Wohnzimmer zu einem breiten Sessel, in dem ich beinahe versank und machte sich auf dem Weg zum rustikalen Schrank, öffnete dort eine Klappe. Seine Hausbar?

Jedenfalls hantierte er mit einer Flasche und zwei Gläsern herum. „Einen Drink? Whiskey?" Ich kam mir vor, wie in einem amerikanischen Film.

Da kam er auch schon zurück und setzte sich mir gegenüber in das Pendant zu meinem Sitzmöbel. Er versank nicht ganz so tief in den Polstern wie ich. Keine Ahnung, warum das so war. Ich kam auch nicht dazu, darüber nachzudenken.

„Du wolltest mit mir reden?" Das klang ungewohnt distanziert. Das Gespräch mit Fritz hatte offenbar stattgefunden und war nicht erfreulich gewesen.

Jetzt kam es drauf an. Ein besserer Einstieg als „Daniel, ich muss Dir etwas gestehen!" fiel mir allerdings nicht ein. Er lehnte sich zurück und wartete.

„Ich bin keine Journalistin, sondern eine Polizistin, die vom Dienst suspendiert ist!" Meine Worte schienen ein schlechtes Gewissen zu haben. Geradezu mitleiderregend!

„Ich bin also nicht im Dienst!", wiederholte ich, als hätte ich einen Idioten vor mir. Nein, als wäre ich ein Idiot. Er verzog keine Miene.

Also redete ich einfach weiter. „Trotzdem habe ich noch einiges mitbekommen. Sie haben Fritz Kurz verhört. Es ging dabei um meine Entführung und um den Tod der beiden Mitglieder des Forums!"

Nun kam ein wenig Leben in sein Gesicht. „Und warum erzählst Du mir das?"

Der Frosch in meinem Hals ließ nur ein heiseres Krächzen zu. „Fritz hat das zwar nicht direkt gesagt. Aber er schien zu glauben oder sogar zu wissen, dass Du etwas damit zu tun hast!"

Er beugte sich vor. Nicht nur seine Miene war nun angespannt. „Warum erzählst Du mir das?", wiederholte er.

Gute Frage! „Du hast ja einiges für mich getan. Ich meine nicht nur meine Befreiung aus diesem komischen Haus. Du hast mich mitgenommen zu dem Kolloquium und überhaupt!" Meine Miene war jetzt vermutlich die eines Teenagers, der mit seinem Idol redete. Bei einer Frau von Anfang 50 ziemlich lächerlich!

„Äh, wie soll ich es sagen. Du bist ein prominenter Fernsehstar und ich bin nur eine kleine Beamtin!", schob ich hilflos hinterher.

Immerhin schaute er mich jetzt ein wenig freundlicher an. „Und was kann ich für Dich tun?"

Mein Kopfschütteln konnte nicht verhindern, das mir das Blut ins Gesicht schoss. „Nein. Andersherum. Ich möchte auch mal etwas für Dich tun!"

Er versank jetzt genau so tief in den Polstern wie ich. „Und wie willst Du das machen?" Das klang interessiert, auch wenn seine Skepsis nicht zu überhören war.

„Also die Polizei weiß, dass Dein Forum der Nichtwähler nicht zufällig zusammengesetzt ist, sondern gezielt einige Stimmungsmacher platziert worden sind. Die möglicherweise sogar gewählt haben!" Ich schaute ihn fragend an.

„Wähler? Dass wäre ja...igitt!" Er setzte eine amüsierte Miene auf. „Und Stimmungsmacher? Ist das nicht in allen Talkshows so?"

Hmh? Hatte ich die erste Hürde genommen? Ich übernahm seinen leichten Plauderton. „Du hast das also gewusst! Oder sogar selbst organisiert? Nicht schlecht!"

Er lachte ein wenig selbstgefällig. „Ja klar. Und was willst Du jetzt für mich tun?"

„Immerhin gibt es zwei Todesfälle, einen Überfall und eine Entführung!", stellte ich sachlich fest. Seine Miene wurde wieder ernst. „Aber das ist doch längst ad acta gelegt!"

„Na ja, die Entführung noch nicht. Und in diesem Kontext können die Tötungsdelikte dann plötzlich auch wieder eine Rolle spielen!" Meine Besorgnis sollte herauszuhören sein.

„Und wie willst Du mir helfen?". Er wusste offenbar nicht, was er davon halten sollte.

„Das kann ich wahrscheinlich am besten, wenn ich weiß, was tatsächlich geschehen ist!" Ich schaute ihn unsicher an, als sei ich von meinen Worten selbst nicht überzeugt.

„Sag mal! Bist Du eigentlich jetzt verkabelt. Mit Mikro und so?" Machte er sich über mich lustig?

„Wie man´s nimmt. Meine Kollegen wissen, dass ich hier bin. Und mein Handy wird das bestätigen. Handyortung!", zwang ich mich zu lächeln.

Er lehnte sich nun soweit in seinen Sessel zurück, als wollte er ganz mit den Polstern verschmelzen. Nur sein Gesicht war noch deutlich zu erkennen. Seiner Miene nach zu urteilen fiel es ihm nicht leicht, zu einer Entscheidung zu kommen. Oder wollte er mich nur zappeln lassen?

80. „Also das ist recht kompliziert!", begann er schließlich zögernd, „was willst Du hören?" „Beginnen wir mit dem Ende. Mit meiner Entführung!" Ich sagte es so sachlich-neutral, als hätte ich persönlich nichts damit zu tun.

„Das war Fritz, der befürchtete, dass man das Forum sonst vergessen könnte! Aber mit dem Schuss auf Deinen Mann hatte er sicher nichts zu tun!"

Ein schnelles Eingeständnis! Zu schnell? „Darüber reden wir später noch mal. Was ist mit den Todesfällen? Ohne die wäre Deine Talkshow ja gar nicht gesendet worden!"

Wieder schien er mit sich zu ringen, kam wohl zu dem Schluss, dass er den Zusammenhang nicht leugnen konnte. „Du wolltest mir doch helfen?"

„Dann muss ich aber wissen, woraus man Dir möglicherweise einen Strick drehen könnte!" Ich setzte meine fürsorglichste Miene auf.

Er verschränkte seine Arme vor der Brust und schaute zu Boden. „Da ist einiges aus dem Ruder gelaufen!", trug er ebenso kleinlaut, wie überzeugend vor. Wie oft hatte ich das schon gehört?

Die Unschuldsvermutung hatte zu kämpfen, konnte aber letztendlich meine Skepsis überwinden. „Das glaube ich Dir ja! Aber was ist 'einiges' und wie sieht das 'Ruder' aus?"
Er brauchte einen Moment, um zu verstehen, was ich von ihm wissen wollte. Oder um sich seine Antwort zu überlegen?

„Also, da hat es tatsächlich Absprachen zwischen Fritz, Sylvia, Alfred und Kemal gegeben. Daran war ich zwar nicht direkt beteiligt, aber ich wusste davon! So ungewöhnlich ist das in der Talkshow-Landschaft ja nicht!" Er schaute mich an, als warte er auf eine zustimmende Regung von mir.

Die ließ einen Moment auf sich warten, denn ich war noch dabei mir vorzustellen, wie die Landschaft in der 'getalkt' wurde, denn aussehen konnte. Hmh? An hohe Berge und klare Seen oder weißen Strand und blaues Meer erinnerte sie mich jedenfalls nicht. Ich zuckte nur mit den Schultern.

Wenn er enttäuscht war, ließ er sich das nicht anmerken. „Na ja. Dass Geld im Spiel war, diese Pauschale, ist ja kein Geheimnis. Sylvia reichte das wohl, denn sie war sozial und politisch ohnehin sehr engagiert. Das war bei Kemal und Alfred anfangs anders!"

Er sah mich an, als wollte er feststellen, ob ich ihm folgen konnte. „Okay! Und dann?", sagte ich also.

„Kemal und Alfred, die auch in einer finalen Talkshow auftreten sollten, haben sich gut bezahlen lassen. Ein paar Tausend Euro. Aber das ist nicht der Punkt!" Er verschränkte die Arme vor der Brust, wodurch er noch tiefer in seinem Sessel versank.

„Ich habe einen großen Fehler gemacht! Nachdem ich erfahren hatte, das Kemal aus einer sehr wohlhabenden Familie stammte, wollte ich ihm auf den Zahn fühlen. Hätte ja sein können, dass er mein Forum unterminieren wollte. Das ist leider nach hinten losgegangen! Er war tödlich beleidigt und wollte aussteigen. Und unseren kleinen Deal öffentlich machen."

Nun konnte ich auch sein Gesicht nicht mehr sehen, denn er hatte es nach seinen Worten hinter seinen Händen verborgen!

Jetzt wurde es spannend. „Und?" „Das hat Alfred gar nicht gefallen. Ich glaube, es ging ihm zu diesem Zeitpunkt gar nicht mehr so sehr um das Geld. Er hatte inzwischen völlig aus dem Auge verloren, dass es nur um eine Show ging. Der wollte plötzlich die Welt verbessern!" Es sah so aus, als hätte er mit seinen gespreizten Finger gesprochen.

„Ja und?" „Na ja, das weiß ich jetzt nur von Fritz. Der Alfred wollte Kemal unbedingt davon abbringen. Es kam sogar zu einer Rangelei. Und als Alfred einfach nicht aufgeben wollte, hat der Kemal ihn niedergeschlagen! Alfred ist dann mit einem Knüppel auf ihn los und Kemal hatte plötzlich einen Stein in der Hand. Es war ein Unfall." Er warf seine Hände in die Luft. Hmh? Ganz schön dramatisch!

81. Ich wusste nicht, ob ich ihm diese Räuberpistole abkaufen sollte, die er angeblich nur von Hörensagen kannte. „Und warum hat niemand die Polizei gerufen?"

„Fritz wollte das wohl auch machen, aber Kemal hat darauf hingewiesen, dass es dann mit dem Forum vorbei wäre und er seinen Job als Kameramann vergessen könnte!" Daniel selbst schien keinen Zweifel an dieser Geschichte zu haben.

„Und weiter?" „Na, Fritz war sich nicht mehr sicher, dass es sich bei Alfreds Tod tatsächlich nur um einen Unfall gehandelt hatte!" Daniel sah mich nun erstaunt an, als hätte ich das eigentlich erkennen müssen.

Ich schüttelte den Kopf. „Und warum bist dann Du nicht zur Polizei gegangen?" „Ich weiß es selbst erst seit gestern! Das liegt doch auf der Hand!", brummte er vorwurfsvoll.

Hmh? Auf der Hand lag für mich etwas ganz anderes. „Und der Unfall mit Fahrerflucht, dem Kemal zum Opfer fiel?"

„Das kannst Du Dir doch denken! Es kam zum Streit. Fritz wollte dann doch zur Polizei gehen und Kemal wollte ihn daran hindern. Er hatte nämlich große Angst an die Türkei ausgeliefert zu werden, weil dort eine Anklage wegen Präsidentenbeleidigung gegen ihn lief!"

„Und deshalb ist Kemal jetzt tot?", folgerte ich wenig überzeugt. „Fritz war gerade erst in den Wagen gestiegen und losgefahren, da sprang Kemal auf die Straße und hat einen Stein auf ihn geworfen, um ihn aufzuhalten. Vor lauter Schreck ist der Fuß von Fritz dann aufs Gaspedal gelangt. Und nach dem Aufprall ist er weitergefahren, weil er befürchtete, dass Kemal wieder auf ihn losgehen könnte!" Er legte nun seine Hände zusammen, wie ein professioneller Märchenerzähler, der sein Buch zuklappte.

Für ein oder zwei Momente war ich sprachlos. „Wer soll das denn glauben?", platzte ich dann heraus und schob hinterher. „Am Unfallort wurde ja kein Stein gefunden!"

Das schien ihn zu amüsieren. „Also! Das konnte sich Fritz auch nicht erklären. Andererseits! Bei einem Autounfall sucht man ja normalerweise den Unfallort nicht nach Steinen ab."

„Wer soll das glauben!", wiederholte ich. „Das wird man vor Gericht als Schutzbehauptung ansehen und in Stücke reißen!"

Er wuchtete sich mühsam aus den Tiefen des Sessels heraus, beugte sich vor und legte seine Hand auf meinen Oberarm. „Du hast gesagt, dass Du mir helfen willst! Versprichst Du mir, dass Du das alles für Dich behältst?"

Ich spürte, wie mir die Kinnlade herunter fiel. „Das ist nicht Dein Ernst?"

Seine Hand lag jetzt auf meiner Schulter. „Und, wenn ich beweisen kann, dass es so war?"

Ich schüttelte seinen Arm herunter. „Wie willst Du das denn machen?"

Er zog seine Hand beleidigt zurück und legte sie sich selbst auf den Schoß als müsse er sie trösten. „Fritz ist schließlich Kameramann. Er hat auch in seinem Auto eine Kamera installiert. Damit wurde auch festgehalten, wie Kemal auf die Straße springt und den Stein auf ihn wirft. Und das Auto mit der zersplitterten Windschutzscheibe gibt es auch noch. Steht in einer Garage, gar nicht weit von hier!"

Anne Will

82. Ich nahm Daniels Angebot mit sehr gemischten Gefühlen an. Eigentlich nur, weil er mich so nachdrücklich beim Wort genommen hatte. „Du wolltest doch etwas für mich tun!" Und weil Karlheinz und Ruth Kappel zwar Bedenken geäußert, sich aber letztlich dafür ausgesprochen hatten, dass ich am Ball bleiben musste.

Es sollte vielleicht die letzte Talkshow der Nichtwähler sein und möglichst der Höhepunkt der Reihe.

Nach dem ich die Referenzsendung bereits live im Fernsehen verfolgt hatte, konnte ich mir gar nicht vorstellen, dass sie als Grundlage für eine interessante Diskussionsrunde in Frage kam.

Sie fand wieder im Kongresszentrum am Bahnhof Hamburg-Dammtor statt. Da saß ich nun still in der Ecke des Seminarraums und und harrte der Dinge, die da kommen würden.

Da ging es auch schon los. „Kamera läuft!" Fritz bewegte seine Hand, als drücke er eine Stoppuhr. Und in Daniels ausdruckslose Miene kam das Leben, wie aus einem Startblock geschossen.

„Diese Talkshow ist Kemal7 und Alfred28 gewidmet, die tragischen Unfällen zum Opfer gefallen sind. Wir haben erst überlegt, diese Sendung deshalb einzustellen, kamen am Ende aber zu dem Schluss, dass die beiden genau das eben nicht gewollt hätten! Also diskutieren wir heute sozusagen ihnen zu Ehren!" Daniel sah sich im Studio um. Fragend? Beifallheischend? Auf jeden Fall ernst!

„Ich beginne mit der Aufzeichnung einer Sendung der ARD, vom 18. November 2018, die wieder immer zufällig ausgewählt wurde!"

Er schaltete den Beamer ein und drückte einige Tasten auf seinem Laptop.

An der Wand erscheinen Bilder von Angela Merkel, die in Chemnitz mit irgendwelchen Leuten spricht. Besorgte Bürger? Parteifreunde?

Dann wird die Runde von Anne Will eingeblendet. Die Kamera fährt auf sie und Friedrich Merz, einen der Kandidaten für den Vorsitz der CDU, zu.

Wie üblich formulierte Anne Will ihre Kritik als Frage. „Herr März, war es ein Fehler, dass Angela Merkel nicht viel früher in Chemnitz war?"

Hmh? Was sollte Merz schon sagen? Es ging schließlich um seine eigene Parteivorsitzende, deren Nachfolger er werden möchte.

Er zeigt sich irgendwie betroffen, kritisiert zwar die Kanzlerin nicht direkt, lässt aber erkennen, dass er einiges anders gemacht hätte. Manuela Schwesig wird mehrmals eingeblendet. Skeptisch? Gelangweilt?

Anne Will fragt nun auch sie als Ostdeutsche, ob es ein Fehler war, dass die Bundeskanzlerin nicht früher hingegangen ist. Die Schwesig stellt nur allgemein fest, dass man (**Bundesregierung?**, **Parteivertreter?**) insgesamt zu wenig vor Ort gewesen sei.

Im folgenden geht es recht zivilisiert zu. Jeder kann mehr oder weniger ausreden. Ebenso ungewöhnlich, dass die eher linken Frauen, wie Schwesig und Baerbock mit etwas konkreteren Themen dominieren können, ohne unterbrochen zu werden.

Es wurde deutlich, dass Merz lange aus dem Geschäft war. Er blieb im Ungefähren, daran änderten auch Nachfragen von Anne Will nichts.

Das Thema Rechtsradikale und Ausschreitungen im Osten spielt weiterhin eine Rolle. Mehrfach Nachfragen, die Kritik an Merkel provozieren könnten. Schwesig geht nicht darauf ein, weist lediglich auf mögliche Ursachen, wie Unterschiede bei Löhnen und Renten hin.

Will wendet sich von ihr ab und fragt Annalena Baerbock: „...zeigt Chemnitz, da haben wir ja zunächst mal hingeschaut, überdeutlich, fast wie unter so nem Brennglas, wie gespalten unser Land ist. Oder wählt es nur nicht mehr stabil und wir geheimnissen jetzt ganz viel rein?"

Baerbock sieht das ein wenig anders, weist auf sozialen Zusammenhalt und Engagement hin. „Natürlich erleben wir auch Spaltung. Und eine zentrale ist aus meiner Sicht die Spaltung zwischen Arm und Reich. Dass wir verfestigte Armut haben. Und die ist nun mal überproportional in Ostdeutschland!" Sie spricht infrastrukturelle Probleme im Osten und Kinderarmut an.

Will fragt, warum die Grünen im Osten kein Bein an die Erde bekommen. Baerbock sieht strukturelle Probleme, bemängelt aber auch die fehlende Präsenz (**Gespräche?**) vor Ort. Bei ihren

Worten wird mehrfach ein ernst dreinschauender, nickender Merz eingeblendet.

Die Moderatorin wendet sich nun Stephan-Andreas Casdorf zu, den Herausgeber des 'Tagesspiegel', spricht ihn auf die Rolle der großen Parteien an. Der weist darauf hin, dass die Alltagsprobleme der Menschen schneller gelöst werden müssten: Dieselaffäre, Lohnungleichheit Frau und Mann, Ost und West, gefühlte Ungerechtigkeit, die sich manifestiert.

Friedrich Merz warnt davor ein Zerrbild zu malen, denn Deutschland sei ein prosperierendes Land. Er sieht andere Erwartungen, andere politische Strukturen in Ostdeutschland als Ursache. Meint, dass unterschätzt wurde, wie lange ein solcher Prozess dauert.

Manuela Schwesig kritisiert, dass sich der Osten integrieren musste und vieles Gute aus dem Osten gestrichen wurde. Die Wiedervereinigung sei nicht auf Augenhöhe erfolgt. Noch heute gebe es unberechtigte Unterschiede, wie bei der Rente.

Herr Merz korrigiert Begrifflichkeiten, stimmt teilweise zu. Polykliniken ja, aber nicht mehr nur staatlich geführt.

Frau Schwesig weist auch auf Alltagsprobleme, wie bei der Pflege und mit den Kitas hin!

Annalena Baerbock stößt ins gleiche Horn: Mangelnde Infrastruktur, wie fehlende Bahnanschlüsse oder Hebammen führten dazu, dass man sich nicht zugehörig fühlte. Herr Merz wirft ein, das gäbe es im Westen auch! **Na dann!**

Anne Will wechselt wieder ins persönliche und fragt Friedrich Merz, wie er als reicher Besserwessie die AfD (bei den anstehenden Wahlen im Osten?) halbieren will.

Der verweist auf andere Wahlen, die wichtigste sei die Europawahl. In der CDU sollen wieder mehr eine Heimat finden. Er führt die Verluste der CDU auf die Ereignisse des Jahres 2015 zurück. **Wie war die Frage noch gewesen?**

Die Moderatorin fragt ihn, was er machen will. Herr Merz spricht vom Rechtsstaat (Wiederherstellung?) und von der Grenzöffnung in 2015.

Frau Baerbock korrigiert, es habe keine Grenzöffnung gegeben. Friedrich Merz rudert zurück: Aber das Dublinabkommen sei nicht eingehalten worden, daher die Probleme mit den Flüchtlingen!

Widerspruch von Baerbock, auf den Merz nicht eingeht, sondern nun fordert, alte Schlachten nicht noch mal zu schlagen!

Ein bisschen wenig! Denkt Frau Will wohl auch und fragt Merz nach seiner Linie (seinem Kurs)? Anstelle einer Antwort kritisiert er, dass das mit Ungarn wohl in Ordnung gewesen wäre, was dann gefolgt sei aber nicht. **Wie war das noch mit den alten Schlachten?**

Ich fragte mich, was genau er damit meint. Aber Anne Will und Friedrich Merz diskutieren inzwischen über den Begriff Konservativ. Merz spricht von politischer Heimat, nennt Alfred Dregger als Beispiel! Konservatives Profil schärfen, aber keine Achsenverschiebung! **Hmh. Dann weiß ich ja Bescheid!**

Frau Will spricht von Erneuerung als (möglichem) Unwort des Jahres und fragt, was denn bei ihm anders wäre.

Antwort Merz: 26% (Wahlergebnis CDU) sei ihm zu wenig. Er mache sich Sorgen um die Zukunft der Volksparteien und finde den Zustand der SPD nicht gut. **Wie war die Frage noch gewesen?**

Das denkt Frau Will wohl auch, fragt nach, was er denn ändern würde. Er redet wieder vom Rechtsstaat, von Europa, über Patriotismus, wirtschaftspolitische Kompetenz mit sozialer Verantwortung, aber nach rechts wolle er nicht gehen. Er kritisiert, dass die gegenwärtige Regierung schlingere! **Ich fragte mich, wie man das nennt, was er hier macht.**

Die Moderatorin thematisiert auch die Verluste der CDU an die Grünen. Herr Merz beklagt, die Grünen hätten jetzt auch Wähler in den Elbvororten in Hamburg. Und die wolle er zurück. **Hmh? Wusste der Mann eigentlich noch, was er redet?**

83. Frau Will ruft einen anderen Punkt auf: „Stichwort Glaubwürdigkeit und noch mal Stichwort Zusammenhalt." Es folgt ein Beitrag über eine der Regionalkonferenzen der CDU. Es werden einige Teilnehmer befragt. Ergebnis: Viele finden Merz wegen seiner Wirtschaftskompetenz gut und glauben mit ihm Wahlen gewinnen zu können. Aber als es um den Zusammenhalt der Partei geht, sehen die meisten Annegret Kramp-Karrenbauer weit vorn. Kommentar Friedrich Merz: „War ja nur die erste!" (Regionalkonferenz!)

Frau Will fragt ihn, ob er als Mann der Finanzwelt, als Vorstand von 'Blackrock' keine Interessenkonflikte sehe (Zum Parteivorsitz der CDU?). Er habe auch noch andere Aufsichtsratsposten, zum Beispiel in der Papierbranche. Anne Will sagt: „...Klopapier!" Herr Merz korrigiert indigniert: „Toilettenpapier!" Meint, Erfolg sei doch nicht zu kritisieren. Er habe zwei Juristische Staatsexamen und sei persönlich integer und clean. Cumex Geschäfte wären inakzeptabel und unmoralisch.

Mir fällt auf, dass er das nicht als kriminell oder verbrecherisch bewertet. Für mich als kleine Polizistin, sind Cumex- oder Cumcum-Geschäfte oder wie das heißt im wahrsten Sinne des Wortes Kapitalverbrechen. Da geht es schließlich um Millionen.

Doch als Kapitalverbrechen gilt ja nur, was mit Gewalt zu tun hat, zum Beispiel, wenn jemand einen Kiosk überfällt und ein paar Euro erbeutet. Na ja!

„Ich arbeite nicht für Unternehmen, die im Verdacht stehen krumme Geschäfte zu machen!", legt Merz empört nach.

Hmh? Schon komisch! Die Staatsanwaltschaft ermittelt gegen Blackrock wegen einiger Geschäfte in der Vergangenheit. Friedrich Merz ist erst später eingestiegen, hat also nichts damit zu tun. Aber macht das die Firma unverdächtig? Darüber wurde nicht gesprochen. Erstaunlich!

Auf Nachfrage erklärt Herr Merz, dass er sich zur gehobenen Mittelschicht zähle.

Es fallen die Worte „Neoliberalismus" und „Zusammenhalt". Anne Will erwähnt auch die sogenannte „Neid-Debatte"! Sie wendet sich an Manuela Schwesig, erwähnt, dass die mal Steuerfahnderin gewesen wäre. Hmh? Sollte damit assoziiert werden, dass Steuerfahnder neidisch sind und die Schwesig deshalb befangen ist?

Die SPD-Frau meint, Herr Merz gehöre nicht zur Mittelschicht! Normale Menschen hätten wenig Geld und hinterfragten zunehmend die Glaubwürdigkeit des Staates. Denn sie müssten Steuern zahlen, aber die Superreichen hätten Banken, die ihnen helfen würden, Steuern zu vermeiden. Die Politik müsse härter gegen die Großen durchgreifen. Sie wirft die Frage auf, ob Herr Merz im Kontext eines gesellschaftlicher Zusammenhalts der Richtige sei.

Annalena Baerbock fordert die Finanzmarktregulierung zu verstärken und eine Anzeigepflicht für Vermögensberater. Kritisiert, dass der Finanzmister der SPD da blockiere. Weist auch darauf hin, dass die CDU da auch einiges verhindert hätte.

Herr Merz ist über diese Unterstellung empört, denn der Finanzminister sei ja Olaf Scholz.

Frau Schwesig kontert: Herr Scholz sei erst kurz im Amt und die SPD habe ja schon einiges gegen die CDU durchgesetzt. Sie fordert, die mittleren Einkommen zu entlasten, fragt Merz, ob er auch für die Abschaffung der Kita-Gebühren und bezahlbare Mieten sorgen wolle.

Friedrich Merz meint, das wäre Sache der Koalition. Er sei gegen mehr staatliche Leistungen und eher dafür, die Steuern der Leistungsträger zu senken.

Ob Herr Merz Karlheinz und mich als einfache Polizisten zu den Leistungsträgern zählte? Als Doppelverdiener konnten wir immerhin noch unsere Miete aufbringen. Gut, dass sich die Frage nach den Kita-Gebühren für uns nicht mehr stellte.

Die Moderatorin lässt das so stehen. Aber Frau Schwesig bleibt hartnäckig: Eltern zahlten auch Steuern und Kita-Gebühren, „die wollen wir abschaffen. Jetzt mal ganz schlicht. Sagen sie dazu ja oder sagen sie dazu nein?"

Herr Merz: „Ich sage dazu ja, wenn das ganze vernünftig finanzierbar ist! Die CDU steht für eine solide Finanzierung und einen soliden Staatshaushalt!" Er bekommt dafür Beifall.

Eigentlich könnte man auch fragen, warum die Steuern gesenkt werden können, obwohl jetzt schon eventuell kein Geld für die Kitas da sein sollte.

Aber Merz erzählt, das er selbst Kinder hat und weiß wie schwer die das haben.

Klar, die Kinder von Millionären haben es auch nicht leicht.

Frau Will hinterfragt nicht. Sagt sogar, dass ihr das gefällt.

Forum

84. Daniel drückte eine Taste und die Kommentare wurden auf der Wand sichtbar. „So erst einmal bis hierher! Sehen wir erst einmal im Forum nach!"

„Ziemlich langweilig. Als wenn mich die Lebensgeschichte dieses Herrn Merz interessiert. Ein ähnlich arroganter Typ wie die Will selbst!" Heinz23

„Ja, aber diesmal konnte jeder ausreden, ohne unterbrochen zu werden. Selbst die Schwesig durfte herumschwadronieren! Die Will ist wohl milder geworden!" Wilfred13

„Quatsch. Das sollte eine Wahlveranstaltung für den Merz werden. Ist aber in die Hose gegangen! Der hat doch nur Phrasen von sich gegeben! Und die Will hat ihn gewähren lassen! Der ist nur einmal wirklich konkret geworden. Nämlich als er darauf bestand, dass es Toilettenpapier heißt und nicht Klopapier!" Kurt25

„Na ja, die Schwesig und die Baerbock waren ziemlich unverschämt. Und die Will hat sie einfach reden lassen!" Anette5

„Der Merz hat Nebel gesprüht, dass ist ein knallharter Neoliberaler. Von Sozial reden, aber asozial sein." Kurt25

„Dann werden SPD und Grüne ja wohl bei der nächsten Wahl besser abschneiden!" Meves17

„Garantiert nicht! Die Grünen beackern jetzt das gleiche Feld wie SPD und Linke! Bürgergeld! Das wird ihnen den Hals brechen!" Gregor24

„Da würde es sich ja auch nicht mehr lohnen zu arbeiten!"
Bodo12

85. An der Wand war nun wieder nur das helle Rechteck zu sehen. Daniel wandte sich den Gesprächsteilnehmern zu, die vermutlich durch das Zurückfahren der Kamera sichtbar geworden waren. „Gibt es Wortmeldungen?"

„Das war ja total langweilig. Kein Wunder, dass fast nichts im Forum war. Aber der Merz hat schon Recht. Lieber weniger Steuern als auch noch die Kita-Gebühren zahlen für die Bälger!" Rolf1

Sylvia8 lachte. „Du zahlst doch keine Steuern. Dafür müsstest Du ja erst mal arbeiten. Ich finde das unglaublich, das man dem Merz das Geschwafel hat durchgehen lassen. Der ist ein reicher Wolf, der sich nicht mal Mühe gibt, einen Schafspelz zu tragen! Alfred Dregger? Kann schon sein, dass der der AfD Stimmen abnehmen würde. Falls er nicht selbst in die AfD gegangen wäre!"

Gerhardt15 nickte. „Genau. Merz und soziale CDU. Als es konkret wurde mit den Kita-Gebühren, hat er einen Finanzierungsvorbehalt gemacht. Klingt gut! Aber für Steuersenkungen hat er keine Probleme gesehen. Sind die alle doof, dass die denken, wir merken das nicht! Ein einfacher Dreisatz. Wer ein hohes Einkommen hat, spart viel Steuern. Wer nur normal verdient, bleibt auf den Kita-Gebühren sitzen!"

„Jetzt geht es ja auch um die Wahlen in einigen ostdeutschen Ländern und plötzlich wollen die Parteien der großen Koalition etwas ändern. Das fällt ihnen jetzt nach dreißig Jahren ein. Wer soll das glauben?" Sylvia8 schüttelte den Kopf. „Die SPD will das vielleicht wirklich. Sie muss ja ihr Profil schärfen. Aber die CDU wirbt mit einem Programm, das auf den ersten Blick sehr ähnlich aussieht. So wird es wenigstens im Fernsehen beschrieben; und die SPD wieder mal als Wurmfortsatz der CDU!"

Gerhardt15 verzog das Gesicht. „Aber die CDU weist beim Mindestlohn vor allem auf auf die Tarifautonomie hin. Guter Trick! Denn sie weiß genau, dass in vielen Branchen die Menschen kaum noch gewerkschaftlich organisiert sind!"

Rolf1 sieht ihn verständnislos an. „Stimmt schon, aber warum sind die denn auch so blöd!"

Sylvia8 wirkte nun sehr nachdenklich. „Gute Frage. Ich glaube ja, dass es dafür mehrere Ursachen gibt. Einmal, weil die Leute sich daran gewöhnt haben, dass sie ja doch nichts machen können oder dass der Staat es schon richten wird. Arbeitskämpfe gibt es ja nur in wenigen Branchen. Die werden in der öffentlichen Berichterstattung tendenziell dann ja auch den bösen Gewerkschaften angelastet. Man hat zwar irgendwie Verständnis, dass die Leute mehr Geld wollen. Aber Streik ginge doch nicht! Ja, was denn sonst? In der Kirche eine Kerze aufstellen, damit die Arbeitgeber freiwillig mehr zahlen?"

Gerhardt15 zuckte mit den Achseln. „Ja ja, die Medien vermitteln oft den Eindruck, dass die Löhne wegen der internationalen Wettbewerbsfähigkeit nicht zu hoch sein dürfen. Vor allem der Frisörladen in Pusematukel-Süd muss ja mit den Chinesen konkurrieren. Nein, in der Hauptsache haben uns die öffentlichen Medien so eingelullt, dass wir vergessen haben für uns selbst zu kämpfen. Eine Aktion, wie die der Gelbwesten in Frankreich, wäre bei uns kaum vorstellbar!"

Sylvia8 nickte. „Und von der Politik haben wir da nichts zu erwarten! Die machen weiterhin ihre Lobbyarbeit. Denk doch mal an das Diesel-Fahrverbot. Unser Verkehrsminister will den Konzernen die Hardwarenachrüstung ersparen und auch eine Geschwindigkeitsbegrenzung, die deren Werbestrategie gefährden könnte. Die Dieselfahrer bleiben die Dummen!"

Gerhard15 lachte laut. „Aber der Scheuer hat jetzt den wahren Schuldigen gefunden. Die Richtwerte sind zu streng und die Messstationen stehen an den falschen Stellen. An Ampeln und da wo viele Leute wohnen! Warum nicht im Stadtpark? Und es gibt ja jetzt die hundert Lungenärzte, die meinen, dass das alles gar nicht gesundheitsschädlich ist! Und die Medien berichten das auch noch allen Ernstes."

Rolf1 schlug ihm auf die Schulter. „Du hast recht. Da können wir das ja gleich von Radio Eriwan kommentieren lassen oder von Pipi Langstrumpfs Auslandskorrespondenten in Taka-Tuka-Land. Da wachsen die Bananen auch besser!"

Hmh? So viel Humor hatte ich ihm gar nicht zugetraut! Auch die die Mundwinkel der anderen gingen nach oben.

Gerhardt15 wurde schnell wieder ernst. „Ja, die Geringverdiener und kleinen Rentner, die einen alten Diesel haben, müssen jetzt auch noch hoffen, dass der Scheuer mit diesem Karperle-Theater durchkommt!"

Sylvia8 hob die Arme hoch, als suche sie himmlischen Beistand. „Das wird ja auch immer völlig falsch angegangen. Die befassen sich immer nur mit den Symptomen und nicht mit den Ursachen. Nimm doch nur Renten? Warum sollen die eigentlich nur von den Arbeitnehmern bezahlt werden? Das, was wir produzieren, das ist doch zusammen das Bruttosozialprodukt! Oder? Aber so wie es verteilt wird, müsste es eigentlich das Brutto-Asozialprodukt heißen. Die, die nur Geld investieren und selbst keinen Finger krumm machen, profitieren doch am meisten. Und nur die Arbeitnehmer, egal wie schlecht sie bezahlt werden, müssen für die Renten aufkommen. Wenn angeblich die Spitzenverdiener so viel Steuern zahlen müssen, wie sie jammern, wieso werden die dann immer reicher?"

„Aber mit den Flüchtlingen, da hat der Merz doch recht! Wir brauchen mehr Rechtsstaat und Grenzen, die absolut dicht sind!", meldete sich Rolf1 energisch zu Wort.

„Geschlossene Grenzen? Ich finde es zynisch, das die Grenzen für Geld, also Kapital, und Waffen sperrangelweit auf stehen. So können die Konzerne und große Trusts, wie Blackrock in allen Ländern ihren Einfluss und damit den Gewinn vergrößern. Durch Spenden an die Mächtigen oder Korruption. In den Entwicklungsländern führt das zu Armut und Hungersnöten. Und wenn die Menschen fliehen, weil sie nicht sterben wollen, dann machen wir dicht und lassen sie abkratzen. Vielleicht sollten wir die Grenzen für das Kapital und Waffenexporte schließen und für die Menschen öffnen. Dann müssten auch nicht mehr so viele fliehen!"

Sylvia8 hatte sich in Fahrt geredet. „Und dann würden wieder die Leute, die wir gewählt haben, unser Land regieren und nicht die Konzerne! Unsere Feinde sind nicht im Süden oder Osten. Es gibt nur einen Feind für uns alle. Und das ist die Gier des Geldes!" Gerhardt15 schüttelte resigniert den Kopf. „Das ist eine Illusion. Wir können nur in der einen, scheinbar einzigen Welt etwas verändern. In dieser realen Welt gibt es engagierte Unternehmer, geniale Wissenschaftler, einfallsreiche Ingenieure und IT-Spezialisten sowie tatkräftige Handwerker, Industriearbeiter, Verwaltungsfachleute, Staatsbedienstete und andere Arbeitnehmer. Sie alle können es zu einem gewissen Wohlstand bringen und tragen auch für alle anderen etwas dazu bei. Dazu gehören je nach dem, wie man rechnet 20 bis 40% der Bevölkerung. Zu dieser Welt zählt auch die vergleichbar große Gruppe, zu der Berufstätige mit geringem Einkommen, Rentner, Arbeitslose, Kinder und Kranke gehören. Beide Gruppen haben immer Wege gesucht und gefunden, damit jeder über die Runden kommen kann. In dieser realen Welt sorgt der Staat durch Steuern und Transferleistungen dafür, dass es eine mehr oder weniger ausgleichende Solidarität gibt!"

Er schüttelte den Kopf. „Leider gibt noch eine Parallelwelt zu der etwa ein bis zehn Prozent der Bevölkerung gehören. Die verfügen über viel Geld, entweder eigenes oder das anderer Leute, mit dem sie durch mehr oder weniger legale Transaktionen, die nicht selten skrupellos sind, 80-90% der Reichtümer dieser Welt anhäufen. Wusstet ihr, dass auf den Finanzmärkten drei bis vier mal mehr Geld bewegt wird, als man auf der ganzen Welt zusammen an Gütern dafür kaufen könnte?"

Sylvia8 fasste Gerhard15 am Arm und fuhr an seiner Stelle fort: „Und diese kleinste Bevölkerungsgruppe, die keinerlei Beitrag zum Gemeinwohl leistet, genießt auf Grund ihres Einflusses auf die Medien den besonderen Schutz des Staates. Denn an den Medien kommt kein Politiker vorbei!"

86. „Aber die Medien kritisieren die Konzerne doch auch!" Rolf1. Sylvia8 lachte bitter. „Ach. Da musst Du schon sehr genau hinschauen, um es zu sehen. Die Medien geben sich zwar gerne als Moralapostel, aber wenn es drauf ankommt, haben sie keinerlei Moral!"

Rolf1 verdrehte die Augen. „Ihr spinnt doch alle. Schaut Euch doch mal in der Welt um! Da könnt ihr die Realität sehen: Der Markt regelt alles am Besten, auch das Bevölkerungswachstum. Das war schon immer so. Wer nicht lebenstüchtig ist, geht eben unter. Dieses ganze moralische oder soziale Getue ist doch nur Gefühlsduselei und zieht das unvermeidliche nur unnötig in die Länge!" Ironie? Oder meinte er das ernst?

Gerhardt15: „Apropos Marktwirtschaft! In vielen Bereichen gibt es doch jetzt schon nur noch wenige Unternehmen und kaum Wettbewerb. Und wir Nachfrager können auch nur kaufen, was angeboten wird!"

Sylvia8: „Na ja, das ist die Grundsatzfrage, die die Medien verschleiern wollen. Wenn der Merz gewinnt, ist die Antwort klar! Bei Annegret Kramp-Karrenbauer weiß ich noch nicht!"

Gerhardt15: „Die AKK hat doch keine Chance. Sollte sie gewinnen, werden die Medien von der Spaltung der Partei reden, selbst wenn sie auf den Kurs von Merz einschwenkt. Das machen die dann so lange bis sie den Bruch der Koalition mit der SPD erreicht haben!"

„Ja und? Dann koalieren die mit den Grünen. Das ist doch auch nicht besser!" Rolf1

Sylvia8: „Apropos Grüne. Da sieht man auch gut, wer die Berichterstattung der Medien bestimmt. Erinnert ihr Euch an das Statement von diesem deutschen Astronauten, Alexander Gerst, nachdem er wieder auf der Erde gelandet war. Der hat sich bei seinen Enkeln dafür entschuldigt, dass er oder seine Generation ihnen eine solche Welt hinterlässt. Er hat ja aus dem Weltall gesehen, wie zerstört unser Planet bereits ist. Großartig, dass er seine Bekanntheit dafür nutzt!"

Rolf1: „Ja, und? Was soll das denn jetzt?" Sylvia8: „Und? Das müssten die Medien doch eigentlich aufgreifen und solange immer wieder darüber berichten, bis die Umweltzerstörung endlich aufhört. Aber nichts dergleichen! Statt dessen wird der Astro-Alex mit seinem Kopf oder seiner Kamera in einer Seifenblase gezeigt!"

Rolf1: „Die Grünen jammern ja darüber schon genug. Das wird ja ständig im Fernsehen gezeigt! Die werden doch regelrecht hofiert!"

Sylvia8: „Glaube ich nicht! Die Medien schießen doch jetzt gegen die Grünen genauso wir früher gegen die SPD. Nein, die geben erst Ruhe, wenn die FDP wieder mit regiert. Warum glaubt ihr, dass die ausgerechnet dem Lindner und dem Kubicki in den Talkshows so viel Raum geben, obwohl die nur eine der kleinsten

Parteien repräsentieren? Man könnte meinen, die beiden wären die Chefs der Moderatoren!"

87. Daniel verzog das Gesicht zu einem bedauernden Lächeln. „Das war es schon wieder! Wir könnten sicher noch stundenlang darüber reden. Aber unsere Zeit ist um!"
Seine Miene hellte sich auf. „Liebe Zuschauerinnen und Zuschauer, vielen Dank für ihre Aufmerksamkeit. Ich hoffe, wir konnten ihr Interesse wecken. Vielleicht gibt es ja ein nächsten Mal!"
Er wurde wieder ernst. „Ich wünsche Ihnen noch einen schönen Abend und eine gute, erholsame Nacht!"Fritz schnitt mit seiner flachen Hand durch die Luft. Die Kamera war jetzt wohl ausgeschaltet. Daniel sackte in sich zusammen, als hätte ihm jemand die Luft herausgelassen und richtete seinen Blick auf die Diskussionsrunde. „Euch auch vielen Dank!"
Die drei nickten. Begeistert wirkten sie nicht. Sie schoben ihre Stühle zurück. Nicht gerade leise. Dann verließen sie, ohne sich noch einmal umzudrehen, das Studio.
Nun kam Daniel auf mich zu, blieb neben mir stehen und legte eine Hand auf meine Schulter. „Ich hoffe, es hat Dir gefallen. Ich muss leider los. Melde Dich doch mal, wenn Du Lust hast!" Er sagte es leichthin und ging nun ebenfalls hinaus.
Ich schaute ihm verdutzt hinterher. Und ja, irgendwie auch enttäuscht!

Schatten der Vergangenheit

88. Ich konnte es erst nicht glauben. Dann wurde ich wütend. Auf meinen Mann! Er hatte mit Günther gesprochen. Dem alten stets um mich besorgten Kumpel aus meiner Jugendzeit. „Was fällt Dir eigentlich ein!", schnauzte ich Karlheinz an.

„Okay! Bist Du nur sauer auf mich oder soll das auch eine Frage sein?", fragte er übertrieben ruhig zurück. Unverschämt! Ich wäre am liebsten an die Decke gegangen, aber dann bemerkte ich den starren Blick über seinem schiefen Grinsen.

„Ist mit Günther alles in Ordnung?", sprach ich meinen nächsten Gedanke auch aus. Karlheinz presste die Lippen zusammen. „Wenn Du ihn noch mal sehen willst, musst Du Dich beeilen!"

Wie vor den Kopf geschlagen musste ich mir nun fassungslos anhören, dass mein Mann ihn nicht nur einmal, sondern insgesamt ein halbes dutzend mal besucht hatte.

Ich fühlte mich hundsmiserabel, obwohl ich Günther bis auf das eine Mal mit Karlheinz im letzten Jahr mehr als 3 Jahrzehnte nicht gesehen hatte. Vor allem, nachdem mein Mann mich bereits vor einer guten Woche nach Günther gefragt hatte,

Aber da hatte ich ihm gar nicht zugehört, stattdessen beleidigt gedacht, es ginge ihm nur darum, mir meine Vergangenheit unter die Nase zu reiben. Als Retourkutsche, weil ich wegen Daniel nicht zu unseren Jahrestag erschienen war!

Natürlich fragte ich Karlheinz, über was er denn mit Günther gesprochen habe. „Frag ihn selbst. Er wird sich darüber freuen!", antwortete ernst und ein wenig vorwurfsvoll. Beinahe hätte ich mich darüber geärgert.

89. Noch am selben Tag besuchte ich ihn im Krankenhaus. Er war glücklicherweise ansprechbar und es schien ihm sogar wieder besser zu gehen. Zumindest waren die Schläuche weg. „Ein kleiner Aufschub." Günther und sein Galgenhumor! Er freute sich tatsächlich über meinen Besuch und strahlte mich so an, als sei ihm ein Herzenswunsch erfüllt worden. Das sprach er dann auch noch aus. „Du weißt gar nicht, was es für mich bedeutet, Dich noch einmal zu sehen!"

Ich war ergriffener, als ich es mir eingestehen wollte. Wir schwelgten dann in den ganz alten Zeiten. Ja, da hatte es auch einiges Schöne gegeben. Immer wieder erinnerte er mich an meine vermeintlich guten Taten, bei denen ich anderen Mädchen geholfen oder Ramon vor einem dummen Fehler bewahrt hätte.

Manches, das ich längst vergessen hatte, fiel mir wieder ein. Auch das Günther früher nicht nur mit seinen Ohren gewackelt hatte, um mich zum Lachen zu bringen. Gar nicht mal so selten, hatte er mit seinen Grimassen brenzliche Situationen entschärft, die sonst für den stolzen Ramon und damit auch für mich übel ausgegangen wären.

Und er hatte von meinem Mann erzählt. Es machte mir nicht wenig zu schaffen, dass er immer wieder von seinem „Freund Karlheinz!" sprach. Von dem Mann, den ich in den letzten Wochen beinahe aus den Augen verloren hatte.

Ich blieb einige Stunden bei Günther. So lange bis er vor lauter Müdigkeit eingenickt war.

Kurz zuvor hatte er sich noch einmal in seinem Bett aufgerichtet und als geduldiger Geburtshelfer betätigt. Die Wehen setzten langsam und nur widerwillig ein, kamen dann schneller und am Ende ziemlich schmerzhaft. Aber schließlich war es soweit und meine Erinnerung erblickte nach vielen Jahren wieder das Licht der Welt.

Und nun wusste ich auch, warum Daniel mir von Anfang an so vertraut erschienen war.

90. Daniel gab sich erfreut, als ich vor seiner Tür stand. Er bat mich gut gelaunt herein, führte mich ins Wohnzimmer und bot mir kaum, dass ich im Sessel Platz genommen hatte, einen Kaffee an.

Der stand jetzt vor mir. Genauso wie Daniel. „Setz Dich doch auch!", forderte ich ihn auf. Inzwischen ahnte er wohl, dass ich ihn nicht aus reiner Höflichkeit aufgesucht hatte.

Er ließ sich demonstrativ in seinen Sessel plumpsen und sah mich erwartungsvoll von. Hmh? Glotzen konnte ich auch.

„Und! Was gibt es?". fragte er auch noch. Na, der hatte vielleicht Nerven! Nein, so einfach ging das nicht.

Ich feuerte mein „warum?" wie einen Schuss auf ihn ab. Und traf ihn auch. Das konnte ich sehen. Er schaute mich an, wie ein waidwundes Tier, das sein Ende nahen spürte.

„Ich habe mit Günther gesprochen!", half ich ihm auf die Sprünge. Mit Erfolg. Widerstrebend, verlegen und wütend zugleich brach es aus ihm heraus.

„Dann müsstest Du es ja eigentlich wissen. Auch, wenn es jetzt 35 Jahre her ist. Du warst so was von arrogant und kaltschnäuzig. Wir waren ein paar Monate in der gleichen Clique. Was habe ich nicht alles für Dich getan! Weißt Du das wirklich nicht mehr? Wie oft habe ich für Dich bezahlt, wenn Du etwas geklaut hast und beinahe erwischt worden wärst!"

Wie durch einen dichten Nebel sah ich es wieder vor mir. „Du meinst das mit der Boutique?"

„Unter anderem. Das gleiche in der Parfümerie und mehrmals im Kaufhaus. Du hast mich einmal sogar gebeten, Dich beim Shoppen zu begleiten. Aber nicht wie man einen Freund mitnimmt, sondern als Kreditkarte!", zischte er so aufgebracht, als sei es gerade erst geschehen. Meine Erinnerung war nur ein blasser Schemen. „Kann schon sein. Tut mir leid!"

Er schüttelte den Kopf. „Das Schlimmste war, dass Du das kaum bemerkt und mich nur von oben herab behandelt hast!"

Hmh? Meine Umgangsformen waren eigentlich immer ganz in Ordnung gewesen. „Aber ich habe mich doch sicher bei Dir bedankt!"

„Oh ja, natürlich. Du hast mich dabei sogar angeschaut. Höflich warst Du ja. Aber gesehen hast Du mich nicht. Nur Dich selbst, als wäre ich ein Spiegel!", lachte er bitter.

„Tut mir leid!", wusste ich nicht, was ich sagen sollte. „Ich war wohl eine ziemlich dumme Göre!", schob ich eine laue Rechtfertigung hinterher. Peinlich!

„Du meinst, die normale egoistische Ignoranz der Jugend? Nein, das war mehr. Erinnerst Du Dich nicht an die beiden Typen, die Dich bedrängt haben? Da habe ich Dich raus gehauen. Und lag dann drei Tage im Krankenhaus!" Seine Miene war nun wie versteinert.

„Das wusste ich nicht!", stammelte ich und hatte das Gefühl nun schon zu Lebzeiten vor dem jüngsten Gericht zu stehen! Aber es kam noch schlimmer.

„Die Razzia! Die hat doch damals dafür gesorgt, dass Du aus dem dubiosen Milieu Deines heißgeliebten Ramons herausgekommen bist!", knurrte er.

Hmh! Daran erinnert ich mich besser als mir lieb war. „Aber das hat Ramon doch organisiert?", klammerte ich mich an den letzten Strohhalm, der mir geblieben war.

Sein Lachen klang nun nicht mehr bitter sondern abfällig. „Ramon hat es versucht. Das stimmt. Aber wenn ich das nicht in die Hand genommen hätte, wäre daraus wohl nichts geworden!"

Ich sah ihn erstaunt an. „Wieso das denn?" „Das weißt Du also auch nicht mehr! Ich war damals doch angehender Journalist. Und war mit Gaby befreundet mit der ich zur Schule gegangen bin. Die war mit einem Juristen zusammen. Erst über diese Schiene kam die Razzia eigentlich zustande!"

Mir schwirrte der Kopf. „Gaby?" Er legte seine Hände flach auf den Tisch und drehte die Innenseite nach oben. „Gaby Rottelmann. Du hast sie ein paar Mal gesehen. Oder besser ignoriert! Und den Referendar nur einmal, das war bei der Razzia selbst. Klaus Wagenmacher, der ist heute ein hohes Tier im Justizministerium!"

Ich schaute ihn verständnislos an. Erst einen langen Moment später machte es bei mir entgeistert klick. „Klaus? Klaus Wagenmacher-Rottelmann?"

Er nickte. „Stimmt! Die beiden sind schon lange verheiratet!"

91. Es war gar nicht so leicht, mich von dem Pranger loszumachen, an den Daniel mich gestellt hatte. Ohne die Jahre im Polizeidienst hätte ich es wohl auch nicht geschafft.

Der Gedanke war genauso spontan ausgesprochen, wie er mir gekommen war. „Du hast mit Wagenmacher-Rottelmann dafür gesorgt, dass ich zu dem ZOK-Team ′Forum der Nichtwähler abgeordnet werde?"

Meine Frage schien ihn zu amüsieren. Er sah mich an, als warte er darauf, dass ich fortfahren würde. Und dann wusste ich auch warum. „Das ZOK-Team wurde überhaupt nur gebildet, weil Du es so wolltest!"

„Na ja, dumm warst Du schon damals nicht!", grinste er. „Aber wieso? Wir haben uns doch 35 Jahre nicht gesehen!", wunderte ich mich.

„Deine Ignoranz ist unglaublich! Wir sind uns noch mal vor zwölf Jahren über den Weg gelaufen. Da hatte ich noch eine eigene Talkshow im Fernsehen. Die Leute haben mich auf der Straße erkannt und wollten ein Autogramm. Aber als ich Dich angesprochen habe, hast Du mich abgewimmelt wie einen lästigen Vertreter. Du wusstest nicht, wer ich war!" Er schien es immer noch nicht fassen zu können.

Was sollte ich dazu sagen? Keine Ahnung! Ich war beinahe froh, dass er auch schon weiterredete!

„Und im letzten Jahr! Als Dein Kollege Norbert vor Gericht stand, habe ich Dich wieder gesehen und auch angesprochen! Nichts! Du hast mich einfach stehen lassen!"

„Na ja, da hatte ich ganz andere Sachen im Kopf!", murmelte ich und wurde knallrot. Noch dämlicher konnte ich mich bei dieser unglaublichen Angelegenheit wohl kaum raus reden wollen.

Sein überlegenes Grinsen war sicher gerechtfertigt, auch wenn es mir ganz und gar nicht gefiel. „Das hatte auch sein Gutes. Ich habe viel mit Norbert gesprochen. Von ganz früher kannte ich ihn ja nur flüchtig. Aber mit Dir hatte wir ja nun ein gemeinsames Thema. Ich habe viel über Dich erfahren. Und dann kam mir die Idee mit der Talkshow der Nichtwähler!"

„Was hat das mit mir zu tun?" „Erst einmal nichts. Außer, dass Du mich vielleicht inspiriert hast! Aber dann gab es diese Morde! Ja, da habe Klaus Wagenmacher-Rottelmann gebeten, eine inoffizielle Untersuchung zu veranlassen. Mit Dir im Team. Ich wollte Dich nur mal wiedersehen. Pure Nostalgie!"

„Und die Entführung?" „Na ja. Der Hype wegen Morde war schon wieder verpufft!"

Ich hoffte das Heft endlich wieder selbst in die Hand nehmen zu können. „Entführung und Geiselnahme! Das gibt mindestens 5 Jahre!"

Er lächelte süffisant. „Ach ja! Da wird wohl Aussage gegen Aussage stehen. Auch Fritz wird bestätigen, dass Du da freiwillig mitgemacht hast, um das öffentliche Interesse an meinem Forum hochzuhalten. Und dafür, dass Du ziemlich für mich geschwärmt hast, gibt es eine ganze Menge Zeugen!"

Beweislage

92. „Nun! Es gibt absolut keinen Grund, das Ganze in der Öffentlichkeit breitzutreten!", verteidigte Dr. Dr. Wegener den Abschluss des Falles. „Es deutet alles darauf hin, dass es nur ein Unfall war. Also ist das gar kein Fall. Das ist doch das Beste, was uns passieren kann!"

„Das ist wieder mal typisch!" Karlheinz warf Wegener einen wütenden Blick zu. Meine Hand auf seinem Unterarm schaffte es ihn ein wenig zu beruhigen.

„Du hast Recht. So, wie Daniel das dargestellt hat, ist es wahrscheinlich nicht gewesen. Denn es passt nicht ganz zusammen mit dem, was wir sonst noch wissen! Andererseits würde eine Anklage zwar für viel Öffentlichkeit sorgen, aber die zweifellos verharmlosende Version der Geschichte könnte vor Gericht nicht widerlegt werden!", erklärte ich und schaute Ruth Kappel an, die genau so frustriert zu sein schien wie mein Mann.

Der setzte auf den Ganzen hoffnungslosen Fall noch einen drauf. „Ich habe noch mal mit Fritz gesprochen. Dass Murat auch dabei war, hat wohl Eindruck gemacht. Bei dem Streit zwischen Alfred und Kemal hatte noch ein Dritter seine Hände im Spiel. Aber was da genau passiert war, wusste Fritz auch nicht nicht."

Er räusperte sich. „Angeblich gab es einen Streit, bei dem Kemal versucht hat Fritz mit einem Steinwurf aufzuhalten! Aber ob Herr Kurz uns die Wahrheit gesagt hat, weiß ich nicht. Vielleicht will er ja nur weiter Nebel sprühen und ist mit seinen Aussagen genau so flexibel, wie seine Kameraeinstellungen!"

Ruth Kappel nickte widerwillig. „Du hast Recht! Wir können

nicht beweisen, was tatsächlich geschehen ist! Und welche der Geschichten, die der Kameramann uns da aufgetischt hat, nun stimmt, weiß auch niemand."

Sie zuckte mit den Schultern. „Solche Fälle hasse ich! Natürlich war von Anfang an klar, dass bei van Haaren oder seinen Leuten irgendetwas nicht stimmt. Aber Wissen ist das Eine, beweisen ist etwas ganz anderes. Und, wenn Du vor Gericht nur auf den Busch klopfen kannst, hast Du sowieso verloren. Das Ganze würde lediglich zu einem riesigen Medienspektakel werden, bei dem wir am Ende als die Deppen dastehen würden!"

Wegener nickte bekräftigend. „Immerhin ist der Kurde, dieser Goran Sowieso, wieder auf freiem Fuß. Dass Video von diesem Fritz Kurz hat endgültig seine Unschuld bewiesen. Übrigens sind die Zeugen, die ihn mit ihren Falschaussagen so stark belastet haben, in der Türkei untergetaucht! Ich habe so etwas ja von Anfang an vermutet!"

Die Blicke, die Ruth und Karlheinz mir zu warfen sprachen Bände. Mir ging etwas ganz anderes durch den Kopf. Und das hatte einen merkwürdigen Beigeschmack.

Daniel hatte mir das Beweisvideo nur unter der Bedingung zur Verfügung gestellt, dass wir meine Entführung zu einem Missverständnis herabstufen.

Ich hatte nur widerwillig zugestimmt. „Na gut, wenn das alles wirklich so gewesen ist!"

Aische

93. Ich wusste anfangs gar nicht, wer mich da angerufen hatte. Der Name Özbay sagte mir zunächst einmal nichts. Als er dann seinen Vornamen Goran nannte, überfiel mich eine dunkle Ahnung. Erst als er hinzufügte „Ich bin der Kurde!", wusste ich Bescheid.

Er wollte sich bei mir bedanken. Das freute mich natürlich. Aber so einfach machte er es mir nicht. Er lud mich zum Essen ein, gab mir keine Chance, das abzulehnen. „Sie müssen! Das ist so, wenn man jemandem das Leben gerettet hat!"

Und so saßen wir nun bei ihm zu Hause im Esszimmer einer großen Wohnung, die relativ modern, sprich sparsam möbliert war.

Wir waren zu Viert! Dass seine Frau Aische mit am Tisch saß, überraschte mich nicht. Die Anwesenheit von Murat schon!

„Was meinen Sie, woher ich Ihre Telefonnummer kannte?", grinste Goran und Murat ergänzte. „Die hat mir ihr Mann gegeben!"

Der Kurde war ein kräftiger, nicht allzu großer und eher gemütlich wirkender Mann mittleren Alters, dessen dunkle Locken von silbernen Strähnen durchzogen waren. Aische war wohl nur wenig jünger und erinnerte mich mit ihren schwarzen Haaren an Sophia Loren in einer späten Mutterrolle.

„Erst Essen, dann reden!", verkündete Aische im Befehlston, was von Goran und Murat widerspruchslos akzeptiert wurde.

Ich habe keine Ahnung, was wir da gegessen haben. Es erinnerte mich ein wenig an die türkische Küche. Falls Fleisch dabei gewesen war, hatte ich es kaum bemerkt. Vielleicht Geflügel. Vor allem aber war es gut bekömmlich und saulecker.

Das sagte ich, unterstützt von einem begeisterten Murat, auch zu Aische. Die nahm unser Lob erfreut, aber durchaus selbstbewusst entgegen. Sie hatte wohl nichts anderes erwartet. Nun stand vor jedem von uns eine Tasse Tee. Recht süß, aber trinkbar. „Ich kann Ihnen gar nicht genug danken. Ausgerechnet eine Deutsche hilft meinem Mann! Wer hätte das gedacht!", eröffnete Aische unser Gespräch. Ihrer Miene nach zu urteilen, meinte sie das nicht spöttisch. Sie war wohl nur erstaunt.

„Entschuldigen Sie meine Frau!", ergriff nun Goran das Wort, „sie hat das nett gemeint! Sie müssen verstehen, meine Frau hat zwei Brüder im Kampf gegen den IS verloren. Das war, als sie die IS-Leute daran gehindert haben, die Jesiden abzuschlachten! Die türkische Armee, die an der Grenze stand, hat ja dabei nur zugeschaut!"

„Jetzt seid ihr aber keine guten Gastgeber! Was haben die Deutschen denn damit zu tun!" Murat rührte vorwurfsvoll verlegen in seiner Tasse.

Aische sah ihn verständnislos an. „Na ja, Eure Soldaten haben jetzt Afrin überfallen und töten oder vertreiben die kurdische Bevölkerung. Auch die Kinder! Und Deutschland ist ja Bündnispartner der Türkei und liefert die nötigen Waffen!" Aische kämpfte mit den Tränen.

„Nun kommt der IS zurück und entführt schon wieder Menschen. Die Türkei hilft ihnen dabei, indem sie uns von der anderen Seite angreift. Und Trump zieht seine Soldaten ab, damit die Kurden ungehindert ausgelöscht werden können! Wenn uns die Russen oder der Mörder Assad nicht helfen, wird das wohl auch geschehen!"

Sie warf mir einen verächtlichen Blick zu. „Und in 50 Jahren wird euer Bundestag wieder eine Resolution verabschieden und den Völkermord an den Kurden beklagen. Wie damals bei den Armeniern. Was seid ihr nur für Menschen?"

Goran war schon die ganze Zeit über auf seinem Stuhl herum gerutscht und schaute Murat jetzt hilfesuchend an.

Der schien sich auch nicht besonders wohl in seiner Haut zu fühlen, zuckte aber mit den Achseln. „Ihr Kurden habt eben nicht genug Geld und auch sonst nicht viel zu bieten! Da macht man die Deals eben mit anderen. Nicht nur Trump. Der spricht es nur offen aus!"

Trotz seiner nüchternen Attitüde, war ihm anzumerken, dass er damit alles andere als zufrieden war!

„Im Gegensatz zu Euren Medien!" Aische warf Murat einen mitleidigen Blick zu und wandte sich dann mir zu.

„Angeblich sind Deine öffentlichen Fernsehsender doch unabhängig und könnten so etwas anprangern. Aber was berichten eure tollen Journalisten? Stundenlang über den Winter in Bayern! Ich weiß jetzt mehr über den Festigkeitsverlust der Schneedecke im Alpenvorland als über das Schicksal meiner Landsleute im Norden Syriens. Was haben wir Euch nur getan?"

Die beiden Männer setzten eine strenge Miene auf und öffneten schon den Mund. Ich kam ihnen zuvor. „Aische, ich kann Dich gut verstehen. Es ist eine Riesensauerei, was Deutschland und die

Türkei da machen. Aber es sind nicht die Türken und nicht die Deutschen, die das wollen. Dahinter steckt ein machtgeiler, durchgeknallter türkischer Diktator und die Waffenlobby!"

Hmh? Bevor ich mit dem Forum der Nichtwähler zu tun hatte, wäre meine Antwort wahrscheinlich anders ausgefallen. Wenn ich überhaupt gewusst hätte, was ich sagen sollte.

Aische war nicht bereit, so schnell einzulenken. „Aber ihr habt diese Regierungen doch gewählt!" Ich schaute in das Gesicht von Murat, der mir einen fragenden Blick zuwarf. Offenbar erwartete er, dass ich antworten würde.

„Na ja. Ich finde das auch Scheiße. Die Menschen sind eben beeinflussbar. Wer die Medien hat, der hat auch die Macht und umgekehrt!", kam dann aus meinem Mund. Daniel wäre begeistert gewesen.

„Ein wahres Wort!" Murat grinste verlegen und deutete mit dem Kinn auf Goran. Der nickte sofort. „Wir wollten uns eigentlich wirklich nur bei Dir bedanken!" Als er fortfuhr klang seine ohnehin tiefe Stimme noch rauer. „Hat wohl nicht so ganz geklappt! Eigentlich sind wir Kurden ja nicht undankbar!"

Murat verdrehte die Augen, aber Goran sprach schon weiter. „Dein Mann hat mir ein Foto von Daniel van Haaren gemailt, auf dem auch noch ein anderer Mann zu sehen ist. Der hieße vermutlich Oliver irgendwie. Wir haben auch mit Kemals Vater gesprochen. Der wollte ja erst nicht." Er verlor für einen Moment den Faden.

„Der ist eigentlich ganz in Ordnung. Ich habe ihm nur einen kleinen Schubs gegeben!", setzte der junge Türke für ihn fort und sah den Kurden aufmunternd an.

„Kemals Vater und ich haben den van Haaren noch nie gesehen. Auch nicht im Fernsehen!" Goran verzog das Gesicht. Verlegen? „Nun sag es schon!", ermahnte ihn ein ungeduldiger Murat. Der Kurde nickte. „Aber den anderen haben sowohl Kemals Vater als auch ich ein paar Mal gesehen. Der trieb sich in der Nähe des Ladens der Öztürks herum!"

Er schaute uns nun einen nach dem anderen an und fuhr beinahe empört fort. „Zweimal war er sogar drinnen. Aber meint ihr, der hätte auch nur einen Apfel gekauft?"

Karlheinz

Polizeiarbeit

94. Das Ende der Geschichte war wohl ganz im Sinne von Wegener, WR und van Haaren. Sicher auch in dem von Fritz. Letzterer hatte sich vermutlich aus finanziellen Interessen, durch falsch verstandene Loyalität und seinen Glauben an die höhere Macht des Fernsehens in die ganze Geschichte hineinziehen lassen.

Er war jedes Mal an den Orten gewesen, an denen jemand zu Tode gekommen war. Das war unbestreitbar. Aber wenn er tatsächlich hinter der ganzen Angelegenheit stecken würde, hätte er sich selbst zur Tatzeit wohl nachweislich ganz woanders aufgehalten. Um Alibis kümmerten sich ja nur die Schuldigen, die anderen wussten ja nicht dass und für wann sie eins brauchen würden.

Nein! Fritz zwar kein Dummkopf, aber sicher eher eine Figur, die die Züge eines anderen ausgeführt hatte. Es war nicht wahrscheinlich, dass er die Strategie des eigentlichen Strippenziehers in allen Einzelheiten durchschaute. Und wer nicht alles weiß, kann Fehler machen. Wenn ich zu gerichtsfesten Beweisen kommen wollte, dann wohl am ehesten über ihn.

Van Haaren war in Sachen Medien ein alter Hase. Und auch sonst nicht zu unterschätzen. Ihn wegen Sanas Entführung anzuklagen, war vermutlich aussichtslos. Er würde vor Gericht sicher schwere Geschütze auffahren, um Sana unglaubwürdig zu machen.

Er musste sich auch von Anfang an im Klaren darüber gewesen sein, dass sein Forum kaum von einem Sender ausgestrahlt werden würde. Schon gar nicht von den öffentlich-rechtlichen Sendern. Trotzdem hatte er viel Geld in die Hand genommen und sogar mit Kemal, Alfred und Sylvia einige Scharfmacher platziert.

Nur eine Veröffentlichung im Internet oder über die sozialen Netzwerke würde ihm als ehemals prominentem Fernsehstar sicher nicht genügen. Also war klar, dass er von vornherein etwas geplant hatte, dass für die nötige Öffentlichkeit sorgte damit er es wieder auf die Mattscheibe schaffte.

Sana glaubte nicht, dass das als Motiv ausreichen konnte, jemanden zu töten. So ganz Unrecht hatte sie ja nicht.

Daniel van Haaren hatte ja keine Verbindungen zu Leuten, die auch ein Kapitaldelikt nicht scheuen würden. Die hatte nur Norbert. Der war allerdings schon vor einem halben Jahr ums Leben gekommen.

Wenn es hier eine Verbindung gab, musste sie schon Monate vor der ersten Sendung des Forums der Nichtwähler zustande gekommen sein. Vielleicht sogar schon kurz nach dem Prozess gegen Norbert.

Wer konnte etwas aus dieser Zeit mitbekommen haben? Fritz sicher! Auch wenn ihn van Haaren vermutlich nicht in alles eingeweiht hatte.

Murat? Nicht gerade ein Menschenrechtler oder Moralapostel, aber das Schicksal seines Cousins war ihm nicht gleichgültig!

Ich musste mit beiden noch mal sprechen, um von ihnen etwas zu erfahren, dass sie vielleicht selbst nicht wussten.

Klassische Polizeiarbeit, die Belanglosigkeiten im Lichte einer Arbeitshypothese zu einem wichtigen Indiz werden lassen konnte.

95. Murat tat sich schwer. „Das ist lange her!", war seine Antwort meistens. „Ja, von einem untersetzten Kahlkopf hat Kemal mir erzählt!", erinnerte er sich dann doch.

Und Fritz, der Kameramann, hätte Kemal auch einmal vor Alfred gewarnt. „Keine Ahnung weshalb. Er hatte nur gemeint, dass der alles viel zu ernst nehmen würde. Ein gefährlicher Moralist wäre. Oder so ähnlich!"

Ich schaute mich in dem protzigen Salon um, der mir noch einmal bestätigte, in was für einem feudalen Herrenhaus Murat residierte.

Hmh? Darauf musste ein Polizist eigentlich gleich zu Beginn der Ermittlungen kommen. Aber Sylvia hatte sich vorsichtig ausgedrückt, nur von Geiz gesprochen. Na ja, bei einem Prominenten mit einer repräsentativen Villa lag das vielleicht nicht ganz so nah.

Trotzdem war es erstaunlich, dass dazu nichts in den Akten der regulären Mordkommission erwähnt war. Die hatten vielleicht nur sehr respektvoll ermittelt.

Das ließ sich jedoch ändern. „Sagen Sie Murat. Dieses Forum der Nichtwähler. So ganz billig war das für Herrn van Haaren ja nicht. Wissen Sie etwas über seine finanziellen Verhältnisse?"

Er zog eine Miene, als hätte ich ihm gerade einen unsittlichen Antrag gemacht. Hmh? Reiche Leute redeten eben nicht gerne über Geld.

„Hat Kemal denn dazu nichts gesagt? Van Haaren hat ihm doch einen größeren Betrag angeboten!", schob ich hinterher.

„Na ja, größerer Betrag? Wenn es danach gegangen wäre, hätte Kemal gar nicht mitgemacht!", grinste er. Keine Ahnung, warum.

„Und was bedeutet das jetzt?", fragte ich also. Murat hob die Arme, als wolle er sich entschuldigen. „Wissen Sie, auch wenn Kemal sich noch nicht für die größeren Geschäfte interessiert hat. Er kannte natürlich die handelnden Personen in unserer Familie!"

Ich wusste immer noch nicht, worauf er hinaus wollte. „Ja und?"

„Wenn man solche Leute kennt, dann weiß man schnell, wen man vor sich hat! Man kann es beinahe riechen!"

„Ja, was? Machen Sie es doch nicht so spannend!" Er verzog das Gesicht. „Verhandeln Sie doch mal mit jemandem über den Preis. Da merken Sie sofort, ob der Geld hat oder nicht!"

Meine Miene machte wohl eine weitere Nachfrage überflüssig, denn er sprach sofort weiter. „Van Haaren war garantiert pleite, dem stand das Wasser bis zum Hals. Deshalb brauchte er wohl dieses Forum. Wer weiß, wo er sich das Geld dafür besorgt hat!"

Das war tatsächlich eine wichtige Information. Ich nickte erst einmal nur. Darüber musste ich in Ruhe nachdenken.

An Murat hatte ich zunächst noch einige andere Fragen. Die mich allerdings kaum weiterbrachten. Bis auf eine!

Das Telefongespräch, an das Sylvia sich erinnert hatte, war für Murat Anlass zu einem kleinen Lachanfall. „Susmak oder birini susturmak? Das sind keine Namen. Es bedeutet jemanden zum Schweigen bringen!"

96. Jetzt saß ich wieder Fritz Kurz gegenüber. An einem Ecktisch in einer Kneipe. Eine eigene Wohnung hatte er nicht, sondern war bereits vor knapp einem Jahr bei van Haaren untergekommen.
„Daniel will Sie nicht in seinem Haus haben!", hatte er sich entschuldigt.
Er selbst war auch wenig begeistert gewesen, sich mit mir zu treffen. „Ihnen ist klar, dass wir Sie immer noch wegen der Entführung meiner Frau anzeigen könnten!", hatte ich ihn überzeugt.
„Ja, das tut mir auch leid!", wiederholte er, „deshalb habe ich mich ja auch zu diesem Gespräch bereit erklärt!" Er hob den Kopf und sah mich misstrauisch an. „Trotzdem weiß ich nicht, was dieses Treffen bringen soll! Sana hat uns ihr Wort gegeben, das sie nichts gegen uns unternehmen würde, wenn sie das Video von Kemals Unfall bekommt!" Kleinlaute Empörung.
Ich warf ihm einen mahnenden Blick zu. „Ein Versprechen, dass nur gilt, wenn van Haaren die Wahrheit gesagt hat! Also wenn Sie so freundlich wären, mir ein paar Fragen zu beantworten!"
„Ich weiß doch nicht mehr, als Sie schon wissen!" Er jammerte es beinahe.
„Warten Sie die Fragen doch erst mal ab!" Ich lächelte ihn an. Seine verstockte Miene war nur schwer als Zustimmung zu deuten.

„Hat Herr van Haaren Verbindungen die Türkei? Irgendwelche Kontakte, die nicht unmittelbar mit seinem Beruf zu tun haben?"

Er setzte bereits an, seinen Kopf zu schütteln, da schob ich hinterher: „Damit wir uns richtig verstehen. Ich bin schon lange bei der Polizei und wenn ich etwas frage, dann weiß ich selbst schon etwas. Vor allem, welche Antwort wahr sein kann oder nicht. Und wenn Sie mich anlügen, ist unser Gespräch zu Ende und Sie kommen wegen Freiheitsberaubung für ein paar Jahre hinter Gitter!"

Die seitliche Bewegung seines Kopfes hielt an, als hätte ich eine Stopptaste gedrückt. Er hatte den Ernst seiner Lage erkannt.

„Da muss ich einen Moment drüber nachdenken!", brummte er und tat das dann wohl auch.

97. „Organisierte Kriminalität und nationale Grenzen!" Er betonte jedes Wort. Auf meinen fragenden Blick hin fuhr er fort. „Daniel und ich waren vor längerer Zeit ein halbes Jahr in Istanbul. Wir wollten einen Bericht darüber machen, dass die kriminellen Banden über Ländergrenzen hinaus viel enger zusammenarbeiten als Polizei und Staatsanwaltschaften. Dazu wurden auch einige wichtige Leute der türkischen Mafia interviewt! Daniel hat dafür sogar ein wenig türkisch gelernt!"

„Und Sie waren dabei und haben die Gespräche aufgezeichnet?", vermutete ich. „Wo denken Sie hin! Ich habe meistens nur Gebäude und Stadtviertel gefilmt. Sozusagen als Hintergrund. Na ja, auch einige Interviews mit Opfern der Banden. Keine Ahnung, ob das echt war. Die sind meist so harmlos allgemein geblieben.

Bei den wichtigen Interviews durfte keine Kamera dabei sein. Die hat Daniel allein gemacht!"

Ich ahnte, wie es weiter gehen würde. „Und was ist dabei herausgekommen?" Er zuckte mit den Schultern. „Im Ergebnis erledigen die deutschen Organisationen manche Angelegenheiten für ihre türkischen Kollegen und umgekehrt!"

„Das heißt, wenn in Deutschland etwas passiert, dann könnte der Auftrag aus der Türkei kommen?", versuchte ich es auf den Punkt zu bringen. Er nickte nur.

„Herr van Haaren hat vor ein paar Monaten ein Telefongespräch mit jemandem zumindest teilweise in türkischer Sprache geführt! Was wissen Sie darüber?" Ich verschränkte meine Arme vor der Brust, als wollte ich mich schützen.

Seine Miene war nun ausdruckslos wie ein leeres Blatt Papier, so dass sein Schulterzucken gar nicht mehr nötig gewesen wäre.

„Sie leben seit langem mit van Haaren in einem Haus. Und Sie wollen mir erzählen, dass Sie nichts mitbekommen haben? Während selbst eine Kneipenbedienung weiß, um was es gegangen ist!", stellte ich nüchtern fest.

In seinem Gesicht war nun ein unsicheres Fragezeichen zu lesen.

„Mir reicht es!", setzte ich ein energisches Ausrufungszeichen, und fuhr beinahe fröhlich fort: „Ich gehe jetzt mit meiner Frau zur Polizei. Und zu der Freiheitsberaubung kommt dann ja wohl noch mindestens eine Mitwisserschaft oder Beteiligung bei einem Mord oder Totschlag." Hmh! Ein Polizist, der damit drohte zur Polizei zu gehen?

Fritz wurde nun ein wenig blasser um die Nase. „Und wenn ich jetzt etwas sage, bringen Sie mich erst recht damit in Verbindung!"

„Im Gegenteil. Ich vermute, dass Sie etwas mitbekommen haben, ohne aber zu verstehen, worauf das Ganze hinauslaufen sollte. Und je offener Sie jetzt sind, umso glaubhafter wäre das!"

Es war gut zu beobachten, wie er mit sich kämpfte. Seine Kiefermuskeln arbeiteten, als müsse er auf etwas völlig unverdaulichem herumkauen.

98. „Am Anfang habe ich mir nichts dabei gedacht!", begann er schließlich zögernd. „Erst als das mit Alfred passierte und Kemal ausrastete, bin ich nachdenklich geworden!" Sein Blick ging zur Decke und blieb an einer kitschigen Deckenlampe hängen.

Nachdenklich musterte er eine der elektrischen Kerzen nach der anderen. Es dauerte.

Endlich sah er mich wieder an. So, als wäre ihm ein Licht aufgegangen. „Ich bin mir ziemlich sicher, dass niemand dabei ums Leben kommen sollte. Damals habe ich nicht verstanden, was Daniel mit diesem komischen Oliver eigentlich besprochen hat!" Er zögerte.

„Und jetzt haben Sie es verstanden?", ermunterte ich ihn fortzufahren.

„Ich bin sicher, dass Daniel den Oliver gebeten hat, Alfred nur zu attackieren, damit die Medien den Fall aufgreifen und so auf das Forum aufmerksam würden. Den Tod von Alfred hatte Daniel auf keinen Fall beabsichtigt. Er hatte sogar überlegt, Alfred vorher einzuweihen. Aber der war inzwischen so fanatisch geworden, dass er unsere Absprache mit den Stimmungsmachern dann möglicherweise sogar öffentlich gemacht hätte!"

„Hmh? Gerade das wäre ja ein Motiv ihn endgültig zu beseitigen! Was ist denn dieser Oliver für ein Typ? Ist er das?", fragte ich aber nur und hielt ihm das Foto hin, das Sylvia mir gegeben hatte.

Er nickte. „Den habe ich nur einmal gesehen! Der war mir ein bisschen unheimlich!" Ich war sicher, dass er die Wahrheit sagte. Mal sehen, ob es dabei blieb. „Und die Geschichte mit Kemal? Warum ist er auf Sie losgegangen?"

Seine Antwort kam mir ein wenig zu schnell. „Das war genau so, wie ich es erzählt habe!"

Wollte er mich auf den Arm nehmen? „Hören Sie, wir sind hier nicht in einer Talkshow, wo man jeden Blödsinn erzählen kann. Hier geht es um Fakten. Und wenn nicht jetzt, dann spätestens vor Gericht! Also! Wenn es dieser Oliver war, der auf Alfred losgegangen ist, müsste Kemal doch keine Angst davor haben, dass Sie zur Polizei gehen?"

Er sah sich um, so als hoffe er, dass ein imaginärer Moderator schnell das Thema wechseln würde.

Schließlich hob er die Schultern hoch und ließ sie wieder fallen. „Ach, der fing auf einmal an zu spinnen. Behauptete, dass Daniel in der Türkei angerufen hätte, damit von dort aus in Deutschland jemand beauftragt wurde. Das er das getan hätte, um keine Spuren zu hinterlassen. Keine Ahnung, woher er das hatte!"

Das konnte so gewesen sein. Aber? „Deshalb wirft er Ihnen einen Stein in die Windschutzscheibe?"

Er zupfte an dem karierten Deckchen herum, das vor ihm auf dem Tisch lag. „Nein! Er wollte unbedingt wissen, warum Daniel das gemacht hatte und ließ nicht locker! Aber das wusste ich doch selbst nicht. Und dann bin ich einfach losgefahren. Den Rest kennen Sie ja!"

Allmählich fügte sich das Bild zusammen. „Und dieser Oliver. War er auch der Mann mit dem Gewehr, der vor dem alten Studio auf Sana gezielt hat?"

„Keine Ahnung. Zuzutrauen ist es ihm. Angeblich arbeitet er bei so einem Sicherheitsdienst, dürfte also ohne weiteres an eine Waffe kommen! Aber selbst wenn er es war. Sicher sollte er Sana nur erschrecken und nicht erschießen. Alles Show!" Ich glaubte ihm sogar, dass er das glaubte oder zumindest glauben wollte.

Jetzt ging es auf die Zielgerade. Es war an der Zeit, die entscheidende Frage zu stellen. „Wie ist es eigentlich dazu gekommen, dass Herr van Haaren sich auf die Geschichte mit dem Forum eingelassen hatte? Woher hatte er denn das Geld dafür? Das war ja nicht ganz billig!"

Fritz richtete sich angespannt auf als wolle er aufstehen. Er lehnte sich aber nur zurück, suchte wohl Abstand zu mir oder nach einer plausiblen Erklärung.

Einen Moment später sackte er in sich zusammen. „Das mit dem Forum war ihm schon sehr wichtig. Aber Sie haben recht. Daniel hatte Schulden. Da hätte nicht mal der Verkauf seiner Villa ausgereicht!"

Jetzt wurde es spannend. „Ja und? Lassen Sie sich doch nicht alles aus der Nase ziehen!"

Mit einer jetzt-ist-sowieso-alles-egal-Miene kam die Antwort prompt. „Da tauchte dann so ein Typ auf. Ein Amerikaner! In den Staaten wäre man sowieso ziemlich schlecht auf die Deutschen zu sprechen, wegen dem Exportüberschuss und so. Aber die Berichterstattung im Fernsehen wäre ja kaum zu ertragen. Es wäre ganz gut, wenn die öffentlichen Medien mal einen Dämpfer bekämen. Und er hat Daniel eine Menge Geld dafür geboten, so etwas wie das Forum zu machen."

Ich schaute ihn skeptisch an. „Ein Amerikaner? Sind Sie sicher?" Er zuckte mit den Schultern. „Das hat er gesagt und er sprach auch so. Aber in diesem Geschäft weiß man ja nie. Da können alle möglichen Leute dahinterstecken. Chinesen, Russen, Türken, der IS oder wer weiß wer!"

Aus seiner Sicht war damit wohl alles gesagt. Aus meiner nicht. „Und die Todesfälle und die Entführung?"

Er drehte die Innenseite seiner Hände nach oben. „Na ja, dieser Ami oder wer das war, wollte nur zahlen, wenn das Forum auch ins Fernsehen kam. Den Rest kennen Sie!"

Nicht ganz! Aber ich konnte es mir denken. Auch, dass van Haaren es sich gar nicht hatte leisten können, mögliche Zeugen am Leben zu lassen!

Motive

99. „Ich denke schon länger darüber nach. Warum funktioniert die Wirtschaftspolitik nicht mehr? Als ich VWL studiert habe ging es doch noch. Also zu Zeiten eines Karl Schiller und Ludwig Erhardt!" Willy strich sich mit der Hand unters Kinn.

„Was soll das denn jetzt?" Ruth Kappel sah ihn genervt an. Er hob den Zeigefinger in Luft. „Da gab es doch angeblich einen Amerikaner, der van Haaren bezahlt hat. Und der setzt sich in seinem Forum mit Sendungen auseinander, die sich mit dem Thema Spaltung der Gesellschaft und soziale Gerechtigkeit befassen!"

Er räusperte sich. „Es liegt nicht nur an der Darstellung durch die Journalisten und Moderatoren. Die Wirtschaftspolitik bringt es tatsächlich nicht mehr!"

Nun legte Willy uns das Ergebnis seiner „volkswirtschaftlichen Analyse", wie er es nannte, dar. Genau genommen erzählte er uns die Geschichte der drei Produktionsfaktoren Arbeit, Boden und Kapital.

Abgesehen von dem einen oder anderen sozialistischen System hätte der Faktor Arbeit kaum jemals dominiert. Und der Sozialismus sei ja auch gescheitert.

Jahrhundertelang wäre der Produktionsfaktor Boden an der Macht und die Arbeiter darauf angewiesen gewesen, von dessen Besitzern in Lohn und Brot genommen zu werden.

Heute hätte das Kapital die Macht an sich gerissen. Und dieses global agierende Kapital, dieser Kapitalismus, wäre dabei, die Marktwirtschaft zu zerstören!

Die real oder reell wirtschaftenden Unternehmen wären gegenüber den global agierenden Finanz- und Kapitalmärkten ebenso machtlos wie die Wirtschaftspolitik der Länder. Es gäbe Anleger, wie Blackrock, die über ein Finanzvolumen verfügen würden, dass mehrfach höher sei als die Wirtschafts- und Finanzkraft eines Landes wie Deutschland.

Die Konzentration des Kapitals in wenigen Händen hätte die Marktwirtschaft in vielen Bereichen bereits zerschlagen.

Marktwirtschaft wäre ja dadurch gekennzeichnet, dass es eine Vielzahl von Anbietern gäbe, die über ihre unterschiedlichen Produkte im Wettbewerb um die Nachfrager stehen.

Nicht nur in der Landwirtschaft hätte aber die Zahl der konkurrierenden Anbieter rapide abgenommen. Immer weniger sehr große Konzerne, sei es im Einzelhandel, im produzierenden Gewerbe oder im Bereich der Chemie und Pharmazie bestimmten den Markt.

Gut funktionierende Unternehmen, die sogar ordentliche Gewinne machten, verschwänden vom Markt oder würden von großen Konzernen geschluckt.

Die Vielfalt der unterschiedlichen Güter hätte deutlich abgenommen. Das was einmal das Alleinstellungsmerkmal eines mittleren Unternehmens ausgemacht hat, wäre längst ersetzt worden durch Einheitsartikel, denen die individuelle Note der früheren Produkte nur noch in der Namensgebung geblieben sei.

Stattdessen gäbe es immer mehr Variationen oder vermeintliche Verbesserungen irgendwelcher 08/15-Produkte, insbesondere im Lebens- und Genussmittelsektor.

Inzwischen gäbe es in einigen Bereichen sogar eine Diktatur des Angebots. Zum Beispiel bei Handys oder Smartphones. Vor allem junge Menschen wären inzwischen abgerichtet wie pawlowsche Hunde! Sie müssen ständig für teures Geld erst vor einem Jahr erworbene Geräte durch neue, auch nicht bessere, ersetzen. Vermeintlich um weiter an einem Leben, das sich immer mehr zu einer virtuellen Matrix entwickle, teilnehmen zu können.

Es würde zwar immer noch verbreitet, dass der Sozialismus die Marktwirtschaft gefährde. Das wäre eine bewusste Irreführung. In Wahrheit zerstöre der Kapitalismus die Marktwirtschaft. Von sozialer Marktwirtschaft schon gar nicht zu reden.

Der Faktor Arbeit würde immer weiter zurückgedrängt und entmachtet. Man schaue sich nur die großen Versanddienstleister an. Amazon et al würden den Weg zeigen, der immer mehr in Richtung eines Feudalismus der Lehnsherren führe. Nur dass es nicht mehr der Besitz an Boden ist, sondern die Verfügbarkeit über das Kapital.

Und wer will diesen Finanzriesen, die die ganze Welt kaufen könnten, schon etwas entgegensetzen?

Trotz der vorgeschobenen Scheingefechte in den regulären Fernsehsendungen zwischen sozialer Frage und marktlicher Wettbewerbsfähigkeit, würde das alles den Menschen immer mehr bewusst. Deshalb der zunehmende Nationalismus und die Ablehnung der alten Parteien.

Ruth Kappel schüttelte den Kopf. „Wenn es so wäre, hätten die regulären Sendungen von ARD und ZDF darüber doch selbst schon berichtet!"

„Manchmal machen sie das auch. Aber eher selten und meistens zu später Stunde. Meistens beschäftigt man sich mit anderen Fragen oder Einzelfällen, die skandalisiert werden. Doch wenn jemand daher kommt und das ganze System an den Pranger stellt? Den nennt man dann einen Sozialisten und wenn er aus Ostdeutschland kommt, einen ewig gestrigen SED-Ideologen!"

Willy hob seine Arme ein Stückchen hoch. „Sehr ihr, wie genial das ist? Wir neigen ja dann sofort dazu, das bestehende mit all seinen Schwächen zu verteidigen! Bingo!"

Er patschte seine Hände zusammen. „Das ist eigentlich das Schlimmste an diesem Kapitalmus. Die müssen sich selbst nicht mal strafbar machen. Es reicht aus, genügend Geld in eine Richtung zu steuern, die dafür sorgt, dass dessen Empfänger von sich aus bereit sind, dafür alles mögliche zu tun! Denkt doch mal an die vielen Verbrechen in den korrupten Regimen dieser Welt!"

Endlich kam er wieder auf unseren Fall zurück und erklärte, man hätte van Haaren möglicherweise sogar Millionen gezahlt. Aber das wären Trinkgelder, gemessen an dem, was man dadurch erreichen könnte. Ablenkung von den Realitäten und damit Gewinn an Zeit. Zeit, in der man nicht nur noch mehr Geld generieren könne, sondern in der man auch seine Machtposition festigen und ausbauen kann.

Im Prinzip könne das auch für diesen Amerikaner ein Grund sein, van Haarens Forum zu finanzieren. Damit die Menschen weiter von den eigentlichen Problem-Ursachen abgelenkt würden und nicht erkannten, dass in Wahrheit der heutige Kapitalismus die Marktwirtschaft zerstörte!

Willy legte seine Unterarme, die geöffneten Handflächen nach oben, auf den Tisch als wollte feststellen, ob wir seine Schlussfolgerungen unterschreiben würden. Keiner von uns rührte sich.

Er schaute uns skeptisch-amüsiert an. „Das ist nicht völlig ausgeschlossen, aber nicht sehr wahrscheinlich. Die Reichweite des Forums ist dafür viel zu gering. Und es ist klar, dass diese Talkshows nur eine sehr kurze Halbwertszeit haben werden!"

Seine Mundwinkel zuckten, als wolle er einen Scherz machen. „Nein, es ist viel wahrscheinlicher, dass das Motiv dieses Amerikaners eher persönlicher Art ist. Vielleicht hatte er ja mit van Haaren noch eine alte Rechnung zu begleichen!"

100. Ich führte mir noch einmal vor Augen, was ich über van Haaren wusste. Auch, das was mir bei meinen gemeinsamen Recherchen mit Sana aufgefallen war.

Der Kerl ging mir fraglos auf die Nerven; seine coole Star-Attitüde, vor allem wie er es geschafft hatte, zwischen Sana und mir für Spannungen zu sorgen. Obwohl ich sicher war, dass meine Frau nur ihren Job machte.

Ich musste daran denken, was Fritz in unserem ersten Gespräch gesagt hatte. Darüber, warum vor zehn Jahren die Fernsehkarriere des Daniel van Haaren so ein abruptes Ende gefunden hatte.

Persönliche Befindlichkeiten jemandem gegenüber, können zu einer verzerrten Wahrnehmung führen. Aber sie können auch das Bild, dass man sich von jemandem macht, vervollständigen.

Was lag also näher als Fritz anzurufen. „Sagen Sie, Herr Kurz. Wenn Sie für ein halbes Jahr in Istanbul waren, dann hat es doch sicher auch einige persönliche Kontakte gegeben?"

Er schien über diese Frage erstaunt, aber auch erleichtert zu sein, dass ich nichts anderes von ihm wollte. „Ja, sicher! Wir haben ja sogar für einige Zeit bei einem türkischen Geschäftsmann gewohnt. Und da war noch ein amerikanisches Ehepaar, dass fast zwei Monate in diesem Luxushotel, Pera Palace, gewohnt hat. Wir haben uns da schon mal getroffen. Daniel war wohl öfter da."

„Pera Palace?", wunderte ich mich, dass er sich den Namen des Hotels gemerkt hatte. „Ja, klar. Das ist ziemlich bekannt. Da hat Agatha Christie doch ihren 'Mord im Orient-Express' geschrieben."

Eine normale Urlaubsbekanntschaft? „Sie haben sich also angefreundet. Stehen Sie denn heute noch in Kontakt mit denen?"

Darüber musste er einen Moment nachdenken. „Soweit ich weiß, nicht. Die sind damals ziemlich überstürzt abgereist!", antwortete er schließlich zögernd.

„Wissen Sie warum?" „Da kann ich nur spekulieren. Vielleicht, weil Daniel sich mit der Frau dieses Ronald Harder zu gut verstanden hat. Oder, weil eines Tages die Polizei im Hotel aufgetaucht ist!"

101. Mein türkischer Kollege Günesch war in der Hierarchie der Polizei einige Stufen höher angesiedelt als ich. Er war nach seinen eigenen Angaben auch ein treuer AKP-Anhänger.

Woher ich ihn kannte? Er hatte mich irgendwann angerufen, um sich bei mir zu bedanken. Hmh? Eigentlich nur dafür, dass ich meinen Job gemacht hatte. Das war vor fünf Jahren gewesen.

Sein jüngerer Bruder, der in Hannover lebte, war damals in Verdacht geraten, einen Landsmann getötet zu haben. Da hatten sich wohl einige Idioten viel Mühe gegeben, ihm den Mord in die Schuhe zu schieben. Die Spuren führten jedenfalls so offensichtlich zu ihm als Mörder, dass jeder Anfänger stutzig geworden wäre. Es stellte sich dann auch sehr schnell heraus, dass dieser Bruder gemeinsam mit dem Opfer den kriminellen Machenschaften seiner Nachbarn auf die Schliche gekommen war. Und die waren so einfältig gewesen, dass sie nicht daran gedacht hatten, dass die Spuren auch zu denen führen konnten, die sie gelegt hatten.

Die Lösung des Falles war keine Glanzleistung gewesen, aber weil der wahre Täter auch noch ein Deutscher gewesen war, hatte ich bei Günesch einige Pluspunkte gesammelt. „Du glaubst gar nicht, wie oft die Herkunft eines Verdächtigen die Ermittlungen beeinflusst. Auch in Deutschland!", war damals sein Kommentar gewesen.

Meinem türkischen Kollegen kam der Name Harder irgendwie bekannt vor. Er war dann auch so freundlich, sich Einsicht in die die alten Akten zu verschaffen.

„Ja, der Fall ist eigentlich nicht wirklich abgeschlossen worden. Es ging um Propaganda für kurdische Terroristen!", erklärte er und informierte mich über die Aktenlage.

Harder selbst hatte Kontakt zu einem kurdischen Geschäftsmann gehabt, der wohl der Gülen-Bewegung nahe stand. Und bei den Besuchen seiner Frau in einigen kurdischen Dörfern waren Filmaufnahmen gemacht worden. Von Häusern, die angeblich durch die türkische Armee zerstört worden waren.

„Der Amerikaner hat es gerade noch rechtzeitig geschafft, die Türkei zu verlassen!" So, wie Günesch es sagte, gab es wohl noch ein größeres ′aber′.

„Da hat er ja dann Glück gehabt?", stellte ich fragend fest. Am anderen Ende der Telefonverbindung war ein leises Lachen zu hören. „Er ja! Aber seine Frau Helen nicht. Sie saß bei uns einige Monate in Untersuchungshaft, bis die amerikanische Botschaft es am Ende geschafft hat, dass auch sie ausreisen konnte! "

Interessant. Jetzt wurde es spannend. „Sagt Dir in diesem Zusammenhang der Name Daniel van Haaren etwas?"

„Ich sehe mal nach!", hörte ich ihn sagen und auch in irgendwelchen Papieren herumblättern. Ein, zwei Minuten.

„Ja, hier!", war er schließlich fündig geworden und gab dann zum Besten, was sich aus den Zeugenaussagen und den Ermittlungen seiner Kollegen ergeben hatte.

Demnach hatte Harder immer wieder darauf hingewiesen, dass es eben dieser van Haaren gewesen sei, der ihn mit dem kurdischen Geschäftsmann bekannt gemacht hätte.

„Der Ami hat es diesem Danny, wie er ihn nannte, sehr übel genommen, dass und wie der seine Frau Helen in die Sache hineingezogen hat." Auch Günesch schien darüber empört zu sein.

Dieser Harder glaubte anfangs fest daran, dass sie mit diesem van Haaren eine Affäre gehabt hätte. Was auch der Grund dafür gewesen war, dass er die Türkei ohne seine Frau verlassen hatte. Im Nachhinein hätten aber zahlreiche Zeugenaussagen aus dem Pera Palace und einigen Restaurants der Altstadt gezeigt, dass es offensichtlich ganz anders gewesen war.

Dieser Deutsche wäre ihr eher lästig gewesen, hätte sie aber überreden können, an einer Dokumentation über das Leben von amerikanischen Ehefrauen in der muslimischen Türkei mitzuwirken. Auch der Kontrast zwischen Istanbul an der reichen Westküste zum ländlichen Ostanatoliens sollte darin deutlich gemacht werden. Diese Reportage sollte auch in den USA ausgestrahlt werden.

Helen Harder hatte sich auf einige Termine für Außenaufnahmen in den kurdischen Dörfern eingelassen. Bis ihr van Haarens Annäherungsversuche irgendwann zu bunt geworden waren.

Diese Helen wäre nicht nur eine schöne Frau, sondern auch sehr stolz gewesen und hätte den Deutschen mehrmals vor Zeugen abgewiesen. Und zwar auf eine Art und Weise, die diesen 'Dannyboy', wie sie ihn nannte, ziemlich lächerlich gemacht hätte. „Meine Kollegen waren ziemlich angetan von ihr!"

Vielleicht wollte van Haaren sich dafür an ihr rächen. Denn er wäre es ja gewesen, der die Aufnahmen aus den Dörfern den türkischen Behörden zugeleitet hatte. Möglicherweise hätte er deshalb selbst auch keine Probleme bekommen.

Und vorher war es ihm wohl gelungen, einen Keil zwischen das Ehepaar zu treiben. Einige Fotos, die diesem Ronald zugespielt worden waren, zeigten ein vertrautes, enges Miteinander zwischen dem Deutschen und dieser Helen.

Offenbar war dieser Harder wohl eifersüchtig genug, dass er dem Gigolo mehr glaubte als seiner eigenen Frau.

„Erst als sie wieder zurück in Amerika war, hat er verstanden, was da eigentlich passiert ist!" Günesch lachte. „Er galt als knallharter Geschäftsmann, aber als Ehemann war er wohl eher ein Dummkopf!"

102. Meine Anfragen bei einigen amerikanischen Kollegen blieben erfolglos. Sie wollten sich, bevor sie mir überhaupt mit mir redeten, erst bei unseren obersten Dienststellen absichern. Natürlich machte ich sofort einen Rückzieher, aber es war zu spät.

Wegener war außer sich gewesen. „Sie sind wohl größenwahnsinnig geworden. Ein vorgetäuschter Entführungsfall in Norddeutschland zu dem ich Ihnen ausdrücklich jede Aktivität untersagt habe! Und Sie rufen bei der New Yorker Polizei an! Das wird Konsequenzen für Sie haben!" Die letzten Worte hatte er regelrecht gebrüllt.

Nach meinem „jeder macht sich eben lächerlich so gut er kann!", hatte er aufgelegt und ich begonnen mich auf meinen nun endgültigen Ruhestand einzustellen.

Glücklicherweise war schon am nächsten Tag der Anruf von Günesch gekommen, der wissen wollte, was ich von meinen New Yorker Kollegen erfahren hatte. Er durchschaute meine peinliche

Herumdruckserei sofort. „Na, Idioten gibt es ja überall! Ich kümmere mich darum!"

Noch am selben Abend rief er mich erneut an. „War gar nicht so leicht. Offiziell war da nichts zu machen. Seit die den Trump haben, kann man die Amerikaner komplett vergessen!"

Ich versuchte mir meine Enttäuschung nicht anmerken zu lassen. So ganz klappte das nicht. „Das weiß ich selbst! Dafür musst Du mich nicht anrufen!"

„Warte doch mal ab!" Er lachte. „Auch in New York gibt es ein paar türkische Geschäftsleute, die ich ganz gut kenne!" „Okay, entschuldige!"

„Schon gut. Also einer von ihnen, ein Bankmanager, hatte mit diesem Harder zu tun. Nein, der Typ hat nichts Illegales gemacht, aber er hat wohl einen Investment-Berater angeheuert. Ein Typ, mit dem aufgrund seiner Geschäftsmethoden angeblich keiner mehr etwas zu tun haben will. Und das will in New York schon etwas heißen!"

Musste er mich so auf die Folter spannen? „Ja ja, die sind ziemlich skrupellos. Und weiter?"

Günesch lachte laut. „Also kurz gesagt hat dieser Berater van Haaren dazu gebracht, sich auf hochspekulative Geschäfte einzulassen. Das Übliche. Enorme Rendite aus undurchsichtigen Fonds-Papieren, die kaum, dass van Haaren genügend von ihnen gekauft hatte, dann auch prompt geplatzt sind. Und van Haaren stand auf einmal vor einem großen Berg Schulden!"

103. Sana hatte das Gesicht verzogen. Amüsiert oder peinlich berührt? Ich hätte es nicht sagen können. „Nein, er hat dafür keinen Cent bekommen. Weder vom ZDF noch von der ARD. Wenn dieser junge Redakteur, Jean-Paul hieß der, glaube ich, richtig informiert war, hatte Daniel denen sogar Geld angeboten, damit seine Talkshow gesendet wird!"

Dann war alles sehr schnell gegangen. Ruth Kappel hatte am nächsten Tag eine richterliche Anordnung erwirkt und die Bank des Herrn van Haaren gab uns achselzuckend sowohl die gewünschten Auskünfte als auch die entsprechenden Kontoauszüge.

Die lagen nun vor uns und erzählten ihre Geschichte. Eine, die damit begann, dass van Haaren sein Haus im vorletzten Jahr bis unters Dach mit Hypotheken belastet hatte, um damit irgendwelche Zertifikate zu erwerben. Und zwar direkt von einem amerikanischen Investmentfond!

Im ersten Jahr wurden dann ungewöhnlich hohe Renditen erzielt, die auch als Zahlungseingänge auf van Haarens Konto verbucht worden waren.

Da die Zinsen immer noch ziemlich niedrig lagen, nahm er weitere Kredite auf, die er ebenfalls in diesen Fond investierte.

Irgendwann blieb allerdings die Überweisung der Erträge aus den Anlagepapieren aus. Erst nach und nach stellte sich heraus, dass dieser Fond gar keine Erträge erwirtschaftet hatte, sondern als eine Art Schneeballsystem funktionierte. Allerdings eines, in das nur wenige Anleger einzahlten. Van Haarens Investitionen hatten somit gar keine Rendite erzielt, sondern ihm war quasi nur einige Male ein Teil seiner eigenen Einlagen als vermeintlicher Gewinn zurücküberwiesen worden. Ansonsten war sein Geld weg. Dabei war der Fond nicht mal pleite gegangen, sondern genau wie der dahinter steckende Investment-Berater nur in dem juristischen Geflecht mit anderen, ähnlichen Firmen verschwunden.

So ganz genau habe ich das Ganze immer noch nicht verstanden. Ebenso wie den weiteren Fortgang der Geschichte.

Van Haaren war dann mit der Rückzahlung seiner Kredite in Verzug geraten. Seine Hausbank plante bereits, seine Villa zu versteigern.

Doch bevor es dazu kam, ging eine Überweisung von einer amerikanischen Bank in Höhe von 250.000 Euro ein, so dass van Haaren seine laufenden Verpflichtungen erfüllen konnte. Ein paar Monate später konnte erneut ein Eingang aus den USA auf van Haarens Konto verbucht werden. Diesmal in Höhe von 500.000 Euro.

Und ein Betrag in gleicher Höhe wurde wenige Wochen später noch einmal von derselben amerikanischen Bank überwiesen.

Der Eingang der Zahlungen lag jeweils kurz nach Ausstrahlung der ersten beziehungsweise zweiten Talkshow der Nichtwähler.

Der Name des amerikanischen Kontoinhabers sagte weder mir noch der Hausbank van Haarens etwas. Erst Günesch konnte mir weiterhelfen. Von ihm erfuhr ich, dass es sich um einen Geschäftspartner von Ronald Harder handelte.

Bezeichnender Weise war auf jeder Überweisung als Verwendungszweck 'Fernsehübertragung' vermerkt. Der großzügige Geldgeber hatte sich also keinerlei Mühe gegeben, zu verbergen, um was es eigentlich ging.

Im Gegenteil sollte wohl offenbar werden, wofür van Haaren das Geld erhalten hatte. Und diese Information war nicht in erster Linie für den Empfänger bestimmt, sondern für uns, die Ermittlungsbehörden.

Günesch hatte richtig vermutet. Van Haaren hatte sich mit dem Falschen angelegt, denn als Geschäftsmann war dieser Harder alles andere als ein Dummkopf.

Gerichtsmedizin

104. „Wie viele Versionen haben uns dieser van Haaren und Fritz Kurz bisher eigentlich bisher aufgetischt? Sie haben immer nur das korrigiert, was wir ihnen sowieso nachgewiesen hätten!", beantwortete ich die vorwurfsvolle Frage des Leiters der offiziellen Mordkommission nicht wirklich.

Zu meiner Überraschung griff Sana den Gedanken auf. „Mein Mann hat Recht. Wir haben die ganze Zeit über vergessen, dass wir es mit Medienprofis zu tun haben. Die sind mit ihren Kommentaren manchmal schnell zur Hand, vor allem, wenn es in die aktuelle Landschaft passt. Das erhalten sie auch so lange es irgendwie geht aufrecht. Erst, wenn es gar nicht anders geht, hören sie damit auf. Aber sie korrigieren ihre Bewertungen nicht. Ein paar Tage später berichten sie dann manchmal sogar das genau Gegenteil von ihrer ursprünglichen Aussage. Und zwar so, als hätten sie es ja schon immer gesagt!" Erstaunt registrierte ich, dass Ruth Kappel zustimmend nickte.

Otto Breitner wusste angeblich selbst nicht so genau, ob er und seine Leute ihre Arbeit wieder aufnehmen sollten oder nicht. Das LKA hatte die Mordkommission ja aufgelöst. Aber eigentlich waren die ja auch gar nicht zuständig.

Sein Polizeipräsident hatte ihm nur achselzuckend erklärt: „Wir sind doch nur die Kriminalpolizei! Was sagt denn die Staatsanwaltschaft?"

Der zuständige Staatsanwalt in Hannover hatte ihn an seine vorgesetzte Dienststelle verwiesen, deren Leiter auch nicht so recht wusste, was er davon halten sollte und den Fall an die

Abteilung 'Korruption und organisierte Kriminalität' weitergeleitet hatte. Und so war die Angelegenheit wieder bei der Oberstaatsanwältin Dr. Ruth Kappel gelandet.

Breitner war unseren Ausführungen bisher skeptisch gefolgt und schaute erst Sana, dann die Staatsanwältin fragend an. Die beiden wiederum zeigten mit dem Kinn auf mich.

„Und deshalb haben Sie einfach bei der Gerichtsmedizin angerufen? Sie wissen, dass Sie in diesem Fall keinerlei Kompetenzen hatten!", wiederholte Breitner seinen Vorwurf.

„Das stimmt schon. Tut mir leid! Aber ich wollte sichergehen. Deshalb habe ich bei Dr. Braunmeyer nachgefragt. Den kenne ich ja von früher!", gab ich mich vorsichtshalber kleinlaut.

Breitner lächelte gequält. „Na ja, ganz so bescheuert, wie ihr denkt, bin ich auch wieder nicht!" Er deutete zur Tür. „Er müsste eigentlich schon da sein!"

Wie auf Kommando öffnete sich die Tür und er trat ein. Carsten Braunmeyer, der alte Gerichtsmediziner. Grinsend wie ein Honigkuchenpferd, das als Überraschungsgast auftrat. Mit seinen knapp zwei Metern, dem grauen Lockenkopf und einem weißen Rauschebart war er für diese Rolle vielleicht ein wenig zu Respekt einflößend.

Er gab jedem die Hand und nahm so ungelenk neben uns Platz als gehörten seine langen Arme zu einem Gabelstapler, der ihn langsam absetzte. „Ich hätte nicht gedacht, dass ich so etwas noch einmal erlebe!", ächzte er.

Unsere erwartungsvollen Blicke quittierte er mit einem zufriedenen Grinsen. „Haben Sie schon mal zu einem

Gerichtsmediziner gesagt, dass er sich nach seinem ersten schnellen Befund nicht weiter bemühen müsse, weil der Fall inzwischen aufgeklärt wäre?"

„Und das hat jemand zu Ihnen gesagt?", staunte Sana. Er lachte. „Nein, nicht zu mir. Aber zu meinem jungen Kollegen. Nach dem Herr Hoffmann mich angerufen hatte", er zwinkerte mir zu, „habe ich mich in der Gerichtsmedizin umgehört. Und einem Kollegen ist genau das passiert. Ratet mal, wer das zu ihm gesagt hat!"

„Der Doppeldoktor?" Sana. „Ja, der Wegener. Aber ich vermute, dass das Justizministerium dahinter steckt!", nickte der Rauschebart.

„Wagenmacher-Rottelmann. Der kannte van Haaren ja schon ewig!", bewies Breitner, dass er sich auch schon seine eigenen Gedanken gemacht hatte.

„Okay, aber deshalb wollen Sie nicht mit uns reden?" Ruth Kappel.

Der graue Lockenkopf verzog das Gesicht. „Wir haben uns die beiden Todesfälle noch mal angesehen! Schließlich sind wir Gerichtsmediziner und keine Sanitätsgefreiten!"

„Aber die körperlichen Überreste der beiden Opfer sind doch sicher längst bestattet worden!" Ruth Kappel.

Braunmeyer nickte. „Aber Sie wissen auch, dass von den unnatürlich zu Tode gekommenen oft mehr Fotos gemacht werden als manchmal zu ihren Lebzeiten. Von der Spurensicherung und von der Gerichtsmedizin. Und wir notieren in unseren Berichten ja auch alle Auffälligkeiten. Ob sie nun für den Fall relevant sind oder nicht!" Sein zufriedener Blick wanderte von der Staatsanwältin zu Breitner, dann über Sana zu mir.

„Sie hatten Recht. Bei den weiteren Auswertungen haben wir noch so einiges festgestellt!"

„Machen Sie es nicht so spannend!" Sana. „Schon gut! Ich mache es kurz. Also dieser Kemal Öztürk wurde vermutlich nicht durch den Zusammenprall mit dem Auto getötet. Es ist zwar denkbar, dass sein Kopf durch den Aufprall gegen ein relativ spitzes Teil des Wagens geschleudert wurde. Aber wahrscheinlicher ist, dass er erst anschließend mit einem Hammer, Wagenheber, Totschläger oder ähnlichem umgebracht wurde.

Und dieser Alfred Schmidt ist ebenfalls nicht unbedingt durch einen Schlag mit einem Stein ums Leben gekommen. Das war zwar die offensichtlichste Verletzung. Aber sie könnte ihm auch post mortem zugefügt worden sein. Der Blutaustritt war ja erstaunlich gering und es gab auch noch eine Stichwunde in seinem Rücken. Genau wissen aber noch nicht, woran er nun gestorben ist!"

„Haben Sie denn eine Vermutung?" Ruth Kappel. „Klar, immer. Aber Sie kennen mich doch! Die Exhumierung der Leichen wurde bereits angeordnet. Ich werde sie mir noch mal genau ansehen!"

Braunmeyer hob die Arme hoch und stand auf. „Aber ich wollte Ihnen trotzdem schon mal Bescheid geben. Es deutet alles darauf hin, dass es sich um geplante und professionell ausgeführte Morde handelt!"

Showbusiness

105. Inzwischen hatten wir vom vielen Fernsehen sicher schon viereckige Augen. Aber diesen 'Brennpunkt' wollten wir auf keinen Fall verpassen. Er begann mit einem vor Wochen aufgezeichneten Interview.

Der junge, blonde Journalist war nur zu Beginn und sehr kurz im Bild zu sehen. Er stellte seine Frage mit neutral interessierter Stimme. „Herr van Haaren. Wie sind Sie eigentlich auf die Idee mit diesem Forum aus Nichtwählern gekommen?"

Daniel van Haaren erschien groß und ungewöhnlich breit auf dem Bildschirm. Schulterpolster? Er saß im Sessel und lehnte sich zurück. Seine Miene war durch große Ernsthaftigkeit geprägt.

„Wie Sie wissen war ich lange Zeit einer derjenigen, die für die öffentlich-rechtlichen Fernsehanstalten recherchiert, aktuelle Themen aufbereitet und in Interviews und Gesprächen mit den Entscheidern aus Politik, Wirtschaft und Gesellschaft erörtert haben!"

Die Stimme des Journalisten bestätigte: „Ja, ich erinnere mich genau wie unsere Zuschauer an Ihre außergewöhnlichen Berichte und Diskussionsrunden. Es ist daher für mich eine besondere Ehre mit Ihnen heute hier sitzen zu dürfen. Sie gehören ja quasi zum Urgestein der politischen Unterhaltung!"

Van Haarens wohlwollendes Lächeln verrutschte beim „Urgestein" ein wenig ins säuerliche. „Und deshalb habe ich mich maßlos darüber geärgert, dass bestimmte Kreise immer wieder die Objektivität der öffentlichen Berichterstattung in Frage gestellt haben. Viel zu oft sollten die Bürger sich angeblich nicht in den Medien und in den Wahlergebnissen repräsentiert sehen. Denn manchmal waren ja die Nichtwähler von der reinen Zahl her sozusagen die letzte große Volkspartei!"

„Und da haben Sie den Nichtwählern ein Forum gegeben?" Der unsichtbare junge Mann klang begeistert, versuchte sich aber schnell wieder einen ernsthaften Anstrich zu geben. „Wie ist es Ihnen denn gelungen, diese Menschen zu einer Teilnahme zu motivieren?"

Van Haaren nickte. „Darüber habe ich lange nachgedacht. Politisch interessiert waren sie ja nicht, weil sie glaubten, durch ihre Beteiligung an einer Wahl keinerlei Vorteile für sich generieren zu können!"

„Weil sie glaubten, dass keine der Parteien etwas für sie tun würde!", kam die prompte Übersetzung aus dem Hintergrund.

„Genau! Deshalb habe ich ihnen einen kleinen Anreiz in Form einer Aufwandspauschale gegeben. Wenige hundert Euro, die sie dazu motivieren sollten, ihre Meinung zu sagen! Egal, welche!", erklärte van Haaren zufrieden.

„Und sich zu informieren, indem sie sich wichtige politische Sendungen anschauen sollten!", ergänzte die Geisterstimme und schob gewollt skeptisch hinterher. „Sie haben also Leute dafür bezahlt, dass sie sich über die Politik unseres Landes informieren?"

„Wenn Sie so wollen! Die Nichtwähler sollten an das Thema herangeführt werden. Es bedarf ja einer gewissen Übung so viele

Informationen aufzunehmen und kontroverse Ansichten als Teil des demokratischen Prozesses zu erkennen! Und es hat ja auch dazu geführt, dass viele von ihnen inzwischen zu sehr engagierten Zuschauern politischer Sendungen geworden sind!", rechtfertigte van Haaren seine Aktion.

Der unsichtbare Journalist nahm regelrecht Anlauf, um die mutige Frage angemessen ironisch klingen zu lassen. „So engagiert, dass sich einige von ihnen sogar die Köpfe einschlagen?"

Daniel van Haaren schüttelte verärgert den Kopf. „Wir sollten uns nicht über das Unglück eines Menschen lustig machen. Denken Sie mal daran, wie viele Menschen im Kampf dafür, ihre Meinung frei äußern zu können, ihr Leben verloren haben!"

Höflich-kräftiger Applaus aus dem Hintergrund.

„Ist es richtig, dass Sie eine neue Talkshow des ZDF moderieren werden?", war aus dem Hintergrund zu hören.

„Wir sind darüber derzeit im Gespräch!", bestätigte Daniel van Haaren bescheiden.

„Und was wird das besondere an dieser Reihe sein?", kam die naheliegende Frage aus dem Off.

„Wir wollen sie so gestalten, dass sich auch Nichtwähler angesprochen fühlen!" Van Haaren schaute sich um, als erwarte er, dass schon einige von ihnen im Studio waren.

106. Das Bild des Starmoderators verschwand und wurde durch einen Einspieler ersetzt. Wieder war Daniel van Haaren zu sehen, der gerade sein Haus verließ. Die Hände auf dem Rücken und in Begleitung von uniformierten Polizisten.

Nun wurde das Polizeipräsidium eingeblendet, dann ein Büro in dem er hinter einem großen Schreibtisch saß. Dr. Dr. Wegener!

„Wir haben es Herrn Dr. Wegener zu verdanken, dass die beiden Todesfälle im Zusammenhang mit dem Forum aufgeklärt worden sind!", war die Stimme eines älteren Journalisten zu hören. Der so Angesprochene nickte mit ernsthafter Miene.

„Wie sind Sie dem wahren Täter eigentlich auf die Spur gekommen?" Wegener lehnte sich zurück. „Ja, das war gar nicht so einfach. Es begann alles mit einer neuen Talkshow!"

Auf dem Bildschirm war nun ein Einspieler aus der Talkshow des Forums der Nichtwähler zu sehen. Es waren nur einzelne Sequenzen aus den ersten drei Diskussionsrunden.

Die Ausschnitte waren so kurz, dass man den Inhalt der Wortbeiträge nur verstehen konnte, weil er in kurzen Halbsätzen als Untertitel zusammengefasst, eingeblendet wurde.

Das, was in Tickern stand, war nicht direkt falsch, aber durch die extreme Verkürzung war es auch nicht mehr richtig.

Eigentlich waren es nur noch heraus gepöbelte Phrasen. Von den Talkshows, die ich gesehen hatte, war nicht viel übrig geblieben!

Der Zusammenschnitt dauerte etwa 2 Minuten. Dann war wieder das Büro und der große Schreibtisch mit Wegener zu sehen.

„Können Sie uns erklären, warum Daniel van Haaren gerade von zwei Beamten abgeführt worden ist?", kam die Frage aus dem Hintergrund.

Wegener lehnte sich zurück, als wolle er Abstand zu dem Fragesteller gewinnen. „Nachdem die Staatsanwaltschaft es offiziell gemacht hat, kann ich es Ihnen ja sagen. Es wird gegenwärtig untersucht, inwieweit Herr van Haaren in ein oder mehrere Tötungsdelikte verwickelt ist! Einen möglichen Mittäter haben wir bereits verhaftet!"

„Es handelt sich dabei um den einschlägig vorbestraften Oliver P.?", zeigte sich der Journalist bestens informiert. Wegner, der vermutlich mal wieder an die Medien 'durchgesteckt' hatte, nickte nur.

„Und das hat mit dem Forum der Nichtwähler zu tun?", stellte der unsichtbare Mann mehr fest als er fragte.

Wegener wirkte nachdenklich, besorgt. „Es ist nicht auszuschließen, dass die Tat nur deshalb begangen wurde, damit die Medien auf das Forum aufmerksam werden!"

„Sie meinen, dass das Forum nur eine Weiterentwicklung der 'Fakenews' in den sozialen Medien war und dazu diente, die öffentlich-rechtliche Berichterstattung in Misskredit zu bringen?" Die empörte Grabesstimme füllte das ganze Büro aus.

„Das könnte man so sehen!", bestätigte Wegener. Er schien darüber sehr bekümmert zu sein.

Die Stimme im Hintergrund klang wie ein zuckersüßes Lächeln.

„Was glauben Sie, hat Herrn van Haaren dazu bewogen, solche

Meinungen, wie die der Leute im Forum, in die Medien zu bringen?"

Wegener verschränkte die Arme vor der Brust. „Unsere Untersuchungen sind noch nicht abgeschlossen. Offenbar ist da auch viel Geld im Spiel gewesen!" Mit eindringlichem Blick in Kamera senkte er seine Stimme beinahe zu einem Flüstern herab. „Derzeit gehen wir davon aus, dass der russische Geheimdienstdienst zumindest daran beteiligt war!"

107. Sana schaltete den Fernseher aus und zog die Nase kraus. „Was hältst Du davon? Nur, um die Glaubwürdigkeit von ARD und ZDF in Frage zu stellen?"

Ich schüttelte den Kopf. „Natürlich nicht! Der großzügige Spender hat das van Haaren vielleicht glauben gemacht. Möglicherweise auch, dass er noch ein Hühnchen mit einer oder mehreren Moderatorinnen zu rupfen hätte! Als Trump-Fan? In allen drei Talkshows kam der amerikanische Präsident ja nicht besonders gut weg. Die haben sich sogar über Trump lustig gemacht. Im Vergleich dazu wurde über Erdogan ja mit Samthandschuhen diskutiert!"

„Und Daniel soll geglaubt haben, dass ihm dafür jemand mehr als eine Million in den Rachen wirft?" Ihre skeptische Miene unterstrich die Frage.

„Durchaus denkbar! Wenn Du die Eitelkeit dieser Fernseh-Fritzen bedenkst und dass sie sich für den Nabel der Welt halten!", grinste ich.

Sie sah mich misstrauisch an. „Und was steckte nun wirklich dahinter? Dass es ein Amerikaner war stimmt aber! Oder?"

„Ja klar!" Ich erzählte ihr, was ich von Günesch erfahren hatte. „Ich bin ziemlich sicher, dass dieser Ronald Harder dahintersteckt. Der hat sich auf seine Weise an Daniel van Haaren gerächt und sich nicht mal strafbar gemacht!"

„Und Daniel hat dann das Forum gegründet und zwei Menschen getötet?" Sie wollte es immer noch nicht glauben.

Ich zuckte mit den Achseln. „Menschen tun schon so einiges, wenn es um ihren Job geht. Und wenn Dir das Wasser bis zum Hals steht, dann kann man schon mal ziemlich weit gehen!"

Sie schüttelte den Kopf. „Okay, aber dass man dafür mordet?"

Meine Schultern hoben und senkten sich. „Tja, da ist eben einiges zusammengekommen. Wenn dieser Ami mit seinem komischen Angebot nicht gewesen wäre...!"

Sana verdrehte die Augen. „Aber von diesem Ami redet keiner!"

Ich warf ihr einen spöttischen Blick zu. „Im Deutschen Fernsehen kann man ja schlecht sagen, dass die Amerikaner dahinterstecken. Russland geht immer!"

108. „Tja, die Talkshow der Nichtwähler, auch wenn es teilweise 'gefakt' war, hat mich schon nachdenklich gemacht!", brummte sie. Hmh? Sie hatte sich doch bisher kaum für Politik interessiert.

Ich schaute sie ungläubig an. „In welcher Hinsicht? Meinst Du, dass wir tatsächlich nicht richtig informiert werden?"

Sie schüttelte den Kopf. „Vielleicht, aber das meine ich nicht! Ich glaube inzwischen auch, dass bei den gebührenfinanzierten Sendern die Einschaltquoten nicht eine so große Rolle spielen sollten. Und dass die mehr in die Breite und Tiefe gehen sollten, statt wochenlang immer nur zwei oder drei Themen wiederzukäuen. Ich finde die Quizsendungen unerträglich und dass Sport wichtiger zu sein scheint, als das Befinden der Menschen in Deutschland und im Rest der Welt!"

Wie viele Stunden hatte Sana sich die aufgezeichneten Sendungen und die Co-Talkshows des Daniel van Haaren eigentlich angesehen? Dreißig, vierzig oder noch mehr? Jedenfalls hatte es seine Wirkung hinterlassen.

Sie bemerkte es wohl selbst und gab an mich weiter. „Und Du? Stört Dich denn gar nichts?"

„Na gut, Brot und Spiele. Da hast Du schon recht. Mich stört auch, dass manche Chefredakteure, Journalisten und Moderatoren beim Wettkampf der Eitelkeiten oder Einschaltquoten ihren öffentlich-rechtlichen Informationsauftrag ein wenig aus den Augen verlieren!", räumte ich ein.

„Weißt Du, wie Willy mir das erklärt hat?", fragte sie, fuhr aber direkt fort, „Ursprünglich waren wir wie die Tiere aufs Überleben programmiert und darauf uns fortzupflanzen. Für letzteres brauchte man einen Partner oder eine Partnerin, die zu diesem Akt bereit war. Dazu musste er oder sie einen natürlich erst mal zur Kenntnis nehmen. Daher dieses Balzgehabe. Das hat sich in unserer heutigen Gesellschaft verselbstständigt!"

Sie warf mir einen merkwürdigen Blick zu. „Anstelle des früheren 'ich denke, also bin ich' ist ein 'ich bin, wenn ich wahrgenommen werde' geworden. Denk mal an diese Selfie-Sucht und daran, was die Leute über sich alles in Netz stellen. Man könnte meinen, der Sinn des Lebens bestehe nur noch darin, sich zu präsentieren. Und die Medien sind eine Bühne auf der sich die tummeln, für die das in besonderem Maße gilt!"

Was sollte ich denn davon halten? „Du meinst, dass die im Fernsehen nur ein Spiegelbild unserer Gesellschaft sind?"

109. Es gibt ja Themen, die einem manchmal zu schaffen machen. Und sie anzusprechen macht es in der Regel auch nicht einfacher. Denn keine oder eine ausweichende Antwort ist genauso schlimm, wie eine Wahrheit, die man eigentlich nicht hören will.

Vielleicht hätte ich ja darauf verzichtet, wenn dieser Typ aus unserem Leben verschwunden wäre, wie es sich meines Erachtens für einen überführten Verbrecher gehörte.

Doch er war nun beinahe täglich in unserem Wohnzimmer. Genau genommen eher abendlich. Und zwar immer dann, wenn der Fernseher lief.

Und Sana wehrte sich mit Händen und Füßen dagegen, dass ich das Gerät ausschaltete. Obwohl sie dann wie versteinert vor der Glotze saß und für mich kaum noch ansprechbar zu sein schien.

Es war ja eigentlich auch nicht möglich, dieses Thema nüchtern als dienstliche Fragestellung zu formulieren. Dass ich es trotzdem versuchte, lag wohl in der Natur der Sache.

„Van Haaren wird wohl für die beiden Morde, die er in Auftrag gegeben hat, verurteilt werden! Genau wie dieser Oliver! Die Beweislage ist erdrückend! Aber es dürfte ein langer Prozess werden. Er hat ein ganzes Heer von Anwälten an seiner Seite. Im Fernsehen wird jetzt auch ständig über sein Forum und seine ganz alten Sendungen berichtet. Die Medien stehen vor, während und nach den Verhandlungstagen Schlange. Und er lässt sich feiern wie ein Filmstar!"

Natürlich durchschaute sie mich. „Das weiß ich auch. Komm zur Sache! Was willst Du mir sagen?"

Ich nickte ergeben. „Eigentlich ganz schön abgebrüht, dass Daniel van Haaren die Todesfälle auch noch genutzt hat, um sich wieder an Dich heranzumachen. Normalerweise hat man ja andere Sorgen, wenn die Polizei gegen einen ermittelt."

Ihr Blick? Machte sie sich über mich lustig oder warnte sie mich davor, dünnes Eis zu betreten?

Egal, ich wollte endlich wissen, was los war. „Okay, Du hast ihn nicht erkannt, aber er hat sich sofort an Dich erinnert. Das erklärt jedoch weder sein noch dein Verhalten!"

Sie zog auch prompt ihre Mundwinkel nach unten. „Ich bin immer noch ein bisschen sauer auf Dich, weil Du mir nicht sofort von Günther erzählt hast!"

„Van Haaren hätte Dir sofort angesehen, dass Du Bescheid weißt! Und vielleicht auch mit Wagenmacher-Rottelmann darüber gesprochen! Keine Ahnung, wie viel dieser Ministeriale wusste oder welche Rolle er gespielt hat. Aber so hat sogar Wegener geglaubt, dass Du bei van Haaren mitmachst!" Obwohl es der Wahrheit entsprach, erschien es mir wie eine faule Ausrede.

Sie tätschelte meinen Kopf mit ihrer flachen Hand. „So abwegig war das gar nicht. Mir war von Anfang an klar, dass Daniel etwas von mir wollte!"

„Hätte ich mir Sorgen machen müssen!" Ich zog meine Mundwinkel nach oben. Ganz schön schwer!

Sie grinste mich an. „Hast Du doch schon! Meinst Du, ich habe das nicht gemerkt. Das sollten alle mitbekommen, damit ich auch sicher für unsicher gehalten wurde!"

Ihre Miene wurde wieder ernst! „Ich habe Wegener nicht getraut. Ja, ich war tatsächlich an Daniel interessiert, weil ich ahnte, dass er etwas mit mir im Schilde führte." Hmh? Das hatten wir doch schon. „Und jetzt weißt Du, was es war?"

Nun erzählte sie mir, was damals gewesen war, beziehungsweise was Daniel ihr aus dieser Zeit vorgeworfen hatte, denn sie selbst erinnerte sich ja kaum daran. „Na gut, so besonders nett war ich wohl nicht zu ihm. Das kann schon sein. Aber mir ist dann doch einiges eingefallen. Er hat damals so einige Intrigen gesponnen, die für manchen ziemlich übel ausgegangen sind. Und er hatte doch tatsächlich geglaubt, damit bei mir Eindruck schinden zu können!" Das klang beleidigt und zugleich empört.

Ich verstand immer noch nicht, worauf sie hinauswollte. „Und deshalb das ZOK-Team mit Dir? Dadurch ist er doch erst überführt worden!"

Sie sah mich erstaunt an. „Das ist doch klar! Als Daniel erkannte, dass Ruth Kappel keine Ruhe geben würde, bat er seinen alten Jugendfreund sie irgendwie kalt zu stellen. Daraufhin hat Wagenmacher-Rottelmann ihr dann dieses lächerliche Team ohne Befugnisse zugestanden. Und damit wir nicht trotzdem lästig werden, hat er uns vorsichtshalber den Dr. Dr. Wegener vor die Nase gesetzt!"

„Okay. Van Haaren hat sich dann sicher gefühlt. Das verstehe ich. Aber warum wollte er Dich dabei haben? War er so sehr an Dir interessiert?" Die Frage schien mir durchaus berechtigt zu sein.

Sie schlug die Augen nieder. „Vielleicht, aber vor allem wollte er mich vorführen und sich an mir rächen. Verdammt! Wenn ich als Jugendliche nicht so sehr mit mir selbst beschäftigt gewesen wäre, hätte ich ihn vermutlich schon viel früher wiedererkannt."

Ich legte meine Hand auf ihren Unterarm. „Egal. Im Ergebnis wäre das doch auf das gleiche hinausgelaufen!"

Sie schüttelte energisch ihren Kopf. „Nicht so ganz! Ich hätte dann nämlich sofort gewusst, dass ihm die beiden Morde durchaus zuzutrauen waren!" Die letzten Worte waren widerwillig und bitter über ihre Lippen gekommen.

Ich fragte trotzdem nach. „Was ich immer noch nicht verstanden habe. Was hast Du ihm denn damals bloß so Schlimmes getan?"

Ihre Schultern hoben sich und fielen wieder herunter. „Nun! Das Schrecklichste, was man einem Menschen wie ihm antun kann! Ich habe ihn einfach nicht wahrgenommen!"

Ende

Zum Hintergrund

Nach langjähriger Tätigkeit im Bereich der wissenschaftlichen Analyse und Veröffentlichung statistischer Ergebnisse musste der Autor feststellen, dass nicht Fakten die Realität bestimmen, sondern das, was wahrgenommen wird.

In der Vergangenheit waren die Menschen aufgrund fehlenden Wissens leicht durch die Mächtigen oder wenige Informierte zu beeinflussen. Dann kam eine Zeit, in der die meisten Informationen für jeden zugänglich waren. Der Beginn der Demokratie!

Heute werden wir mit Reizen und Informationen überflutet, die wir kaum noch verarbeiten und bewerten können. Sind wir dadurch wieder manipulierbarer geworden?

Es ist ja unwahrscheinlich, dass wir unsere Meinung unabhängig von unserem sozialen Umfeld bilden. Auch der Einfluss der Medien ist nicht zu unterschätzen. Sie sind die Schaltstellen der Wahrnehmung, denn sie entscheiden nicht nur darüber ob, sondern auch wie über etwas berichtet wird.

Medien nehmen also nicht nur selbst wahr, sondern sie bestimmen auch, was andere wahrnehmen sollen!

Das ist nicht ohne Risiko! Man muss nicht nach Washington, Moskau oder Ankara schauen, um zu erkennen, dass die Wahrnehmung nicht nur über die Demokratie, sondern auch über Krieg und Frieden entscheidet.